Michael Bennett

Sündige Verwandlung

Erotischer Roman

BLUE PANTHER BOOKS TASCHENBUCH
BAND 2237
1. AUFLAGE: NOVEMBER 2017
2. AUFLAGE: AUGUST 2020

VOLLSTÄNDIGE TASCHENBUCHAUSGABE
ORIGINALAUSGABE

LEKTORAT: NICOLA HEUBACH

COVER:
BILD: © ARTSTUDIA GROUP @ BIGSTOCKPHOTO.COM
HINTERGRUND: © JOZEFART @ BIGSTOCKPHOTO.COM
UMSCHLAGGESTALTUNG: MT DESIGN
GESETZT IN DER TRAJAN PRO UND ADOBE GARAMOND PRO

PRINTED IN GERMANY
ISBN 978-3-86277-626-9
WWW.BLUE-PANTHER-BOOKS.DE

Vorwort

Mein Name ist Michael, achtunddreißig Jahre alt, verheiratet mit Sarah, einer attraktiven, langbeinigen Blondine. Na ja, dunkelblond – die Farbe ändert sich hin und wieder. Vor sechs Jahren haben wir geheiratet, nachdem wir uns erst seit einigen Monaten kannten. Sie zog mich damals magisch an, ihr Charisma füllte jeden Raum mit ihrer Präsenz. Ich lernte sie auf einer Party kennen. Nicht wie heute üblich bei Facebook oder auf einer Single-Website, die nach psychologischen Checklisten den Traumpartner »errechnet«. Ich flirtete mit ihr, lud sie auf einen Kaffee ein. Danach zum Abendessen. Es funkte zwischen uns.

Ich arbeite bei einem Technologiekonzern in London. Wir leben ein paar hundert Meter von der Tower-Bridge entfernt, in den Docks – genauer gesagt, in Wapping. Wir haben dort ein nettes Apartment im sechsten Stock. Das Haus ist direkt an die Themse gebaut. Vom Wohnzimmer aus gelangt man auf unseren Balkon, auf dem man unmittelbar über dem Fluss steht. Zumindest bei Flut. Bei Ebbe genießen wir den Ausblick auf Autoreifen und sonstigen Müll im Schlamm. Ein Blick nach rechts, und man sieht zur Tower-Bridge. Nachts wird sie angestrahlt und wirkt damit noch beeindruckender, als sie es ohnehin ist.

Die Beziehung zwischen meiner Frau und mir stand vor dem Abgrund. Ich hatte sie betrogen. Sie hatte es herausgefunden. Es schien, als wäre dieser Vertrauensbruch nicht mehr zu kitten. Das dachte ich ... und zwar bis zu dem Moment, als ich eines Abends nach Hause kam und meine Geliebte neben meiner Ehefrau auf der Couch im Wohnzimmer sitzen sah ...

Kapitel 1

Die letzten Monate waren anstrengend. Viel Arbeit. Das ist die Ausrede, wenn man seinem Partner nicht genug Aufmerksamkeit schenkt. In unserer Gesellschaft ist Leistung im Beruf bedeutender, als die zwischenmenschliche Beziehung. Traurig, dass man sich dessen bewusst ist und nichts daran ändert.

Meine Frau arbeitet halbtags als Fondsmanagerin bei einer Versicherung. Sie geht täglich zum Reiten, kümmert sich um den Haushalt und dann auch noch um mich. Manchmal frage ich mich, wer von uns beiden den schwereren Job hat. In meinem rede ich den ganzen Tag, mache Witze. Die Kunden mögen mich, und ich mag sie. Ich bin oft auf Messen. Zwar steht man sich die Beine in den Bauch, aber der Anblick vieler attraktiver Hostessen in kurzen Röcken und High Heels gefällt mir, und zwar so gut, dass sich der Pornokanal in meinem Kopfkino einschaltet und mir die wildesten Szenen vorspielt, bis ein Standbesucher mit seiner Frage mich aus meinen Träumen reißt.

Unsere Beziehung war an einem Punkt angelangt, an dem es eintönig wurde. Die Leidenschaft, die zu Beginn herrschte, die stürmische Liebe, war vergangen. Der Zauber, der dem Anfang innewohnte, verflogen. Die Schmetterlinge waren aus dem Bauch ausgezogen.

Ich erinnere mich gern an die Zeit zurück, in der ich es kaum erwarten konnte, von der Arbeit nach Hause zu kommen und wir uns noch in der Tür gegenseitig die Kleider vom Leib rissen. Und ich erinnere mich auch, im Alltag bester Laune gewesen zu sein, wo ich durch nichts zu erschüttern war, den Mitmenschen stets liebevoll begegnete und Verständnis für jede Situation hatte. Völlig entspannt. Ja, das ist es, was die Liebe mit uns macht. Sie wird zum Mittelpunkt. Nichts bringt uns aus der Ruhe. Keine schlechte Nachricht kann uns erschüttern. Wir begegnen der Welt mit Gutmütigkeit. Mit Herzlichkeit. Mit einem Lächeln und Verständnis, das von Herzen kommt. Wir sind verliebt und alles dreht sich nur um den geliebten Menschen. Und dann, nach ein paar Jahren, ist diese kraftvolle Macht verflogen.

Wir sind im Büro genauso reizbar wie vorher. Wir ärgern uns über Kollegen und Kunden. Haben Stress mit der Bank oder sind bei Ebay einem Betrüger auf den Leim gegangen. Dabei wäre es so schön, immer verliebt zu sein, immer gute Laune zu haben. Harmonie. Seelenfrieden. Warum geht das nicht? Warum bleibt dieses Gefühl nur kurz? Nur dann, wenn man sich verliebt? Es wohnt der Zauber nur in der Phase des sich Verliebens inne. Und wenn das nicht nur bei mir so ist, haben das auch sicher andere festgestellt. Was können wir also tun, um diesen Zustand ständig zu haben?

***

»Hier spricht der Kapitän. Wir befinden uns im Landeanflug auf Montego Bay. Es herrschen sommerliche 32 Grad. Die Ortszeit beträgt 14:35 Uhr.«

Der Pilot riss mich aus meinem Tagtraum.

Meine Frau hob den Kopf und lächelte mich an. Sie war in ihr Buch versunken. Knapp zehn Stunden Flug von London aus. Das ist schon ziemlich lange. Vierzehn Tage in Jamaica. 5-Sterne-Hotel.

Wir hatten eine Suite gebucht, mit Zugang direkt zum Strand und einem Butlerservice. Am Flughafen wurden wir erwartet und in einer Lounge mit Getränken begrüßt. Das Gepäck wurde in der Limousine verstaut, die draußen wartete. Rund zwei Stunden Fahrt lagen vor uns. Die Vegetation, die Menschen am Straßenrand, der klare Himmel, Sonnenschein ...

Der Empfang im Hotel, in dieser riesigen Lobby, mit dunklen, massiven Holzmöbeln, prächtigen Sofas, Sesseln mit rotem Stoffbezug und Messingnieten, war ein Erlebnis. Ich stand staunend an der Rezeption, blickte mich um. Sogar ein Teich war in der Lobby. Eine Schildkröte saß auf einem Stein.

Die Suite übertraf meine Erwartungen. Ein Butler mit weißen Handschuhen räumte unsere Kleidung in den Wandschrank im Schlafzimmer. Ein paar Sachen legte er beiseite und bat darum, diese gebügelt zurückbringen zu dürfen.

Die halterlosen Strümpfe, die Strapsgürtel und ein paar Sexspielzeuge meiner Frau räumte er souverän in eine Schublade des Schränkchens gegenüber dem Bett. Er legte Seidenpapier zwischen jeden Strumpf. Sarah war das nicht peinlich. Sie ist selbstbewusst.

Aber ich hatte den Eindruck, dass sie seit unserem letzten Streit – der nicht lange zurücklag – noch selbstbewusster geworden war. Der Streit war nicht wirklich beigelegt und die Situation angespannt. Ich wusste nicht genau, wie ich mich verhalten sollte und glaube, sie wusste es auch nicht. Bei einem Streit verfällt Sarah in einen Zustand, den ich als gleichgültig empfinde. Alles, was mich betrifft, was uns betrifft, ist ihr dann gleichgültig.

Worum es ging? Sie hatte mich erwischt. Nicht »in flagranti«. Das letzte Ziel im Navigationsgerät unseres Autos verriet ihr, dass ich bei einer Adresse gewesen war, die sie nicht kannte und die nicht zu meiner Geschichte für diesen Abend passte. Sie unterstellte mir, ich wäre bei einer anderen gewesen. Sie fand heraus, dass bei dieser Adresse eine Arbeitskollegin von mir wohnte. Scheiß Facebook! Meine Frau vermutete sofort, dass ich etwas mit ihr hatte. Tatsächlich lief es schon eine Weile. Erst widersprach ich dem Vorwurf. Erfand Ausreden. Wollte unbedingt recht haben. Ich hätte den Wagen einem Freund geliehen, erklärte ich zur Rechtfertigung. Ich wäre in einem Restaurant um die Ecke gewesen und hatte die Adresse zum Parken eingegeben, log ich als weiteren Versuch, mich herauszureden. Ich war nicht Mann genug, zuzugeben, dass sie recht hatte. Schließlich gab ich klein bei. Es ist schwierig, zuzugeben, dass man im Unrecht ist. Zu gestehen, dass man gelogen hatte. Und noch schwieriger: es sich selbst einzugestehen. Sich selber damit zu konfrontieren, dass man gelogen hatte. Nicht wie ein trotziges Kind nach dem Motto: »Du hast recht, ich meine Ruhe«. Ich spreche von diesem, von Herzen kommenden ehrlichen Einsehen sich selbst und dem anderen gegenüber, dass man im Unrecht gewesen war. Es fühlt sich an, wie eine Art der Selbstverletzung. Es verletzt den anderen in gleichem Maße. Ich weiß nicht, was grausamer ist. Der Betrug oder die Lüge, um ihn zu vertuschen. Es war schwer. Ich gestand meinen Fehler ein. Entschuldigte mich. Nicht von Herzen. Es war mir peinlicher, gelogen zu haben und dies zugeben zu müssen.

Sarah wollte wissen, mit wie vielen Frauen ich es sonst noch getrieben hatte. Ob sie mir nicht mehr reichte. Ob ich sie noch liebte.

Der Urlaub stand auf der Kippe. Sie entschied, dass wir ihn antreten würden. Weihnachten und Silvester in der Karibik.

Die Kommunikation zwischen uns war auf ein Minimum beschränkt. Sie versuchte, gute Miene zum bösen Spiel zu machen. Ich auch. Es war anstrengend. Diese oberflächliche Freundlichkeit. Wie ein Dämon schwebte sie über jedem netten, erzwungenen Wort. Jederzeit bereit, die Maske fallen zu lassen und zuzuschlagen. Betrug schafft Vertrauensbruch. Es ist schwer, wenn nicht unmöglich, diesen Bruch zu heilen.

Seit dem Streit hatten wir nicht mehr miteinander geschlafen. Wir teilten zwar das Bett, jedoch keinerlei Intimitäten. Wir waren an einem Punkt in unserer Beziehung angekommen, an dem ich überlegte, wie es wieder gut werden könnte. Wie das, was geschehen war, ungeschehen gemacht werden konnte. Es gab keine Möglichkeit. Es gab die Chance, es zu verdrängen. Mir war bewusst, dass es nicht ungeschehen wäre, wenn wir beide es ignorieren würden. Es würde uns für immer begleiten. Ich fragte mich, ob unsere Beziehung noch eine Zukunft hatte. Ob wir an der Stelle angelangt waren, an der man anfängt, sich auseinanderzuleben, um sich dann zu trennen.

***

»Ich nehme eine Dusche, danach möchte ich gern etwas Essen.« Sarah nahm den Bademantel vom Haken.

Es war mittlerweile kurz vor 18:00 Uhr – gute Zeit zum Essengehen. Draußen wurde es dunkel.

Mit weißem Hemd und schwarzer Leinenhose wartete ich im Wohnzimmer und genoss die Aussicht auf den Strand, der vom Mondlicht sanft beleuchtet wurde. Ich beobachtete, wie der Mond auf dem Meer in den Wellen tanzte. Während Sarah im offenen Bad im Schlafzimmer war, hatte ich das kleine Bad beim Wohnzimmer genutzt. Das Schlafzimmer war vom Wohnzimmer durch zwei Schiebetüren getrennt, die ich zur Seite geschoben hatte.

Ich hörte das Geräusch der Absätze ihrer Schuhe. Sie trug ein beiges Kleid, das bis zu den Knien reichte, und schwarze Lack-Pumps. Ich sah ihre langen, schlanken Beine mit den Ansätzen der Wadenmuskeln, den straffen Hintern, der durch die hochhackigen Schuhe noch knackiger wirkte, ihre langen, leicht gewellten, dunkelblonden, gesträhnten Haare. Fingernägel und Fußnägel hatte sie mit einem dezenten Rosa lackiert – passend zum Lippenstift, der eine Nuance Glitzer enthielt, der ihre Lippen aufleuchten ließ. Das alles zog mich in den Bann.

Es ist nicht nur ihre Attraktivität. Es ist ihre Ausstrahlung, die ihr die Aura einer Nixe gibt, von der man sich insgeheim angezogen fühlt und ihr nicht widerstehen kann. Wenn da nicht meine ständige Neugier wäre. Die Neugier, die mich dazu brachte, es mit anderen Frauen zu treiben. Nicht nur in Gedanken.

»Bist du fertig?« Sie steckte sich einen Ohrring an.

Ich nickte und folgte ihr durch die Tür, die mit einem Piepsen das Öffnen quittierte.

Das Hotelgelände war riesig. Mehrere Restaurants, eine schicke, halbüberdachte Bar auf einer Terrasse mit Blick auf das Meer. Die Mitte der Hotelanlage bildete ein Pool, der von altgriechischen Statuen umgeben und fantastisch in verschiedenen Farben ausgeleuchtet war. Direkt angrenzend bot sich ein nicht enden wollendes Buffet. Aus Ananas geschnitzte Figuren wechselten sich mit Eisskulpturen ab. Das Essen wurde liebevoll präsentiert. Eine Auswahl an frischem, exotischem Obst, gegrillten Meeresfrüchten, Fisch, Gemüse und Fleisch …

Es fiel mir schwer, mich zu entscheiden. Sarah stand vor mir und streckte sich ein Stück nach vorn, um an den Camembert zu gelangen. Ich starrte auf ihren Hintern und ihre Beine. Sie stellte sich auf die Zehenspitzen. Ihre Wadenmuskeln spannten sich. Der Rock rutschte etwas nach oben und ließ ihre trainierten Oberschenkel hervorblitzen. Ich bemerkte, wie ein paar Männer ihr verstohlene Blicke zuwarfen. Auf ihre Beine, ihren Hintern, ihren sanft glänzenden Rücken, der offenbarte, dass sie keinen BH unter dem rückenfreien Kleid trug. Ich konnte spüren, wie diese Männer sie für den Bruchteil einer Sekunde begehrten und überlegte, woran sie in diesem

Moment dachten. Vielleicht stellten sie sich vor, wie meine Frau nackt vor ihnen knien würde und sie mit der Zunge und ihrem sinnlichen Mund mit den breiten Lippen verwöhnen würde? Wie sie auf dem Bett liegt, die Beine leicht gespreizt? Ich blickte die Männer an. Versuchte mir vorzustellen, wie sie es mit ihr trieben. Es erregte mich. Und das erschreckte mich. Ich erklärte mir meine Gedanken damit, dass ich unter Sexentzug litt.

Wir fanden einen freien Platz in der Nähe des Pools. Es hätte ein wundervolles, romantisches Dinner sein können. Wäre da nicht dieser Streit zwischen uns gewesen, diese unsichtbare Blockade, die uns beide davon abhielt, wir selbst zu sein. So war es nur ein Abendessen in schöner Umgebung bei angenehmer Temperatur.

Nicht weit entfernt saß ein Pärchen. Sie waren mir schon am Buffet aufgefallen. Er war groß, hatte graumeliertes, kurzes Haar, ein sympathisches Lächeln, dazu eine moderne, rahmenlose Brille. Die Frau an seiner Seite hatte dunkelbraunes, langes Haar. Die Messinglaterne neben ihrem Tisch brachte ihre glatten Haare zum Glänzen. Sie trug einen gelben Minirock und hohe Schuhe mit Holzabsatz. Durch die Schuhschnallen konnte ich ihre rot lackierten Fußnägel erkennen, passend zu Fingernägeln und Lippenstift. Sie wippte auf den Fußspitzen, ihre Wadenmuskeln spannten sich. Sie hatte genauso durchtrainierte Beine wie meine Frau. Auch die glänzende Haut. Ich betrachtete ihre prallen Brüste unter dem schwarzen, bauchfreien Top und stellte mir vor, wie sie sich nackt im Badezimmer eincremte. Die Creme ganz langsam auf ihre langen Beine und die Brüste massierte ...

»Wen starrst du an?«, weckte meine Frau mich aus meinem Tagtraum.

»Das Pärchen dahinten am Tisch. Sie sehen glücklich aus.

Lachen. Unterhalten sich angeregt. Wir sitzen nur stumm da. Ich weiß, dass die Situation schwierig ist. Es tut mir alles so leid.« Die Worte kamen wie von selbst. Und sie kamen von Herzen. Es fühlte sich an, als würde eine Last von mir fallen.

Ihr Blick verriet mir, dass sie die Wahrheit dieser Worte spürte. Meine erste wirklich ernst gemeinte Entschuldigung seit unserem Streit. Sie lächelte sanft, sagte nichts und aß weiter. Etwas war anders. Es fühlte sich anders an. Ich kann es nicht beschreiben.

***

Jetlag. Wir waren putzmunter. Nach dem Essen, das wir schweigend genossen hatten, schlug ich vor, in die Bar zu gehen. Eine Steintreppe führte hinauf. Das Vordach im Stil einer Villa aus der französischen Provence, ragte über die Bar hinaus bis in die Mitte der Terrasse. Der Fußboden aus Naturstein mit hellen, cremefarbigen bis walnussbraunen Nuancen. Ich kam mir einen Moment vor wie in Südfrankreich. Rattan-Möbel mit Sitzkissen aus beigem Leder bildeten Sitzgruppen, die nicht zu eng nebeneinanderstanden, dass man nicht unwillentlicher Zuhörer des Gespräches der Nachbarn wurde. Von jedem Platz aus hatte man einen spektakulären Blick auf das Meer – wenn man nicht gerade mit dem Rücken dazu saß.

Meine Frau erblickte das Pärchen, das ich beim Essen angestarrt hatte.

»Lass uns fragen, ob wir uns zu ihnen setzen dürfen.« Ihre Stimme klang anders. Fröhlich. Ohne eine Antwort von mir zu erwarten, nahm sie meine Hand und ging auf die beiden zu.

Sie saßen nebeneinander auf einem Sofa, das gegenüberliegende war frei. Auf dem Tischchen mit Glasscheibe, unter der ein paar Muscheln auf Sand lagen, standen zwei Cocktails. Aufwendig dekoriert, mit Schirmchen, Strohhalm und einer aufgeschnittenen Ananasscheibe, die auf dem Rand steckte.

»Hallo! Dürfen wir uns zu euch setzen?«, fragte meine Frau freundlich und mit ihrem unwiderstehlichen Lächeln.

»Aber sicher!«, sagte der Mann. Er stand auf und deutete mit der Hand auf das freie Sofa.

Ein höflicher Typ. Charismatische Ausstrahlung und ein charmantes, nicht aufgesetztes Lächeln. Ich kannte den Unterschied zwischen einem echten und einem aufgesetzten Lächeln. Schließlich arbeitete ich im Vertrieb. Meine Berufsgruppe hat das aufgesetzte Lächeln erfunden! Oder waren es die Griechen?

Seine Frau saß lächelnd neben ihm und winkte mit einer Hand, während der andere Arm auf ihrem Oberschenkel lag.

»Sarah und Michael«, stellte meine Frau uns vor.

»Freut uns! Stephanie und Peter«, antwortete er und führte dabei eine Handbewegung zu Stephanie.

Nachdem wir uns alle die Hände geschüttelt hatten, winkte Peter den Kellern her und bestellte vier Caipirinha. Als der Kellner die Bestellung aufgenommen hatte, fragte Peter, ob Caipirinha okay für uns sei? Der »Jamaica Fever«, der vor den beiden auf dem Tisch stand, wäre zu süß. Er lachte und entschuldigte sich, dass er uns keine Möglichkeit gab, einen Cocktail auszuwählen.

Was für ein Typ! Ich mochte Peter sofort. Seine herzliche Ausstrahlung, die leichte Dominanz, die nicht aufdringlich wirkte.

Schnell entwickelte sich ein Gespräch. Berufe, Hobbys, Wohnort. Peter, fünfzig Jahre, outete sich als Chef einer internationalen Marketingagentur. Stephanie, Anwältin. Ende dreißig, wie ich. Sie vertrat Straftäter vor Gericht. Von Betrügern bis hin zu Mördern. Ich war beeindruckt. Ich hätte auf alles getippt, aber nicht darauf, dass dieses attraktive Wesen eine Strafverteidigerin war. Peter nannte meine Frau lachend das »Küken«, da sie mit ihren vierunddreißig Jahren die Jüngste war. Sie fühlte sich geschmeichelt. Stephanie machte meiner Frau viele Komplimente. So viele, dass Peter aufstand.

»Sarah«, sagte er, »bitte setz dich zu Stephanie. Ich nehme neben deinem Mann Platz. Euer Geschleime ist ja nicht auszuhalten!«

Nun saßen die Frauen auf dem einen Sofa, Peter und ich auf dem anderen. Während dem Gespräch stellte sich heraus, dass sie ebenfalls in London lebten. In Covent Garden. Peter scherzte, dass man erst nach Jamaika reisen musste, um seine Nachbarn kennenzulernen. Sie waren ein paar Tage zuvor angereist.

Es war kurzweilig. Wir unterhielten uns sehr angeregt und die Cocktails flossen in Strömen.

Schließlich leerte sich die Bar und der Kellner informierte uns, dass wir eine letzte Runde bestellen konnten.

Stephanie schlug vor, dass wir in ihrem Hotelzimmer den Abend fortsetzten. Sie war aufgedreht.

Bevor eine Antwort kam, stand Peter auf und sagte: »Sehr gute Idee! Lasst uns gehen.«

Kapitel 2

Ihre Suite war größer als unsere. Im Wohnzimmer befand sich eine Bar. Ein Butler öffnete die Tür. Peter bestellte bei ihm alle Zutaten, um selber Caipirinha mixen zu können. Der Butler kam kurz darauf mit einer Plastikkiste zurück.

»Michael, hilf mir bitte!«, winkte er mich mit den Worten zu sich hinter die Bar. »Und die Damen nehmen bitte an der Theke Platz. Die Bar ist eröffnet!«

Stephanie drehte Musik auf. Die beiden Frauen setzten sich auf die Hocker. Ich schnitt die Limetten, Peter mixte die Cocktails, als wäre er ein professioneller Barkeeper. Absolut souverän.

»Der Name Caipirinha heißt übersetzt: Unschuld vom Lande«, erklärte Peter mit einem Lächeln, als er meiner Frau den Cocktail reichte.

Beeindruckt nickte sie und grinste ihn an.

»Auf die Unschuld vom Lande!«, sagte Sarah und wir hoben die Gläser.

Die Stimmung war ausgelassen.

Ich weiß nicht, wer es angesprochen hatte, aber irgendwann ging es um das Thema Eifersucht. Wir diskutierten über die These, dass jeder eifersüchtig wäre. Der eine mehr, der andere weniger. Männer wären grundsätzlich eifersüchtiger als Frauen, stellte Stephanie fest und Sarah stimmte zu. Peter und ich sahen das anders. Wir waren der Meinung, nicht eifersüchtig zu sein. Das Thema wurde noch eine Weile weiterdiskutiert, bis Stephanie Sarah an sich zog und anfing, sie zu küssen. Lange. Mit Zunge. Mir fehlten die Worte. Ich schaute mit leicht offenem Mund zu.

Meine Frau war für eine Sekunde auch überrascht und zuckte zurück. Aber als ihre Lippen Stephanies berührten, gab sie sich völlig hin. Sie küssten sich zärtlich, hingebungsvoll.

Peter stand mit verschränkten Armen lächelnd neben mir und beobachtet das Ganze.

Ich wusste nicht genau, ob ich wegschauen sollte. Ob es den beiden unangenehm wäre, wenn ich hinsah oder ob es *mir* peinlich war, zuzuschauen.

Nach einer gefühlten Ewigkeit ließ Stephanie von Sarah ab.

»Und? Eifersüchtig?«, fragte sie, während sie den Hals meiner Frau streichelte.

»Ich nicht. Du Michael?«, fragte Peter.

»Nein! Natürlich nicht!« Die Unsicherheit in meiner Stimme war nicht zu überhören. Aber es war tatsächlich kein Gefühl von Eifersucht. Vielmehr eine Mischung aus Peinlichkeit und

Erregtheit.

»Gut.« Stephanie nahm Sarah an die Hand. Sie schloss die Schiebetür zum Schlafzimmer von innen und ließ dabei einen kleinen Spalt offen.

Peter lächelte mich an. Wortlos. Er schaltete die Musik aus. Wir lauschten. Die Geräusche von Küssen, Schmatzen, leisem, kaum hörbarem Stöhnen, einem Reißverschluss, ein Klicken ...

Ich stellte mir vor, wie Stephanie Sarah das Kleid auszog und den BH öffnete. Wie sie ihren Hals küsste, ihre Brustwarzen. Die Geräusche starteten mein Kopfkino.

Wieder ein Reißverschluss. Klicken. Schmatzen. Kussgeräusche. Leise.

Ich hielt es kaum aus. Was taten die beiden? Meine Frau war dort mit einer Fremden, die wir erst vor kurzem kennengelernt hatten, und ihr Mann stand neben mir. Was war hier los? Waren wir zu betrunken?

Etwas fiel auf den Boden. Ein dumpfer Ton. Kurz. Ein Kissen? Nochmal. Ein zweites, das vom Bett gefallen war? Ich stellte mir vor, wie sie in der 69er-Position übereinander lagen. Wie sie es miteinander trieben. Kussgeräusche. Leichtes Schmatzen. Wer verführte wen? Wer dominierte wen?

Ist das unsere Männerdenke? Muss einer dominieren? Ist das Sex? Einer führt und der andere lässt sich führen? Hat jeder seine Rolle?

Wo war die Rolle bei den beiden? Wer war der Mann bei ihrem Spiel? Was sollten diese Gedanken in meinem Kopf?

Stöhnen. Es kam von Stephanie. Was machte Sarah? Küsste sie Stephanies Brüste? Ihre Schenkel? Ihre Muschi? Fingerte sie sie? Besorgt sie es ihr?

Ich hielt es kaum aus, schaute kurz zu Peter und schlich auf den Türspalt zu. Nur eine der Nachttischlampen brannte. Niemand war auf dem Bett. Dann sah ich Stephanie. Sie saß links auf dem Bettenrand. Die Beine gespreizt. Meine Frau kniete vor ihr auf dem Boden. Ihr Kopf bewegte sich zwischen Stephanies Schenkeln langsam vor und zurück. Stephanie war nackt. Im dämmrigen Licht sah ich die Kontur ihrer linken Brust. Sie stöhnte leise, den Kopf in den Nacken gelehnt. Sie bemerkte mich, blickte mir in die Augen. Sie lächelte sanft, stöhnte erneut, ohne den Augenkontakt zu verlieren. Sinnlich.

Die Tür schob sich zu. Peter.

»Lassen wir den beiden ihren Spaß.« Er legte den Arm um meine Schulter und ging mit mir zur Eingangstür.

Ich konnte es kaum fassen. Er war ganz offensichtlich nicht neugierig, wollte nicht wissen, was da drin vor sich ging. Ich wusste nicht, was ich sagen sollte. Ich wollte nicht unsicher erscheinen. »Du hast recht, Peter. Sollen die beiden sich doch amüsieren«, sagte ich mit aufgesetzter Coolness, als wir die Suite verließen und in Richtung Strand liefen.

»Du hast eine sehr attraktive Frau«, sagte Peter.

»Danke, du auch!«, gab ich zu.

»Vielen Dank! Durch Alkohol wird Stephanie manchmal übermütig. Aber es scheint Sarah nicht zu stören. Es ist wirklich schön, dass sie sich gut verstehen.«

Dass die beiden sich gut verstehen? Hatte ich richtig gehört? *Meine Frau und seine Frau schlafen miteinander! Haben Sex miteinander! Vögeln gerade!* Ich behielt diese Gedanken für mich.

Peter wirkte souverän.

»Macht ihr das öfter?«, wollte ich wissen.

»Was meinst du?«

»Naja, Sex mit anderen Frauen.«

Peter lächelte. Sagte nichts.

Ich wusste nicht, was das zu bedeuten hatte. Ich wollte nicht nachfragen. Außerdem hatte ich noch immer diese Geräusche in meinem Kopf. Das Bild von Stephanie auf dem Bett. Den

Hinterkopf meiner Frau, der sich leicht zwischen ihren Beinen bewegte. Dieser Blick. Ihre Brust. Ich stellte mir wieder vor, was sie in dem Moment machten. Meine Gedanken kreisten nur darum, sich diese Szene vorzustellen. Alle Varianten zu durchdenken. Alle Stellungen. Ich versuchte, mir meiner Gefühle bewusst zu werden. Lust, Begierde, Neugier, Eifersucht? Nein. Eifersucht war nicht dabei. Hilflosigkeit? Ja. Ein bisschen.

Peter setzte sich auf eine der Strandliegen und blickte zu den Sternen. »Ich wünsche den beiden, dass sie eine wunderschöne Erfahrung machen und den Moment genießen.«

Ich stimmte zu. Obwohl ich keinen klaren Gedanken fassen konnte. Peter faszinierte mich. Er wirkte ausgeglichen. Mit sich im Reinen. Ich war das Gegenteil. Innerlich aufgewühlt. Ein Opfer der totalen Reizüberflutung aus Geräuschen, Gerüchen, Bildern, Emotionen. Ich tat es ihm nach und blickte in den klaren Sternenhimmel. Auf einmal kam ich mir klein vor. Unbedeutend. Obwohl ich mich für den Mittelpunkt hielt. Auch in unserer Beziehung. Warum musste ich immer im Mittelpunkt stehen? Was brachte es mir, der Mittelpunkt zu sein? War ich dadurch besser? Wie kann ich mir anmaßen, besser zu sein? Bin ich anders? Sind wir nicht alle gleich? Sind wir eins oder viele? Woher kommen diese ganzen Sterne am Himmel und warum bin ich hier?

Es war eindeutig zu viel Alkohol. Meine Gedanken spielten verrückt. Quatsch ging mir durch den Kopf. Das dachte ich zumindest damals. Zurückblickend war das eine Art Erleuchtung. Ein sich selbst Bewusstwerden. Seit unserem letzten Streit hatte ich angefangen, meine Gedanken und Gefühle zu hinterfragen. Ich schaute ihnen zu. Wie eine Art Beobachter. Und in dem Moment, als meine Frau mit einer anderen Sex hatte und ich in den Himmel starrte, wurde es intensiver. Ich erklärte mich für betrunken. Und verrückt.

»Ich glaube, wir können so langsam zurückgehen. Die beiden sind sicherlich schon beim Duschen«, sagte Peter.

Duschen? Beide nackt unter der Dusche? Sich gegenseitig einseifend? *Vielleicht liegen sie auch in der Badewanne und reiben sich gegenseitige ein ...*

In meinem Kopfkino lief der Pornokanal.

Wir gingen zurück. Über eine Stunde war vergangen. Mir kam es wie wenige Minuten vor.

***

Peter öffnete die Tür. Wir hörten die beiden leise tuscheln. Sie dachten wohl, dass wir noch lauschend im Wohnzimmer waren.

Durch den Türspalt sah ich sie auf dem Bett liegen. Die Decke über sich gezogen. Sarah spielte in Stephanies Haaren.

»Und, jetzt eifersüchtig?« Sie sah mich mit einem frechen Grinsen an.

»Überhaupt nicht. Ich habe euch gewünscht, dass ihr eine wunderschöne Erfahrung zusammen macht und den Moment genießt.« Ich weiß, das waren Peters Worte. Ich hatte sie ihm geklaut, ohne zu wissen, ob ich wirklich so empfand.

»Ist das süß!«, quiekte Stephanie leise.

»Das war jetzt wirklich süß. Danke, Schatz.« Sarah richtete sich im Bett auf. »Ich hoffe, wir waren nicht zu laut!«

Die Frauen kicherten wie Teenager.

Ich setzte mich aufs Sofa im Wohnzimmer. Peter stand hinter der Bar und mixte Cocktails.

Nach ein paar Minuten kamen die beiden aus dem Schlafzimmer. Frischer Lippenstift. Tadelloses Make-up. Sie machten nicht den Eindruck, als hätten sie es wild und hemmungslos miteinander getrieben. Vielleicht ist das aber auch nur die Sichtweise eines Mannes. Da muss es beim Sex immer wild und animalisch zugehen. Nur dann ist es gut. Am liebsten würden wir Männer uns nach dem Orgasmus auf die Brust trommeln wie King-Kong.

Was auch immer sie letztlich getrieben hatten – besser gesagt, wie! – meine Frau strahlte. Als sie sich auf den Barhocker setzte, sah sie mich so an, wie sie es immer getan hatte, als wir frisch verliebt gewesen waren. Sie wirkte anders. Frei. Es fühlte sich gut an. Sehr gut.

Peter stellte die Cocktails auf den Tresen. Sarah und ich lehnten ab. Zwar waren wir nicht müde – im Gegenteil –, aber offenbar hatten unsere Körper ordentlich Adrenalin ausgeschüttet. Sie war live dabei gewesen und ich hatte im Kopfkino zugeschaut. Es war für uns beide ein fantastisches Erlebnis.

Wir verabschiedeten uns. Meine Männlichkeit stand in voller Stärke. Als ich den weiblichen Geräuschen gelauscht hatte, war ich schon erregt gewesen, und nun war es noch immer so, als ich mich neben meine Frau ins Bett legte. Wir sprachen nicht, genossen beide das vorhin Erlebte. Jeder, wie er es für sich gefühlt hatte. Und ich gewann den Eindruck, sie wollte genau mit diesen Gefühlen einschlafen. Wir schliefen nicht miteinander. Als wir uns küssten, spürte ich Leidenschaft und dieses Gefühl, wenn man jemanden, den man begehrt, das erste Mal küsst. Es war wundervoll!

Kapitel 3

Wir schliefen bis zum frühen Nachmittag. Von der Terrasse vor dem Wohnzimmer konnten wir direkt an den Strand laufen. Dort sahen wir schon Stephanie und Peter, die uns zu sich winkten.

Es kam mir komisch vor, denn es waren doch erst ein paar Stunden vergangen, seit die beiden Frauen Sex gehabt hatten.

Stephanie lag in einem schwarzen Bikini auf ihrer Liege und lächelte, als sie uns zur Begrüßung zwei Küsschen auf die Wange gab.

Niemand sprach über die letzte Nacht.

Peter zeigte auf ein Boot, das an den Pier vom Hotel anlegte. Er erzählte von Bootsausflügen zu Korallenriffen mit Tauchen und Schnorcheln.

Unsere Frauen richteten derweil ihre Augen auf drei Männer, die das Tauchschiff verließen. Ich schätzte sie nicht älter als fünfundzwanzig Jahre. Sportliche, durchtrainierte Körper mit Sixpacks.

Als Peter bemerkte, dass die beiden auf die jungen Männer starrten, meinte er lachend zu mir: »Tja, Michael, scheint, als hätten wir Konkurrenz bekommen!«

»Konkurrenz? Das sind Top-Models! Die Typen sind unser Todesstoß!«

Wir mussten alle lachen.

»Ich liebe dich, mein Schatz«, sagte Stephanie zu Peter. »Und du weißt doch, im Herzen einer Frau ist nur Platz für einen Mann. Aber die drei sehen wirklich fantastisch aus!«

Peter stimmte seiner Frau zu, und das, ohne den geringsten Anschein von Eifersucht.

Ich schaute Sarah an.

Sie lächelte sanft. »Eifersüchtig?«

»Nein. Peter hat recht. Sie sind sehr attraktiv. Wenn ich eine Frau wäre, würde ich mir diesen Anblick auch nicht entgehen lassen.«

Ihr gefiel meine Antwort. Ich meinte es ehrlich.

Sie nahm meine Hand, führte sie zu ihrem Mund und küsste sie. Das hatte sie noch nie gemacht. Ich erwiderte es.

Der Butler kam mit den bestellten Cocktails.

»Auf unsere souveränen Ehemänner!«, sagte Sarah und hob das Glas.

Ich hob meins ebenfalls. »Auf unsere selbstbewussten Ehefrauen!« Ich wollte nicht hintenan stehen, war sogar beeindruckt davon, dass sie mich als souveränen Ehemann bezeichnete. Ich fühlte mich ihr auf einmal so verbunden. Es war ein wunderschönes Gefühl.

Wir verabredeten uns zum Abendessen.

***

Stephanie trug ein langes, weißes Kleid mit tiefem Ausschnitt. Dazu schwarze Pumps. Sarah hatte einen engen, dunkelblauen Rock an und eine weiße Bluse. Auch sie trug schwarze Pumps. Als hätten die beiden sich abgesprochen. Die Gespräche zwischen meiner Frau und mir waren seit dem Erlebnis der letzten Nacht anders geworden. Besser. Wir unterhielten uns über den Sandstrand, den guten Service, die Cocktails. Wir lachten wieder miteinander.

Nach dem Abendessen beschlossen wir, erneut in die Bar zu gehen. Wir fanden einen freien Platz direkt davor. Peter bestellte Caipirinhas für uns. Wieder gab es keine einzige Minute, in der man stumm dasaß und hoffte, dass irgendjemand etwas sagte. Kein Schweigen.

Peter erzählte von seinem Job. Er war mit einigen CEO´s von Großkonzernen per Du. Kein schlechter Kontakt, dachte ich mir. Aber bei Peter kam es mir nicht – wie sonst so oft – auf den geschäftlichen Nutzen dieses Kontaktes an. Ich mochte Peter – sofort, als ich sein ehrliches Lächeln gesehen hatte. Schon damals hatte ich das Gefühl gehabt, dass dies eine gute Freundschaft werden konnte. Aber da ahnte ich noch nicht, wohin diese Freundschaft führen würde ...

Die Frauen unterhielten sich über Klamottengeschäfte und die neuen Bio-Supermärkte in London.

Peter und mir fielen die drei Männer an der Bar auf, die auch am Strand die Blicke unserer Frauen auf sich gezogen hatten. Die beiden saßen mit dem Rücken zur Bar und hatten die Männer noch nicht bemerkt, so sehr waren sie in ihr

Gespräch vertieft. Sie kicherten, während sie sich gegenseitig auf Oberschenkel und Schultern tatschten.

»Schaut, wer da hinter euch ist!«, sagte Peter.

Unsere Frauen drehten sich um.

»Oh, wie nett!«, gab Sarah beim Anblick der drei zu, die in ihr Gespräch vertieft waren.

Stephanie grinste. »Ist es nicht fantastisch, dass wir so souveräne Ehemänner haben, die nicht eifersüchtig sind?«

»Vor allem, sie engen uns nicht ein und lassen uns die Freiheit, die wir brauchen«, antwortete Sarah.

»Darauf trinken wir!«, entgegnete Peter und hob sein Glas.

Wieder ging es um das Thema Eifersucht. Stephanie fragte mich, ob ich eifersüchtig wäre, wenn meine Frau an der Bar mit den dreien flirten würde.

»Natürlich nicht!«, antwortete ich selbstbewusst.

»Du hast einen fantastischen Mann.«

Sarah lächelte mich an und sah mir in die Augen. »Manchmal … aber immer öfter.«

Sie stand auf und reichte Stephanie die Hand. Das obligatorische »Frauen gehen gemeinsam auf die Toilette«.

Peter musterte die drei jungen Männer an der Bar, als Sarah und Stephanie sie passierten. »Unsere Frauen sind so attraktiv, dass selbst solche Modeltypen ihnen hinterherschauen«, stellte er fest.

Ich stimmte zu. Die beiden mussten sich nicht verstecken. Lange Beine, reine Haut, große, straffe Brüste, knackige Hintern, sexy Outfits mit hochhackigen Schuhen. Ein Männertraum!

Als sie zurückkamen, prostete einer der drei ihnen zu und machte mit dem Arm eine Geste zu zwei Barhockern, die sie in ihrer Mitte gerade freimachten. Sie saßen mit dem Rücken zu uns und hatten uns deswegen wahrscheinlich nicht bemerkt.

Unsere Frauen schauten kurz zu uns herüber, unauffällig, sodass die drei es nicht bemerkten. Peter und ich waren uns einig und nickten kurz. Daraufhin setzten unsere Frauen sich zu ihnen an die Bar.

Der Kellner brachte eine Flasche Champagner.

Die jungen Männer waren nicht gerade zurückhaltend. Sofort wurden die Frauen mit Wangenküsschen begrüßt und an den Schultern angefasst. Unseren Frauen schien es zu gefallen. Sie waren nicht schüchtern.

Peter lehnte sich zurück. »Ist es nicht wunderschön, wie sie diese Aufmerksamkeit genießen?«

Ich schaute zu ihnen. Sie lachten, unterhielten sich angeregt. Peter hatte recht. Sie genossen die Aufmerksamkeit. Ist es tatsächlich so, dass wir Männer unsere Frauen zu sehr einengen? Ihnen nur aufgrund von Eifersucht nicht gestatten, zu flirten? Weil wir uns dann minderwertig vorkommen? Weil wir glauben, ein anderer könnte besser sein als wir, könnte unsere Frau wegnehmen? Sind wir der Meinung, dass die Frau unser Eigentum ist? Denken wir tatsächlich so? Manchmal wohl schon. Vielleicht sogar sehr oft. Selber trauen wir uns zu, alles tun zu dürfen. Aber unseren Frauen vertrauen wir nicht. Ist es das? Ist es fehlendes Vertrauen? Oder ist es ein Minderwertigkeitskomplex?

Ich beobachtete meine Frau. Umgeben von drei jungen Typen, die aussahen, wie die Typen, die auf Postern im Zimmer eines Teenagers hängen. Waren es Models? Schauspieler? Erfolgreiche junge Männer mit einem Haufen Geld? Reiche Eltern? Waren sie besser als ich? Oberflächlich betrachtet waren sie das. Aber war das ein Grund, eifersüchtig zu sein? Nie zuvor hatte ich mich selbstkritisch betrachtet. Es tat gut.

Die drei wurden warm. Tatschten bei jedem Lachen auf ihre Schultern oder den Rücken. Einer hatte kurz seine Hand auf dem Oberschenkel meiner Frau. Sie amüsierten sich, flirteten, genossen den Champagner. Die zweite Flasche stand bereits auf dem Tresen.

Ich konnte mich kaum auf das Gespräch mit Peter konzentrieren, da ich ständig im Augenwinkel versuchte, einen Blick zu erhaschen. Die Zeit verflog. Die Bar leerte sich. Wieder informierte der Kellner über die letzte Runde.

Bei den jungen Männern herrschte Aufbruchsstimmung. Unsere Frauen standen auf. Sie zwinkerten uns mit einem schelmischen Lächeln zu, das die drei nicht bemerkten. Sie folgten ihnen die Steintreppe hinunter. Wir beobachteten, wie sie am Pool vorbei in Richtung Strand liefen.

»Auf unsere Frauen!« Peter verstand die Information vom Kellner zur letzten Runde als Aufforderung, Cocktails zu bestellen. Er hatte es nicht eilig.

Ich war unsicher, was er mit diesem Trinkspruch meinte. Ich hob mein Glas und lächelte so souverän ich nur konnte. In Wahrheit schossen mir tausend Gedanken durch den Kopf: *Wohin sind sie gegangen? Warum haben sie sich nicht von den dreien verabschiedet und sind zurück zu uns an den Tisch gekommen? Lassen sie sich von ihnen zum Zimmer begleiten? Sie sind aber in die andere Richtung gelaufen. Zum Pier. Dort ist eine Strandbar, die aber um diese Zeit schon geschlossen ist ...*

Nach etwa fünfzehn Minuten folgten wir dem Weg, den die fünf genommen hatten. Die Strandbar stand inmitten eines aufwendig angelegten Gartens aus Steinen, Büschen und exotischen, bunten Pflanzen. Wir lauschten. Hörten Stimmen. Wir schlichen hinter den Steinen und Pflanzen, um nicht entdeckt zu werden. Das Licht der Messinglaternen vom Hauptweg reichte nicht bis hierhin. War aber nicht nötig, denn der Mond schien bei klarem Sternenhimmel und beleuchtete die Szene.

Wir sahen, wie unsere Frauen nebeneinander auf Barhockern

saßen, umgeben von den drei jungen Männern. Einer stand hinter meiner Frau, küsste ihren Hals und streifte mit seinen Händen sanft über ihre Brüste. Ein anderer kniete vor ihr, schob ihren Rock nach oben, während er ihre Innenschenkel küsste.

Stephanie knutschte mit dem dritten, streichelte seine Brust durch das geöffnete Hemd.

Ich kam mir vor wie ein Spanner. Oder wie ein aufgeregter Junge, der beim Versteckspiel die anderen Kinder beobachtet und hofft, nicht entdeckt zu werden. Ich fühlte mich wie ein Stück von beidem. Voyeur und versteckspielender Junge.

Sarah griff hinter sich und streichelte über die ausgebeulte Stelle seiner Hose. Der vor ihr Kniende arbeitete sich mit seinen Küssen vor. Sie bäumte sich auf. Ich überlegte einen Moment, ob sie Unterwäsche trug. Sein Kopf bewegte sich langsam rauf und runter. Keine Unterwäsche. Er leckte sie. Schmeckte, was ich sonst schmeckte. Roch, was ich sonst roch. Spürte mit seiner Zunge, was ich sonst spürte. Sie wird sehr feucht. Er leckte auf, was ich sonst genüsslich aufnahm und schluckte.

Sie ergriff ihre Brüste über dem Kleid, presste sie zusammen.

Stephanie war in die Knie gegangen. Die Hose des jungen Mannes hatte sie bereits geöffnet. Eine Hand umklammerte sein steifes Glied. Die andere massierte seine Hoden. Ihr Kopf beugte sich nach vorn. Sein Penis verschwand komplett in ihrem Mund. Während sich ihr Kopf langsam zurückbewegte, bildeten sich Grübchen auf ihren Backen. Sanftes Stöhnen.

Der Typ, der meine Frau leckte, führte seine linke Hand zwischen Stephanies Beine. Sie stöhnte kurz auf. Lutschte dann weiter, während sie mit einer Hand nach hinten an die Hose des anderen griff.

Sarah hatte zwischenzeitlich den Kopf in den Nacken gelehnt und küsste leidenschaftlich mit dem Mann hinter ihr. Dabei öffnete er seine Hose. Sie griff nach dem steifen Schwanz, fing an, ihn zu massieren.

Ich konnte kaum glauben, was ich dort sah. Ich verspürte das Gefühl von Eifersucht. Und war dabei erregt. Mein Penis hart. Während mein Verstand eine rationale Erklärung für dieses irrationale Verhalten suchte, stand Stephanie auf und flüsterte Sarah etwas ins Ohr. Dann stellte sie sich hin und schob ihren Rock hinunter. Ich konnte nicht verstehen, was sie den Männern zuflüsterten.

Händchenhaltend kamen die Frauen in unsere Richtung. Ich war sicher, Sarah hatte uns gesehen. Zumindest kam es mir so vor, als hätte sie mir in die Augen geblickt. Wir wichen zur Seite, versteckten uns hinter einer Holzwand. Die Frauen liefen direkt daran vorbei, bemerkten uns nicht. Sie lachten und scherzten. Wie Teenager hielten sie sich an den Händen, tänzelten und kicherten. Vielleicht eine Mischung aus dem vielen Champagner, Übermut und Nervosität. Einen kurzen Moment glaubte ich, sie liefen zurück zur Bar, um uns dort abzuholen. Aber anscheinend wussten unsere Frauen, dass die Bar bereits geschlossen war, denn sie gingen in Richtung unserer Suiten.

Ich spürte Peters Hand auf meiner Schulter.

»Wir sollten ihnen einen Vorsprunglassen«, schlug er vor.

»Glaubst du, die gehen mit den Jungs aufs Zimmer?«

»Bestimmt!«

»Bestimmt? Die Typen wollen unsere Frauen ficken!«

»Ja, und unsere Frauen die Typen. Ist das nicht aufregend?«

Ich wusste nicht, was ich antworten sollte. Tatsächlich war ich aufgeregt. Immer noch diese Mischung aus Eifersucht und Erregtheit. Mein Kopfkino meldete sich. Pornokanal. Rudelbumsen. Orgie. Wichsende Typen, die um die knienden Frauen herumstehen. Dann gleichzeitig abwichsen, in ihre Gesichter, auf die Titten. Die Frauen haben ihre gierigen Münder geöffnet, die Zungen herausgestreckt. Sie gieren nach dem Sperma. Sandwich. Einer steckt vorn drin, einer hinten und einer schiebt ihn in ihren Mund. Alle Löcher werden gestopft ...

Es bildeten sich die verrücktesten Szenen in meinem Kopf. Hardcore!

Sarah zuzuschauen, wie sie es trieb, hatte eine andere Qualität, als die Vorstellung, wie sie es mit anderen treiben würde. Beides sorgte für extreme Gefühlswallungen. Und ich wurde immer geiler.

Peter und ich gingen auf der Strandseite zu den Zimmern. Zuerst kamen wir an unserer Suite vorbei. Dunkel. Kein Licht.

Ein paar Meter weiter war die Suite von Stephanie und Peter. Parterre. Mit direktem Strandzugang. Jacuzzi auf der Terrasse.

Wir erkannten von Weitem, dass Licht brannte, und schlichen uns an. Die Vorhänge vom Wohnzimmer waren bis auf einen Spalt zugezogen. Wir huschten seitlich bis zum Spalt. Ich erhaschte einen kurzen Blick. Dann musste ich mich einen Moment sammeln, glaubte nicht, was ich da sah. Hatte ich gerade wirklich eine Szene vom Pornokanal meines Kopfkinos gesehen? Ein zweiter, kurzer Blick bestätigte es.

Da standen die drei jungen Männer, nackt. Die Frauen knieten nackt auf dem Boden, vor ihnen, lutschten und massierten ihre steifen Schwänze.

Ich blickte erneut hinein. Wandte mich nicht ab.

Die Frauen hielten sich gegenseitig die Schwänze hin. Wechselten sich ab. Stephanie blies ruckartig und schnell. Gierig. Sarah dagegen sanft und langsam. Genüsslich.

Nicht einmal vierundzwanzig Stunden war es her, dass ich das animalische Treiben von uns Männern hinterfragt hatte. Und nun spielte meine Frau vor meinen Augen die Hauptrolle in einem Hardcore-Porno. Ich hatte nicht den Eindruck, als wäre es ihr unangenehm.

Stephanie stand auf und schob einen Stuhl von der Wand in den Raum. Sie zwinkerte, als sie in unsere Richtung schaute. Offensichtlich war der Spalt am Vorhang kein Zufall. Sie streckte meiner Frau die Hand hin, deutete ihr, sich auf den Stuhl zu setzen. Der Stuhl stand schräg zum Fenster. Wir hatten einen guten Blick darauf. Unbemerkt von den Männern, zwinkerte auch Sarah in unsere Richtung, als sie sich auf den Stuhl setzte. Sie gingen also davon aus, dass wir zuschauten, ohne dass die Männer uns sehen konnten. Stephanie kniete sich vor sie, küsste sie zwischen den Beinen. Dabei bildete sie ein Hohlkreuz und streckte ihren Hintern hoch.

Ich fasste mir kurz an die Hose. Am liebsten hätte ich es mir jetzt gemacht. Aber ich wollte nicht, dass Peter mitbekam, dass ich erregt war. Besser gesagt, ich war notgeil! Ich stellte mir einen Moment lang vor, wie ich es mir selber machen würde. Neben dem Ehemann der Frau, auf deren Arsch ich starrte, während sie, umgeben von fremden, nackten Männern mit steifen Schwänzen, meine Frau leckte. Der Pornokanal meines Kopfkinos speicherte die Szene ab. Neues Material. Die Situation erschien surreal.

Ich blickte Peter an.

»Gute Aussicht?«, fragte er flüsternd mit einem zufriedenen Grinsen im Gesicht.

Ich quittierte mit einem Lächeln und wandte mich wieder der Szene zu.

Die drei Männer standen um den Stuhl herum, auf dem meine Frau saß. Sie lutschte und massierte die Schwänze abwechselnd. Zwischendrin bäumte sie sich immer wieder auf und stöhnte leicht, während sie in jeder Hand einen Schwanz hielt.

Einer kniete sich hinter Stephanie, fing an, ihren Hintern zu küssen, ihre Muschi. Er ließ sich viel Zeit. Einer warf ihm ein Kondom hin. Er legte es sich an und begann, seinen Schwanz über ihren Hintern zu streifen. Zwischen ihre Beine. Dann drang er ein. Langsam. Tiefer. Er ergriff ihre Hüfte. Bewegte sich vor und zurück. Kein Rammlertyp, so wie ich. Er genoss es. Er genoss Stephanie. Sie leckte weiter. Ließ sich nicht davon ablenken, dass sie von hinten genommen wurde.

Einer der Männer deutete meiner Frau, sich auf den Stuhl zu knien. Sie griff mit den Händen nach der Stuhllehne, streckte ihren Hintern raus. Sie stellte sich zur Verfügung. Er streifte sich ein Kondom über und drang in sie ein. Unglaublich. Nie hatte ich mir vorgestellt zu sehen, wie ein Fremder in meine Frau eindringt. Es sich an ihr besorgt. Denn genau das tat er in dem Moment. Er nahm sie. Besorgte es sich an ihr. Ein Rammler. Wie ich. Eine Hand hielt die Haare und zog ihren Kopf ins Genick. Die andere krallte sich in ihre Hüfte. Sie streckte eine Hand nach vorn. Der andere hielt seinen Schwanz hin. Sie wichste ihn, während sie genommen wurde.

Stephanie stand auf und unterbrach die Szene. Sie schaltete das Licht aus. Ich konnte nichts mehr sehen. Hörte aber die Geräusche der Stöckelschuhe auf dem Marmorboden. Beide Frauen schienen im Raum zu laufen. Dann öffnete sich auf einmal eine Seite des Vorhangs.

Erschrocken sprangen wir zurück. Aus ein paar Metern Abstand beobachteten wir das Fenster. Ich erkannte Handabdrücke. Erst einen. Dann vier. Die Frauen lehnten am Fenster. Die Konturen der Handabdrücke waren mal stärker, mal schwächer. Ich stellte mir vor, wie die Typen sie von hinten nahmen, ihre Hüften hielten, sie stießen und dabei immer wieder ans Fenster drückten. Ich konnte nicht erkennen, welche Hände die meiner Frau waren. Auf einmal ein lautes Stöhnen. Es war Sarah. Das war ihr Stöhnen, wenn sie kam. Und wenn sie kommt, dann sehr feucht. Besser gesagt, nass. Zwei Hände verschwanden vom Fenster. Nach ein paar Sekunden waren sie wieder zu sehen. Für einen Moment war etwas Licht im Raum. Ich hatte aber nichts erkennen können. Wusste immer noch nicht, welche Hände die meiner Frau waren.

»Einer ist gegangen«, flüsterte Peter.

Das erklärte das kurze Licht im Raum. Es kam vom Flur, als er das Zimmer verlassen hatte. War er in Sarah gekommen? Hatte er es auf sie gespritzt? Hatte sie es gar geschluckt? Oder war er gekommen, als er sich mit Stephanie vergnügt hatte?

Zu viele Optionen. Gedankenkollision.

Erneut lautes Stöhnen. Wieder meine Frau!

Peter grinste. »Was glaubst du, welche Hände von Sarah sind? Das linke Paar Hände oder das rechte?«

»Das frage ich mich auch die ganze Zeit!«

Tatsächlich hatte ich gerade überlegt, Peter zu fragen, ob er Stephanie erkannte. Aber damit hatte sich die Frage ja erledigt.

Die Hände verschwanden vom Fenster. Was ging da drin vor? Zwei waren noch bei ihnen. Aber meine Frau war gerade zum zweiten Mal gekommen. Hatte einer dabei abgespritzt? Im Schlafzimmer ging Licht an. Der Vorhang wurde wieder einen Spalt geöffnet. Die Show war noch nicht vorbei.

Ich schlich durch den Blumengarten ans Fenster.

Peter folgte.

Ein Mann lag mit dem Rücken auf dem Bett. Den Kopf in Richtung Fenster gedreht. Sarah ging in diesem Moment über ihm in die Hocke, während sie seinen Schwanz hielt und damit zwischen ihre Beine zielte. Als sie die richtige Position ausgemacht hatte, hockte sie sich etwas tiefer. Sie blickte mit offenem Mund zum Fenster, sah mich an. Konnte sie mich sehen? Sie schloss die Augen für einen Moment, als sie sich noch tiefer auf ihn herabließ, ihn sich ganz einführte. Wieder blickte sie zu mir. Ich erkannte Erregung. Wollust. Geilheit. Mein Verstand spielte alle Blicke, die ich von Frauen in hunderten von Pornos gesehen hatte, vor meinem geistigen Auge ab. Keiner war so intensiv. Keiner hatte mich so berührt. Ihr Blick war echt. Kein Schauspiel. Sie konnte mich nicht sehen, wusste aber bestimmt, dass ich da war. Spürte es vielleicht. Mit diesem Blick machte sie mich noch geiler. Ich konnte mich nicht erinnern, wann ich jemals so lange einen steifen Schwanz gehabt hatte.

Sie bewegte ihr Becken. Langsam. Genoss es. Der Mann griff an ihre Brüste. Sarah drückte seine Arme nach unten. Er war für sie nur ein Objekt, an dem sie es sich nun besorgte. Sie ritt ihn, bäumte sich auf, warf immer wieder einen Blick zum Fenster. Bewegte ihr Becken schneller. Vor und zurück. Kreisend. Krallte sich in seine Brust. Dann schnellte sie hoch und rieb ihren Kitzler. Stöhnen. Ein weiter Strahl. Dann noch ein paar kürzere, über seinen Bauch, bis in sein Gesicht. Es lief zwischen seinem Sixpack an ihm herunter.

Ich nenne es »Nektar«. Heißt aber »Squirting«, wenn eine Frau beim Orgasmus Flüssigkeit ausstößt. Tatsächlich können Frauen, genau wie Männer, abspritzten. Nur, dass es kein Sperma ist. Es ist auch kein Urin. Ich habe keine Ahnung, was es ist. Für mich ist es »Nektar«. Und es macht mich total an, wenn es aus ihr herausspritzt.

Sarah kroch vom Bett. Ging ins Bad. Ließ den jungen Mann einfach liegen. Vollgespritzt mit ihrem Nektar. Kein Blick. Kein Wort. Sie hatte sich genommen, was sie wollte. Er hatte seinen Zweck erfüllt. Ein paar Sekunden lang lag er verstört auf dem Bett. Entweder, weil sie ihn einfach hatte liegen lassen oder weil sie ihn vollgespritzt hatte. Vielleicht beides. Er hatte begriffen, dass es Zeit war zu gehen. In dem Moment, als ich darüber nachdachte, wie Stephanie es im Wohnzimmer trieb, sah ich sie aus dem Bad kommen, in das Sarah gerade gegangen war. Ein Handtuch umgebunden, nasse Haare. Sie hatte geduscht. Also waren zuvor zwei gegangen.

Wieder kurzes Licht im Wohnzimmer. Der dritte Mann verließ die Suite.

***

Als wir den Raum betraten, war die Tür zum Schlafzimmer geschlossen. Ich hörte die Dusche.

Peter stellte sich hinter die Bar und öffnete eine Flasche Champagner.

Auf dem Boden lagen die Kleider. Der Stuhl stand noch immer mitten im Raum. Ein pinkfarbener Tanga lag auf einem der Barhocker. Er gehörte nicht Sarah. Ich rückte den Stuhl zurück an die Wand.

Die Frauen trugen Bademäntel, als sie ins Wohnzimmer kamen. Beide grinsten.

»Und? Eifersüchtig?«, fragte Stephanie.

Sarah blickte mich gespannt an.

»Nicht doch. Kein Stück«, sagte ich.

Sarah wirkte erleichtert. Sie strahlte übers Gesicht, nahm mich in den Arm und drückte mich. Offenbar war sie sich ihrer Sache nicht ganz sicher gewesen. Aber das spielte keine Rolle. Denn ich musste mir eingestehen, dass es mich angemacht hatte. Extrem angemacht.

»Darauf trinken wir!«, sagte Peter und schob die Champagnergläser ein Stück vor.

Sarah blickte mir in die Augen, sprach kein Wort. Ich war von ihrem Selbstbewusstsein ergriffen. Niemals hätte ich es für möglich gehalten, dass sie zu so etwas im Stande wäre. Ich hatte sie betrogen. Und wie es sich für einen Betrug gehört, hatte ich ihr nichts davon erzählt. Sie hatte gerade Sex mit drei fremden Männern gehabt und hat mir dabei in die Augen geblickt, als sie es tat. Hatte ihre Leidenschaft mit einem Fremden ausgelebt. War ganz sie selbst in diesem Moment gewesen. Hatte sich nicht stören oder beeinflussen lassen von meiner Anwesenheit, hatte mich daran teilnehmen lassen und mit ihren Blicken ihre Leidenschaft offenbart.

Ist es Betrug, es mit Fremden vor den Augen des Partners zu treiben? Ist es Betrug, wenn es den Partner geil macht, während er dem anderen dabei zuschaut? Vielleicht war es moralischer Betrug. Er verletzte nicht. Im Gegenteil. Es hatte mich angemacht. Die Gefühlswallungen, die meinen Körper durchströmten, ließen mich lebendig fühlen.

Das war das Selbstbewussteste und Mutigste, was ich jemals erlebt hatte. Ich hielt meine Frau immer – wie wir Männer es üblicherweise tun – für das »schwächere Geschlecht«. Auf einmal sah ich sie mit anderen Augen. Was mich erschreckte: Es gefiel mir!

Stephanie küsste und betatschte Peter im Schritt, als wir uns verabschiedeten.

***

Ich nahm eine Dusche. Kalt. Meine Frau hatte mich gerade betrogen. Oder? Hatte sie das? Wieso war ich dann erregt? Sichtbar!

Ich kam aus dem Bad. Sarah saß in halterlosen Strümpfen und schwarzen Pumps auf dem Bett.

Nylonstrümpfe in jeder Form machen mich willenlos.

»Setz dich auf den Stuhl.« Den Ton, in dem sie das sagte, kannte ich nicht von ihr. Bestimmend. Ein Befehl.

Automatisch reagierten die Synapsen in meinem Gehirn und ließen mich ihn ausführen. Wie von einer unsichtbaren Kraft geführt, setzte ich mich auf den Stuhl in der Ecke des Schlafzimmers.

»Schau dir deine Ehe-Muschi an«, sagte sie und spreizte ihre Beine.

Ich starrte.

»Gefällt sie dir?«

»Ja! Und wie!« Ich öffnete das Handtuch, das ich umgebunden hatte, und begann zu masturbieren.

»Finger weg! Du fasst dich erst an, wenn *ich* es dir erlaube!« Wieder dieser Befehlston.

Ich ließ ab und legte meine Arme auf die Stuhllehne.

»Hast du gesehen, wie deine Ehe-Muschi von drei fremden Schwänzen genommen wurde?« So vulgär. Dirty Talk. Es passte nicht zu ihr, wo sie sich sonst so gepflegt ausdrückte, fand ich.

Aber es machte mich an.

»Schau zwischen meine Beine! Sieh dir deine Ehe-Muschi genau an!«

Ich sagte nichts. Folgte der Aufforderung. Dem Befehl. Krallte mich in die Armlehnen.

»Hast du gesehen, wie sie geleckt wurde?«

»Ja.«

»Wurde sie gut geleckt?«

»Ja.«

»Wurde sie gut gefickt?«

»Ja!« Ich hielt es kaum aus. Wollte mich berühren.

»Hast du gesehen, wie deine Ehefrau die Schwänze geblasen hat?«

»Ja.«

»Hast du gesehen, wie diese Männer es genossen haben?«

»Ja.«

»Hast du gesehen, wie ich deinen Nektar auf ihn gespritzt habe?«

»Ja.«

»Dann schau jetzt genau hin!« Sie fing an, vor meinen Augen zu masturbieren. Streichelte ihren Kitzler. Führte sich zwei Finger ein. Nur einen Moment. Sie blickte mir in die Augen. Steckte ihre Finger in den Mund und saugte sie langsam wieder heraus. Führte sie wieder in ihren Unterleib. Immer schneller bewegte sich ihre Hand. Sie bäumte sich auf. Stöhnte laut. Der Nektar kam aus ihr heraus. Über das Bett. Bis zum Fußboden. Sie atmete schwer. Ihre Miene verfinsterte sich. »Knie dich vor mich.«

Ich folgte und kniete mich vor sie auf das Bett.

»Auf alle viere. Den Kopf nach unten.«

Ich beugte mich vor. Meine Ohren berührten ihre Innenschenkel. Ich spürte an den Armen das feuchte Bettlaken.

»Schau dir deine Ehe-Muschi genau an!«

Ich starrte. Hatte sie direkt vor mir. Großbildaufnahme.

Sie berührte sich. Streichelte sich. Führte ihre Finger ein.

Ich traute mich nicht, mich anzufassen. Meine Fäuste waren geballt. Ich wusste, was mich erwartete. Meine Erregung war auf die Spitze getrieben. Ich hatte das Gefühl eines Orgasmus'. Eines anderen, als ich ihn sonst hatte. Ich kann es nicht beschreiben.

Sie massierte sich mit ihren Fingern. Atmete schwer. Ich saugte den Geruch ein. Schweiß. Fisch. Meine Stirn war feucht. Ich schwitzte. Vor Erregung. Ohne aktiv etwas zu tun. Sie wurde lauter. Bewegte ihre Hand schneller. Bäumte sich auf. Ich öffnete meinen Mund. Atmete immer schneller. Sie gab mir meinen Nektar. Ins Gesicht. In den Mund. Auf das Bettlaken. Ich schluckte, was ich in den Mund bekam.

Sie sammelte sich ein paar Sekunden. Dann griff sie in meinen Nacken. Presste mich auf die Bettdecke, in die Wasserlache, die ihr Nektar hinterlassen hatte, rieb meinen Kopf darin. Wie einen Hund, dem die Nase in sein Urin gepresst wird, wenn er gemacht hatte, wo er es nicht durfte.

Dann zog sie mich hoch. »Du wirst ab jetzt ein braver Ehemann sein.«

»Ja.«

Es war unglaublich. Es machte mich an. So sehr. Alles was sie getan hatte, gab mir Befriedigung, obwohl ich nicht gekommen war.

Bis dahin war Sex für mich ein – sagen wir – sportlicher Akt gewesen. Schnelle, ruckartige Bewegungen. Ein animalisches Spiel. Mit zunehmender Geschwindigkeit wurde der Orgasmus eingeläutet. Endspurt auf der Zielgeraden. Noch einmal alles geben. Ins Ziel kommen.

Meine Frau beugte sich zu mir, gab mir einen leidenschaftlichen Kuss. Lange hatten wir nicht mehr so geküsst.

Ich kannte ihren Blick, mit dem sie mich nach diesem nicht enden wollenden Kuss ansah. Es war der der lieben, zuvorkommenden und fürsorglichen Frau, die ich geheiratet hatte. Als wäre alles, was sich seit unserer Hochzeit aufgestaut hatte, aller Streit, die Meinungsverschiedenheiten, das Gefühl des Auseinanderlebens, verschwunden. Es gab nur diesen Moment.

»Ich liebe dich. Betrüge mich nicht. Nie wieder«, sagte sie.

Endlich kam es zur Sprache. Es war erleichternd. Aber schon schaltete sich mein Verstand ein. War das etwa alles ein Racheakt? Der Sex mit Stephanie? Diese Orgie mit den drei jungen Männern?

Auf jeden Fall war ihr unsere Beziehung nicht geleichgültig. Ich hatte befürchtet, dass sie das alles tat, weil ihr unsere Beziehung nichts mehr bedeutete und sie deshalb keine Konsequenzen für ihr Handeln fürchtete.

Aber als sie erwartungsvoll auf meine Antwort wartete, als Stephanie fragte, ob wir eifersüchtig waren, hatte ich diesen Gedanken verworfen. Und nun hatte sie gesagt, sie liebte mich.

»Versprochen. Es tut mir alles sehr leid. Ich liebe dich!« Ich sagte das von Herzen. Ich meinte es, hatte mich in dem Moment frisch in meine Frau verliebt, spürte die Schmetterlinge im Bauch.

Was genau war mit unserer Beziehung passiert? Ich war

es doch, der diese Beziehung bisweilen dominierte. Vor ein paar Minuten wischte sie mir, wie einem Hund, den Kopf in einer Lache auf dem Bett. Und es gefiel mir. Mir gefiel ihr Befehlston, ihre ganze neue Selbstsicherheit. Sie tat, was sie wollte. Ließ mich daran teilhaben. Wie konnte sie wissen, dass es mir gefiel? Sie hatte nicht gefragt. Ahnte sie es? War es ihr egal? Meine Gedanken fuhren Achterbahn. Der Verstand, kurz vor dem »Tilt«. Wie bei einem Flipper, wenn man zu sehr die Knöpfe eindrückt. Irgendwann geht nichts mehr. Es führt zu nichts, zu heftig die Knöpfe zu drücken. Der Flipper schaltet aus. Nichts geht mehr. Der Ball rollt ins Aus.

»Tilt.«

»Wie bitte?« Sarah sah mich fragend an.

»Entschuldige. Ich habe laut gedacht. Zu viele Gedanken.«

»Geht mir genauso. Aber es fühlt sich gut an. Das ist das Wichtigste.«

So einfach? Wirklich? Ist ein Gefühl stärker als alle Gedanken? Es fühlte sich auch für mich gut an. Um nicht zu sagen, fantastisch!

»Jetzt möchtest du sicher kommen«, unterbrach sie meine Gedanken.

»Oh ja!«, grinste ich.

Sie setzte sich auf die Bettkante, zog die Pumps aus und streifte sich die Halterlosen von den Beinen. »Ich möchte, dass du mich in den Arm nimmst, bis ich eingeschlafen bin.«

Sie kuschelte sich an mich. Ich war ihr Beschützer. Der Mann, der seine Frau vor wilden Tieren beschützt. Bis dahin glaubte ich fest an eine Rollenverteilung zwischen den Geschlechtern. Der Mann ist stark, die Frau ist schwach. Der Mann ist intelligenter und hat daher den besser bezahlten Job und sorgt für das Einkommen. Und schließlich hat sich das schwächere Geschlecht dem Stärkeren zu unterwerfen.

Auf einmal war alles anders. Hätte ich mich dasselbe getraut? Mit anderen Frauen vor ihren Augen zu schlafen? Natürlich nicht! Ich – als Vertreter des starken Geschlechtes – habe es heimlich getan. Warum? Natürlich aus Angst davor, ertappt zu werden. Weil es falsch ist, sagt die Gesellschaft. Es ist falsch, seinen Trieben nachzugehen. Es ist in dieser Gesellschaft nun mal fest verankert, dass man in einer Beziehung nur Sex mit dieser einen Person haben darf. Meine Frau hatte sich in den letzten zwei Tagen über jegliche moralische Regeln einer Beziehung hinweggesetzt. Sie hatte ihren Trieben freien Lauf gelassen. Vor meinen Augen. Offenbar war sie nun das stärkere Geschlecht. Ihre neue, starke Seite zog mich in den Bann.

Aber ich fühlte mich schlecht, dass ich sie betrogen hatte. Viele Male, von denen sie nichts wusste. Das alles kam in diesem Moment in mir hoch. Sie hatte meine Welt auf den Kopf gestellt, mein Verständnis von Rollenverteilung in der Beziehung, zu Frauen, zu meiner Sexualität ...

Ich erinnere mich selten an meine Träume. Aber in dieser Nacht war der Pornokanal im Traumland eingeschaltet. Die Erinnerung an den Traum verflogen. Nur Fetzen blieben, an die ich mich bis heute erinnere. Ich musste an einen ehemaligen Arbeitskollegen denken. Ein Spinner. Quatschte zu viel. Er erzählte, er könne seine Träume bewusst steuern. Wäre wach im Traum. Fliegt durch die Gegend. Besucht wunderschöne Orte. Verstorbene. Als er das erzählte, versank ich in Fremdschämen und dachte, wenn ich das könnte, würde ich nach Pornoland fliegen und die Hauptrolle spielen. Mit Marilyn Monroe.

Wir Männer sind einfach gestrickt. Zumindest einige von uns. Vielleicht war er gar kein Spinner.

Keine Ahnung, ob es stimmte, was er sagte. Ich weiß nicht, ob ich bewusst in meinem Traum war oder nicht. Auf jeden Fall spielten darin einige Frauen eine Rolle. Und einige Männer. Viele kannte ich. Einige waren gesichtslos. Es fand auf einem See statt. Auf dem Wasser. Wenn ich mich heute daran zurückerinnere, war die Szene surreal. Aber währenddessen war es völlig normal, auf dem Wasser laufen zu können. Darauf Sex zu haben, die Körper auszutauschen, indem man untertauchte, Räume aus dem Wasser aufstiegen und wieder verschwanden und Frauen, die Männer dominierten ...

Ich führte den Traum darauf zurück, dass ich in der Nacht zuvor nicht gekommen war. Ich verspürte an diesem Morgen ein anderes Selbstbewusstsein. Es fühlte sich gut an. Ich fühlte mich sicher. Erleichtert. Stark.

***

Wir gingen Händchen haltend am Strand entlang. Sie berichtete von ihrer Arbeit. Mir fiel auf, dass ich kaum etwas davon wusste. Sonst war ich es, der von der Arbeit erzählte. Ich hatte mich nie wirklich für das, was sie tat interessiert. Welch arrogante Einstellung ich hatte!

Als ich ihr zuhörte, musste ich feststellen, dass ihr Job sehr interessant war. Ihre Kollegen witzig. Das Unternehmen innovativ. Es gefiel mir, ihr zuzuhören. Wir sprachen miteinander als wären wir Freunde. Beste Freunde. Bis dahin – muss ich zugeben – interessierte ich mich nur für meine Arbeit, alles drehte sich nur um mich. Sie fragte jeden Tag, wie es bei mir auf der Arbeit lief. Ich plapperte wie ein Wasserfall. Sie wusste alles. Die Namen meiner Kollegen, meiner Kunden, alles, was in der Firma geschah ... Aber niemals kam ich auf die Idee, sie nach ihrer Arbeit zu fragen. Nie hatte ich sie zu Wort kommen lassen. Auf einmal war alles anders. Und es fühlte sich gut an.

Nach unserem Strandspaziergang legten wir uns zu Stephanie und Peter. Genossen ein paar Cocktails. Peter schlug vor, das Abendessen in einem anderen Hotel einzunehmen. Er hatte von einem speziellen Hotel gehört, in dem Männer mit nacktem Oberkörper und Frauen in knappen Bikinioberteilen das Essen servierten. Die Neugier war geweckt.

KAPITEL 3

Die Hotellimousine wartete pünktlich an der Lobby. Die Fahrt dauerten nur etwa dreißig Minuten.

Unsere Frauen hatten sich zuvor über ihre Garderobe beraten. Stephanie hatte ein langes, rotes, rückenfreies Kleid mit Spagettiträgern gewählt und Sarah ein langes, schwarzes mit tiefem Ausschnitt vorn und einem noch tieferen hinten, der erkennen ließ, dass sie keinen BH trug. Der Ausschnitt an ihrem Rücken endete knapp über ihrer Hüfte. Während sie schwarze Pumps mit Pfennigabsätzen anhatte, setzte Stephanie auf silberne High Heels mit Plateauabsatz.

Das Restaurant erinnerte an eine Arena. In der Mitte standen die Tische. Drumherum war das Buffet aufgebaut. Vorn eine Bühne, auf die man von jedem Platz aus einen guten Blick hatte. Sofort fiel das Hotelpersonal auf. Die Frauen trugen kurze Miniröcke, High Heels und ein Bikinioberteil. Die Männer schwarze Hosen und eine Krawatte um den Hals. Freier Oberkörper. Wie Peter gesagt hatte: speziell.

Stephanie – ganz Juristin – stellte sich die Frage, ob das Personal täglich ins Fitnessstudio musste. Betriebsbedingt. Sarah entgegnete, dass der Personalchef »Alle Hände voll zu tun haben musste«. Ich brauchte einen Moment, bis ich das Wortspiel realisierte. Zum einen klang mir noch das Vulgär-Vokabular meiner Frau vom vorigen Abend im Ohr, zum anderen erkannte ich erst später, dass das gesamte weibliche Personal üppige Brüste hatte.

Ein paar der Hotelgäste trugen das »kleine Schwarze«. Modell: zu heiß gewaschen. Der Hintern blitzte darunter hervor.

Das muss man sich trauen. Wobei die Frauen in den Londoner Nightclubs jede Nacht zum erneuten Kampf um das sexieste Outfit antreten. Es ist unmöglich, eine Gewinnerin festzustellen. In der Stadt, in der »sexual behavier« arbeitsvertraglich geregelt ist, in der ein Blick in den Ausschnitt der Kollegin am Kopierer zur fristlosen Kündigung führen kann – zumindest mit einer fünfstelligen Strafe dotiert wird. Ein Hoch auf die Nightclubs der City. Und die Weihnachtsfeiern. Legendär. Aber das ist ein anderes Thema.

Peter und ich trugen schwarze Leinenhosen zu weißen Hemden mit Manschettenknöpfen. Klassisches City-Boy-Outfit – das hatten wir am Strand ausgemacht.

Auf der Bühne startete eine Show. Vier Frauen in goldenen Miniröcken mit passendem Bikinioberteil. Vier Männer mit weißer Binde um den Kopf, einer Schürze um die Hüfte, die beim Tanz flatterte. Sie trugen keine Unterwäsche. Eines wurde an diesem Abend geklärt: Jamaikaner haben XXL-Format.

Der Witz meiner Frau kam wieder zur Sprache. Sie lachten Tränen. Peter wandte ein, dass es vielleicht eine Personalchefin sei. Ein Brüller.

Gekonnte Körperbewegungen zu exotischer Musik. Ein erotischer Tanz. Es knisterte in der Luft. Ich konnte die Gabel kaum halten, schaute nur zur Bühne. Wann sah man schon mal solch eine Show? Es dauerte nicht lang, da öffneten die Tänzerinnen bei einer gekonnten Drehung zur Musik ihre Bikinioberteile. Ich hatte damit gerechnet, dass sie solche albernen Nippelaufsätze trugen, die sie dann kreisen lassen würden, wobei ihre Brüste auf und ab wippten. Aber diese Show war anders. Die Frauen tanzten topless. Rieben ihre Brüste an den Oberkörpern der Männer. Bewegten sich links und rechts zum Takt. Gingen immer tiefer in die Knie. Ich hörte auf zu kauen. Würden sie tatsächlich ...

Ich schreckte nach hinten. Peter lachte auf und fing an zu klatschen. Unsere Frauen waren einen Moment geschockt.

Die Tänzerinnen hielten ihre Brüste in den Schritt der Tänzer. Um es beim Namen zu nennen: Die Männer klemmten ihre Schwänze zwischen die Brüste und hopsten zur Musik auf und ab. Dabei lachten sie ins Publikum und amüsierten sich über die erschrockenen Gesichter, die sich nach einem kurzen Moment zu lachenden entwickelten. Das Publikum grölte. Klatschte.

Die Darbietung verlagerte sich. Sie tanzten an den Tischen. Die Tänzer bewegten ihre Becken kreisend vor den Augen von Frauen. Das mit den wehenden Schürzen hatte ich ja erwähnt. Einige starrten nur. Andere waren nicht schüchtern und griffen ihnen in den Schritt. Unsere Frauen jubelten und klatschten. Die Tänzerinnen setzten sich auf den Schoß der Gäste und kreisten ihre Becken.

Ein Tänzer kam an unseren Tisch und stellte sich zwischen die Stühle unserer Frauen. Seine XXL-Ausstattung baumelte hinter der knappen Schürze hervor, während er im Takt sein Becken hin und her bewegte. Er strahlte die beiden an. Sein Blick herausfordernd. Er musste nicht lange warten, bis unsere Frauen zugriffen, dann kicherten.

Stephanie hielt den oberen Teil in der Hand und zeigte damit auf Peter. Sie hob die Augenbrauen, spitzte ihren Mund.

Was für ein Format! Noch nie hatte ich einen so großen Schwanz gesehen. Zumindest nicht in echt. Als regelmäßiger Pornokonsument hatte ich natürlich schon einige gesehen. Aber eine Live-Betrachtung war etwas anderes. Vor allem, dass meine Frau ihn mit einer Hand umschloss, während die Ehefrau des neben mir Sitzenden damit herumspielte.

Kurz darauf kamen zwei Tänzerinnen. Sie rückten unsere Stühle nach hinten. Peter jauchzte aufgeregt. Mit kreisenden Bewegungen über unserem Schoß stimulierten sie uns. Sie drückten ihre Hintern in unseren Schritt, blickten dabei unsere Frauen an und schnitten Grimassen. Peter griff nach ihren Brüsten. Ich traute mich nicht. An die Situation, dass meine Frau mich beobachtete, während ich von einer anderen stimuliert wurde, musste ich mich erst gewöhnen.

Meine Erregung erreichte einen kritischen Moment. Ich spürte, wie das Blut in meinem Unterlieb pumpte. In dem Moment schnellte sie hoch, klatschte in die Hände, sah zu unseren Frauen und hob lachend den Daumen. Es war mir einen Moment lang peinlich. Dann lachte ich mit. Peters Tänzerin gab auf. Sie schnitt eine traurige Grimasse und zeigte mit dem Daumen nach unten. Lachen. Peter protestierte scherzend und forderte sie auf, weiter auf seinem Schoß zu tanzen. Sie winkten und gingen zum nächsten Tisch.

Meine Frau war amüsiert. Ich hatte nicht den Eindruck, dass es sie störte, dass eine Fremde mit ihrem Hintern meinen Schoß massiert hatte – bis zur Erektion.

»Voll die Pornoshow!«, stellte meine Frau lachend fest und betonte das Wort »Porno«.

»Ja! Voll Porno!«, lachte Stephanie.

»Kontenance meine Damen.« Peter hob den Zeigefinger.

Schweigen.

Die Frauen sahen sich an. Brachen in Lachen aus.

Wir lachten alle, bis die Tränen kamen. Ein vulgärer Witz reihte sich an den anderen.

»Das Niveau ist auf dem Boden angekommen!«, meinte Peter.

»Oh! Ist dir deine Creme runtergefallen? Ach, Schatz. Ich habe dir so oft erklärt, Niveau ist keine Creme!«

Peter grinste und zog die Augenbrauen hoch. »Sie ist schlagfertig. Liegt wohl am Beruf.«

»Offensichtlich!«, sagte ich nickend.

Die Tänzer gingen auf die Bühne zurück und verbeugten sich im Schulterschluss vor dem Publikum. Unter Beifall endete die erotische Tanzeinlage. Oder die »Pornoshow«, wie meine Frau sie bezeichnete. Der Moderator bedankte sich bei den Akteuren für das »Vorspiel« und wünschte dem Publikum einen »prickelnden« Abend. Aus den Boxen ertönten Fanfaren. Ein Trommelwirbel. Theatralisch brüllte er ins Mikrofon: »Lasst die Spiele beginnen!«, und streckte die Arme aus. Die Bühnenbeleuchtung schaltete sich aus. Spektakulär.

»Und nun? Kommen jetzt die Löwen?«, fragte ich.

»Also ich wäre eher für Gladiatoren«, kicherte Sarah und steckte Stephanie damit an.

»Ihr könnt mit den Löwen spielen. Sarah und ich kümmern uns um die Gladiatoren. Hmmmm ...«

Der jamaikanische Schürzen-Tänzer hatte seine Wirkung nicht verfehlt.

Nach einer Runde Cocktails sprach ich aus, was mir die ganze Zeit im Kopf herumging: »Geht es nur mir so, dass ich nicht verstehe, was mit ›die Spiele sind eröffnet‹ gemeint ist?«

Meine Frau lachte. »Das Gleiche habe ich mich auch gefragt!«

»Sicher. Und dann warten, bis ein anderer die Frage stellt, damit man nicht selbst wie ein Idiot da steht.«

»Der war gut!«, sagte Peter und hob den Daumen.

»Ach, Schatz ... Dafür bist du aber der süßeste Idiot!«

Während alle noch lachten, verließen immer mehr Gäste die Tische und gingen an der Bühne vorbei in den Hotelkomplex hinein.

Stephanie sagte die erlösenden Worte: »Lasst es uns herausfinden!«

Sie rief einen der Kellner und fragte nach »Spielen«. Der

deutete an der Bühne vorbei. Wir sollten dem Weg folgen. Dann würden wir es sehen. Er war sichtlich amüsiert über die Frage. Als wären wir die Einzigen, die sie jemals gestellt hatte.

Als wir an der Bühne vorbeiliefen, hörte ich entfernte Musik. Wir folgten dem Weg, sahen blinkende Lichter, eine Tanzfläche direkt am Pool, einladende Liegewiesen drum herum, Frauen in knappen Bikinis ... Wir gingen in Richtung Bar, die überdacht war und an ein Gebäude grenzte, dessen Eingang von Fackeln beleuchtet war. Je näher wir kamen, desto mehr erkannte ich, dass viele Dessous trugen. Andere Lack und Leder. Manch einer nur Boxershorts – was zugegebenermaßen zwischen den Dessous und Bikinis etwas lahm aussah. Unser City-Boy-Look erschien auch nicht gerade passend. Neben der Bar wies ein Schild mit blinkender Neonschrift zu den »Playrooms« und zeigte auf den Torbogen mit den Fackeln.

Ich lief hinter Sarah. Noch bevor ich etwas sagen konnte, zog sie mich an der Hand durch einen Torbogen in einen langen Flur. Wie eine Forscherin, die soeben einen geheimen Gang in einer Pyramide entdeckt hatte. Wir schritten den Flur entlang. Dunkle Wände. Flackernden Lampen an der Wand, die nicht viel Licht abgaben. Ich erkannte Umrisse von Körpern. Es roch nach Schweiß.

Manche flüsterten. Ich musste an eine Kirche denken. Geht man hinein, bewegt man sich bedächtig und wenn überhaupt, wird geflüstert. Eine Kirche ändert sofort das Verhalten. Man wird demütig. Obwohl dies alles andere als eine Kirche war, kam mir das Verhalten ähnlich vor. Welche Vergleiche der Verstand zieht, ist schon seltsam. Vielleicht heißt es in der Kirche deswegen: »Schweigen ist Gold.«

Der Flur mündete in einen Raum, in dessen Mitte ein Rundsofa um einen gepolsterten, runden Tisch gebaut war. Er war umgeben von einer Glaswand, an einer Stelle von zwei

Stufen unterbrochen, die hineinführten. Viele Pärchen standen um die Glaswand herum. Dahinter spielte sich Unglaubliches ab: Zwei Männer saßen nebeneinander. Vor ihnen knieten Frauen. Ihre Köpfe bewegten sich rauf und runter. Ein anderer nahm seine Frau von hinten, die dabei mit einer anderen Frau knutschte, die gerade von einem anderen zwischen den Beinen geküsst wurde. Eine ritt einen Mann, während er die Brüste der Frau neben ihm massierte, die wiederum einen mit dem Mund verwöhnte.

Ich blickte mich um. Einige, die mit uns um die Glaswand standen, küssten und streichelten sich. Oder starrten. Die Frau des Pärchens direkt neben uns stöhnte auf. Ich erkannte, dass seine Hand in ihrem Schritt war, während er hinter ihr stand. Er bemerkte, dass ich zuschaute und zwinkerte mir zu. Sie stöhnte lauter.

Meine Frau drückte meine Hand, blickte mich an und küsste mich. Dabei streichelten wir uns. Als sie mir in den Schritt griff, stellte sie meine Erregung fest und lächelte.

Aus dem Raum führten weitere Gänge. Ständig liefen Leute herum, blieben stehen, gingen weiter. Es mussten hunderte gewesen sein, die sich in diesem Komplex aus Räumen und Fluren aufhielten. Ich blickte mich nach Stephanie und Peter um, konnte sie aber nicht entdecken. Wir hatten sie wahrscheinlich schon in dem dunklen Gang verloren.

Wir folgten dem Pärchen, das zuvor neben uns gestanden hatte. Nach ihrem dritten Aufstöhnen nahm er seine Hand aus ihrem Schritt. Ich fragte mich, ob sie unter ihrem Minirock Wäsche trug.

In dem breiten, genauso dunklen Gang, waren auf beiden Seiten Türen mit Bullaugen auf Kopfhöhe. Ich blickte hinein, erkannte Umrisse von Körpern. Zwei. In einem anderen vier. In einem waren sogar acht zu erkennen. Da ging es eng zu.

Die insgesamt sechs Türen waren von innen verschlossen. Alle besetzt.

Im nächsten Raum befanden sich eine Art Kabinen. Kleine Boxen. Davor standen Männer. Die Hosen runtergelassen. Bei genauerem Hinsehen erkannte ich die Löcher in der Wand. Auf Hüfthöhe. Das Pärchen, dem wir folgten, steuerte auf eine der Boxen zu, aus der in dem Moment eine Frau herauskam.

Wir beobachteten das Ganze. Die seitlichen Eingänge waren durch Vorhänge verschlossen. Frauen kamen heraus, gingen hinein. Meist eine. Manchmal zwei. Aus einer krochen vier. Es war die einzig große Kabine mit vier Löchern in der Wand, während alle anderen nur ein Loch hatten. Ich zählte insgesamt sechs Kabinen. Nachdem die Frauen hineingeschlüpft waren, stellten sich die Männer davor und steckten ihren Schwanz durch das Loch in der Wand. Die um uns Herumstehenden, schauten entweder zu oder gingen zur nächsten Box, die frei wurde.

Ich strich meiner Frau über den Rücken. Da spürte ich ihre Hand im Schritt. Wir beobachteten das Pärchen, dem wir gefolgt waren. Sie kletterte in die Kabine. Er zog seine Lackhose aus und stellte sich an das Loch in der Wand, eine Hand in der Hüfte, die andere an die Kabine gelehnt. Er legte seinen Kopf in den Nacken, spitzte die Lippen.

Im Augenwinkel erkannte ich, wie ein anderer auf meine Frau starrte. Er lächelte mich an, als sich unsere Blicke trafen. Meine Frau schaute zu ihm. Er trug eine Boxershorts aus Leder mit einem ärmellosen Oberteil und stand genauso an der Wand der Box, wie die entkleideten Männer. Meine Frau zog mich an der Hand, ging auf ihn zu. Er lächelte. Trat einen Schritt zurück. Schloss den Reißverschluss seiner Ledershorts. Sie schob mich vor die Kabine, öffnete meine Hose, ergriff meinen Schwanz und führte ihn durch das Loch. Dann schmiegte sie sich eng an mich. Ich nahm Holzgeruch wahr, als sie in meinen Nacken griff und mich an die Wand drückte. Ihr Mund berührte mein Ohr, als sie zu flüstern begann: »Nimmt sie ihn?«

»Ja.«

»Was tut sie?«

»Ich spüre eine Hand. Zwei.«

»Massiert sie ihn?«

»Ja. Oh!«

»Hat sie meinen Eheschwanz nun im Mund?«

»Ja.«

»Saugt sie?«

»Ja.«

»Was spürst du?«

»Zwei Hände. Einen Mund.«

»Beschreib es mir genau.«

»Zwei Finger drücken meinen Schwanz unten zusammen. Zwei gleiten an ihm rauf und runter, zusammen mit dem Mund. Manchmal nur oben. Manchmal tiefer. Eher langsam. Sie presst ihre Finger immer wieder zusammen. Es fühlt sich warm an. Ihr Mund ist sehr feucht ...«

»Siehst du den Mann hinter mir?« Sarah lockerte den Nackengriff, damit ich den Kopf zur Seite drehen konnte.

Ich erkannte einen Afroamerikaner, der hinter Sarah stand. Sie drückte mein Gesicht zurück an die Wand.

»Seine Hand ist unter meinem Kleid.«

Ich wusste in diesem Moment nicht, was mich mehr anmachte ... Dass sie mich von einem fremden Mund verwöhnen ließ oder die fremde Hand zwischen ihren Beinen.

Sie atmete schneller. »In deiner Ehemuschi steckt ein Finger. Sie ist feucht.«

Ich konzentrierte mich auf die Geräusche. Es waren so viele um uns herum. Schmatzen. Stöhnen. Kurze Geräusche, lange

Geräusche ... Ich konnte nicht ausmachen, welches zu dem Finger in meiner Frau gehörte.

»Er hat noch einen Finger reingeschoben. Und über meinen Hintern streift etwas Steifes.« Sie stöhnte mir ins Ohr.

Ich konnte es kaum noch aushalten.

»Er versucht, mich nach vorn zu drücken. Er will es sich besorgen. Vor deinen Augen! Er will deine Ehemuschi ficken!«

Ich wollte schreien, als ich kam. Konnte es unterdrücken.

Ihr Mund ließ von mir ab, während mein Orgasmus nicht beendet war. Es war ein so intensives Gefühl! Anders, als die Orgasmen, die ich bis dahin gehabt hatte. In Schüben durchstreifte es meinen Körper.

Meine Frau lächelte mich an. Mit einer Handbewegung drückte sie den Mann hinter sich einen Schritt zurück. Sie ging in die Knie und zog mir die Hose hoch, schloss den Reißverschluss, den Gürtel. Ganz behutsam. Sie reichte mir ihre Hand und ging vor mir her. Dem Mann, der vor ein paar Minuten sicher gewesen war, dass er mit ihr zum Ziel kommen würde, schenkte sie ein Lächeln, als wir an ihm vorbeiliefen. Er lächelte zurück, während er an sich herumspielte. Meine Frau gab mir damit ein weiteres, wunderschönes Gefühl: Dass ich ihr etwas bedeutete. Ich war ihr Mann. Den, den sie begehrte.

Sie schenkte mir ihre ganze Aufmerksamkeit, ließ den Fremden stehen. Höflich.

Wir liefen die Räume ab. Vorbei an unterschiedlichen Liegewiesen aus Matratzen, auf denen sich Körper aneinanderrieben, wo Lust gelebt wurde. Dieser Geruch nach Schweiß und unterschiedlichsten Deos. Mischungen von Parfüm.

Ein Raum war überfüllt mit Männern. Sie standen um eine Bank herum, auf der eine Frau lag. Sie onanierten. Einer stand zwischen ihren gespreizten Beinen. Er zwirbelte seine Brustwarzen, während er sein Becken vor und zurück bewegte.

Einer anderer stand direkt an ihrem Kopf. Sie verwöhnte seinen Schwanz mit dem Mund. Mit den Händen rieb sie zwei andere Schwänze. Es erinnerte mich an einen Staffellauf. Nach dem Endspurt, völlig erschöpft, übergibt man die Staffel an den Nächsten, der wiederum, nach seinem Endspurt, auch völlig erschöpft, an den Nächsten. Und so weiter. Hier war die Staffel ein Schwanz. Es schien ihr zu gefallen. Sogar sehr. Sie wirkte gierig. Stöhnte auf, wenn einer der Umherstehenden auf ihrem Körper kam. War mit Hand und Mund eifrig bemüht, den Endspurt einzuläuten und wenn der geschafft war, gierte sie nach einen neuen Sprint. Ein Mix aus Gang-Bang und Bukkake. Beides kannte ich von Pornos. Aber in dieser Form, und vor allem Perspektive, war es etwas völlig anderes. Aufregenderes.

Mir fiel ein Mann auf, der etwas abseits stand. Er betrachtete das Ganze mit einem zufriedenen Lächeln. War es ihr Mann? Er war zumindest der Einzige im Raum, der die Hosen oben hatte.

Sarah und ich – neben zwei weiteren Pärchen – beobachteten das Ganze durch einen breiten Schlitz in der Wand, der wohl genau für diesen Zweck vorhanden war. Ich stellte mir vor, dass es meine Frau wäre, dort auf der Bank, und ich der Mann, der zuschaute. Es erregte mich. Es kam mir komisch vor, bei so einem Gedanken erregt zu sein. Aber das Treiben in diesem Raum versprühte viel Lust. Und Geilheit.

Die Frau stöhnte erneut auf. Der Nächste trat zwischen ihre Beine und ergriff ihre Waden.

Wir gingen weiter. Vorbei an Pärchen, die in den Gängen standen und sich küssten. Frauen, die vor Männern knieten und Männer, die vor Frauen knieten. In diesem Gang waren schmale Bänke an der Wand angebracht. Im Porno würde solch eine Szene in dem Flur »Blasorchester« genannt. Sicher nicht gerade der charmanteste Begriff. Aber das traf es ziemlich genau! Davon abgesehen, dass die Hälfte der Frauen von den Männern verwöhnt wurde.

Ein weiterer Raum bestand aus einer einzigen riesigen Liegefläche, darauf verteilt gepolsterte Sitzbänke. Ich schätzte, über fünfzig Personen. Genauso viele standen drum herum und schauten dem Treiben zu. Es war unmöglich, zu erkennen, wer zu wem gehörte. Eine Orgie. Wild und hemmungslos, wie ich sie in keinem Porno je gesehen hatte. Es roch nach Schweiß und Fisch. Frauenstöhnen in den unterschiedlichsten Tonlagen. Von sinnlich zart, bis schreiend. Männer stießen Brülltöne, Stöhnen oder Kraftausdrücke aus. Überall Körper. Nackte Haut. Genitalien. Ich meinte, eine Frau erkannt zu haben, die zwei Männer gleichzeitig ritt. Zumindest sah es so aus, denn sie lagen an ihren Unterkörpern zusammen auf der Matte, während die Frau – sichtlich angestrengt – genau über der Stelle in die Hocke ging. Es war zu dunkel, um wirklich Details zu erkennen.

Vielleicht war es ein Mann *und* eine Frau, die da ihre Unterkörper ineinandergewickelt hatten. Mein Kopfkino wollte die Vorstellung von zwei Männern mit einer reitenden Frau. Und das ist bis heute abgespeichert. Die Körper glitten ineinander, aufeinander, untereinander ... Schreie von Lust. Orgasmen. Sie schienen das umherstehende Publikum nicht wahrzunehmen. Waren in einer eigenen Welt. In einer Welt aus Hingabe und Ekstase.

Die Schwingungen in dem Raum waren unglaublich! Es kribbelte in meinem ganzen Körper, als würde die Energie dieser Menge auf die Umherstehenden abstrahlen. Viele der Zuschauer betatschten sich. Manche knieten vor ihren Partnern. Es steckte an. Tatsächlich hatte ich Verlangen danach, in die Menge vor mir einzutauchen und mich dieser Orgie hinzugeben.

Wir gingen aber zurück.

An der Bar herrschte hemmungsloses Treiben. Die Spiele machten nicht Halt an der Bar. Auch nicht im Pool, obwohl ein Schild, das ich erst in diesem Moment wahrnahm, ausdrücklich den Sex im Pool untersagte: Zwei Figuren, umschlungen, und das Genital des Mannes als breiter Strich in die weibliche Figur gezeichnet. Drumherum ein Kreis, mit einem Strich hindurch. Wie ein Verkehrsschild. Was für ein Wortspiel! Das Schild sagte eigentlich alles über dieses Hotel. Es war ein einziger, riesiger Swinger-Club.

Wir hielten nach Stephanie und Peter Ausschau, konnten sie aber nicht entdecken. Ich stellte mir vor, dass sie in einem der dunklen Gänge waren. Wie Stephanie vor Peter kniete, ihren Hintern ausgestreckt, und von vielen fremden Händen berührt wurde. Wie sie Peter mit dem Mund befriedigte und von hinten von einer Frau geküsst wurde. Vielleicht sogar von zweien. Männer, die neben ihr standen und masturbierten ...

Meine Gedanken bestanden nur noch aus Sex. Der Pornokanal in meinem Kopf hatte die Oberhand. Perverse Bilder dominierten. Menschenmengen, Orgien ... Ich fühlte mich gut.

Was Sarah mit mir gemacht hatte, ließ sie mich mit anderen Augen sehen. Ich verliebte mich immer mehr in meine Frau.

Wir unterhielten uns an der Bar mit Pärchen. Sie kamen aus aller Welt und machten in diesem Hotel Urlaub. Der bestand darin, sich jeden Tag der Lust hinzugeben. Sie erzählten uns, dass es am Morgen losgeht. Am Strand. Alles dreht sich nur um Sex. Um alle Varianten von Sex. Sie berichteten davon, dass die Gäste »open minded« wären. Eine Lebenseinstellung. Niemand hier kannte Eiersucht. Liberale Stimmung. Hier gab es das Streitthema des Betrügens nicht. Hier gab es keinen, der seinen Partner betrog. Sie waren nicht zu betrügen. Sie kannten das nicht. Es waren Swinger. Menschen, die die freie Liebe praktizierten. Miteinander. Sie gönnen ihrem Partner die Lust beim Sex mit jemand anderen und genossen daran die eigene Lust.

Während ich nicht wusste, wo ich hinschauen sollte, entdeckte ich Stephanie und Peter am Ende der Bar. Sie unterhielten sich. Ich winkte, und Peter sah mich. Sie kamen zu uns. Wir beschlossen, ins Hotel zurückzufahren. Die vielen Eindrücke hatten bei mir für Reizüberflutung gesorgt. Alles, woran ich dachte, hatte mit Sex zu tun. Ich stellte mir vor, wie unsere Frauen es mit dem Fahrer der Limousine machen würden. Wie Stephanie anfangen würde, uns mit ihrem sinnlichen Mund zu verwöhnen. Meine Frau, die sich auf Peters Schoß setzen würde und ritt ...

Porno!

KAPITEL 4

Das Thema beim gemeinsamen Abendessen war der gestrige Abend. Besonders hatten Stephanie und Peter unser Spiel an der Blowjob-Box gefallen. Mir war nicht aufgefallen, dass die beiden zugeschaut hatten.

»Schön, dass euch das gefallen hat. Leider haben wir nicht gesehen, was ihr gemacht habt«, sagte Sarah und zwinkerte den beiden zu.

»Wir haben Lydia und Ben kennengelernt«, erzählte Peter.

»Und wir haben sie eingeladen, heute Abend herzukommen und mit uns einen Drink zu nehmen«, ergänzte Stephanie.

Ich war etwas überrascht. Aber auch neugierig.

***

Pünktlich kam das neue Pärchen zur Bar. Lydia, Mitte vierzig, trug eine hautenge, schwarz-glänzende Hose und ein passendes enges Oberteil. Ihre weiblichen Rundungen und kräftige Statur waren gut zu erkennen. Ihr dunkelbrauner Kurzhaarschnitt passte zu ihr.

Ben, Anfang fünfzig, trug eine modische Jeans und ein sportliches Hemd. Seine dunklen Haare waren stylisch nach hinten gegelt. Ein attraktiver Mann mit charismatischer Ausstrahlung.

Als würde man sich schon ewig kennen, begrüßten uns die beiden. Sie wirkten selbstbewusst und machten einen sehr gebildeten Eindruck. Ben hatte sich als Vorbereitung für den Urlaub mit Jamaika befasst und erzählte uns etwas über die Geschichte des Landes.

Ich war beeindruckt.

Lydia war sehr witzig. Wir lachten viel. Die Stimmung war perfekt und natürlich auch die Cocktails.

»Lasst uns in unserer Suite weiterfeiern. Ich mixe die Drinks. Stephanie und Ben servieren sie!«, schlug Peter vor.

Mittlerweile wusste ich, dass es Sex bedeutete, wenn es in Stephanies und Peters Suite ging. Ich sah meine Frau an. Sie lächelte.

»Gute Idee!«, sagte sie.

***

Es gab nur vier Barhocker. Ben stand neben Lydia und lehnte locker an der Bar, hinter der Peter die Cocktails zubereitete.

Lydia starrte Ben für einige Sekunden an. Als es ihm auffiel, hörte er auf zu sprechen, nahm Lydias große Handtasche und verschwand im Schlafzimmer. Das war eine komische Szene. In einem fremden Zimmer einfach so ins Schlafzimmer zu laufen.

Während ich mir noch den Kopf darüber zerbrach, was das bedeutete, kehrte Ben zurück. In einer engen Lackhose. Barfuß. Freier Oberkörper. Den Kopf gesenkt, lief er auf Lydia zu, reichte ihr etwas. Sie legte ihm ein Lederhalsband an. Es erinnerte mich an ein Hundehalsband. Lydia brachte eine Leine an dem Metallring des Halsbandes an.

Die Situation wirkte surreal. Aber irgendwie schien es niemanden im Raum zu beeindrucken. Es wirkte ganz normal, was da gerade passierte. Meine Frau beobachtete es interessiert.

Ben, vor Minuten noch ein selbstbewusster, eloquenter Mann, verwandelte sich in ein unterwürfiges Wesen.

Lydia zog ihn an der Leine nach unten. Ben kniete nun neben seiner Frau. Sie drehte ihm den Rücken zu und fing an, sich zu unterhalten. Die Leine zwischen den Händen, lobte sie die Cocktails, die Peter mittlerweile auf die Bar gestellt hatte. Weder er noch Stephanie blickten verwundert. Alles schien ganz normal.

Lydia reichte Ben einen Cocktail nach unten, ohne ihn dabei anzuschauen.

»Danke«, sagte er.

Ihr Blick raste auf Ben zu. »Hast du etwa gesprochen?«

Ben senkte den Kopf.

Lydia stand auf und zerrte ihn, wie einen Hund an der Leine, hinter sich her. Er kroch auf allen vieren. Sie zog ihn mit der Leine an ihre Handtasche auf dem Wohnzimmertisch, die er mit den Zähnen ergriff und vor ihre Füße platzierte. Er grub den Kopf in die Handtasche und holte etwas mit den Zähnen hervor, ließ es ihr in die Hand fallen, wie ein Hund, der seinem Herrchen das Stöckchen reicht, dass er gerade geholt hatte.

Ein Maulkorb. In der Mitte eine Kugel – in der Größe eines Tischtennisballs –, die sie ihm in den Mund drücke und die Schlaufen am Hinterkopf zuzog. Dann kam sie mit ihm zurück zur Bar. Er nahm die gleiche Position ein. Den Kopf noch tiefer gesenkt.

»Entschuldigung. Manchmal ist er ungezogen.« So, wie sie das sagte, blieb kein Zweifel daran, dass sie es ernst meinte.

Stephanie und Peter wirkten nicht überrascht, eher, als wäre es das Normalste der Welt, was gerade passierte.

Ich versuchte, genauso souverän zu wirken. Ließ mir nicht anmerken, dass mich die Situation forderte und es mir schwerfiel, nicht auf Ben zu starren.

Die Frauen führten ihr Gespräch weiter. Vegetarische Küche und Dekorationsideen. Peter schaute mich lächelnd an, als er die nächste Runde Cocktails auf den Tresen stellte.

»Vielen Dank, Peter«, sagte Lydia. »Darf Ben den Damen die Cocktails überreichen?«

»Selbstverständlich!«, antwortete er.

Sie stand auf, zog Ben hinter sich her zur Theke. Sie reichte ihm ein Glas, das er mit ausgestreckten Armen ergriff. Er kroch damit auf den Knien vor meine Frau und streckte demütig das Glas nach oben, wobei er seinen Kopf senkte.

»Vielen Dank«, sagte Sarah.

Ben blickte sie nicht an.

Die gleiche Szene wiederholte sich bei Stephanie. Lydia schaute meine Frau an und reichte ihr die Leine. Sarah wusste im ersten Moment nicht, was das bedeutete. Verstand dann aber und nahm die Leine. Lydia setzte sich auf einen Barhocker, beugte sich vor, griff Ben ans Kinn und hob seinen Kopf. »Sei schön brav!«, befahl sie.

Sarah stand auf und wollte hinter die Theke gehen. Ben bewegte sich nicht. Sie zog ganz sachte an der Leine. Er folgte nicht.

»Brav sein, habe ich gesagt!«, sagte Lydia in bestimmendem Ton. Dann nickte sie meiner Frau zu.

Sarah zog erneut an der Leine, und Ben folgte, wenn auch störrisch. Hinter der Theke zog meine Frau die Leine, um Ben aufzurichten. Er folgte nicht.

»Stärker ziehen«, meinte Lydia.

Bens Oberkörper richtete sich nach oben. Er kniete nun neben Sarah und griff nach dem Glas. Auf dem Weg vom Tresen um die Bar zurück zu Lydia, kroch Ben vor meiner Frau her. Es war so etwas wie ein Lächeln in seinem Gesicht zu sehen. Freude, sein Herrchen zu sehen?

Vor Lydia verbeugte er sich und reichte ihr das Glas. Sie nahm es nicht. Er streckte die Arme weiter nach oben. Den Kopf tiefer nach unten. Zappelte aufgeregt. Sie nahm das Glas nicht, blickte stattdessen zu Sarah.

»War er brav?«, fragte Lydia.

Ben erstarrte in diesem Moment.

Sarah wartete einen Moment, ehe sie antwortete. »Ja.«

»Er fremdelt ein bisschen. Es tut mir leid.«

»Er war brav. Er hat das gut gemacht«, lobte Sarah.

Lydia blickte auf Ben, der erstarrt in der Position mit hochgestrecktem Glas und gesenktem Haupt verharrte.

»Hast du gehört? Sarah sagt, du warst brav. Ich habe das anders gesehen. Aber ich glaube ihr.«

Es löste sich Spannung aus Bens Körper, der sichtlich erleichtert über diese Antwort war.

Lydia wartete ein paar Sekunden, bis sie das Glas aus seinen Händen nahm. Sofort legte Ben den Kopf auf den Boden und verschränkte die Hände hinter dem Rücken.

»Es ist nicht einfach mit der Erziehung«, seufzte Lydia und wandte Ben den Rücken zu.

»Das stimmt«, sagte Peter und blickte dabei Stephanie an. »Mir ist aufgefallen, dass du dich nicht bedankt hast, als Ben dir das Glas reichte.«

Ihr fröhlicher Gesichtsausdruck verwandelte sich schlagartig. »Das stimmt. Ich habe es vergessen. Es war unhöflich von mir. Ich bitte um Entschuldigung.«

»Du warst ein böses Mädchen!«

Ich kannte bis dahin nur Peters sanfte Ausdrucksweise. Seine ruhige, tiefe Stimme. Dieser bestimmende Ton war neu. Auch meine Frau wirkte überrascht über seinen Ton.

Stephanie senkte den Kopf, stand auf und ging ohne ein Wort ins Schlafzimmer: Sie schob die Türen hinter sich zusammen.

Als wenn nichts gewesen wäre, kehrte Peters sanfte Stimme zurück. Die Unterhaltung setzte sich fort.

Ich versuchte, Contenance zu wahren und das Ganze vorbehaltlos zu betrachten.

Es klopfte an der Schlafzimmertür. Peter schob die Türen auseinander. Ich sah niemanden. Dann richtete ich meinen Blick weiter nach unten. Stephanie kniete auf dem Boden. Nackt. Den Kopf gesenkt. Die Hände auf den Oberschenkeln. Ihre Haare hatte sie zu einem Zopf gebunden. Aus ihrem Mund schauten Lederstreifen hervor. Peter machte eine hereinbittende Handbewegung. Auf allen vieren kroch sie in den Raum. Ich erkannte, dass sie schwarze Lack-Pumps trug und ein Halsband, wie es Ben umhatte. Peter deutete mit ausgestrecktem Finger auf die Mitte des Raumes, direkt vor den Wohnzimmertisch.

An dem Platz kniete sie sich hin und legte die Hände auf die Schenkel. Peter lief prüfend um sie herum. Stellte sich vor sie und streckte seine Hand vor ihr Gesicht. Sie öffnete den Mund. Im ersten Moment sah es aus wie eine Metallkugel mit Lederstreifen, was da aus ihrem Mund fiel. Auf den zweiten Blick erkannte ich, dass es ein Buttplug war. Ein Sexspielzeug. Geformt wie eine Kugel, vorn spitz zulaufend, am Ende eine runde Metallplatte, die mit einem schmalen Stab an der Kugel verbunden war. An der Metallplatte waren lange, dünne Lederstreifen angebracht.

Stephanie beugte sich vor, legte den Kopf seitlich auf den Fußboden und streckte ihren Hintern nach oben. Mit den Händen zog sie ihre Pobacken auseinander.

Peter lief musternd um sie herum, blieb einen Augenblick regungslos hinter ihr stehen und führte dann den Buttplug ein. Als die dickste Stelle in ihr war, wurde er regelrecht hineingesaugt. Als würde sie ihn mit ihrem After schlucken. In diesem Moment streckte sie die Arme nach vorn und legte die Handflächen nach unten auf den Boden, mit der Wange immer noch den Boden berührend. Die Lederstreifen schauten aus ihr heraus.

Ich musste an ein Pferd denken.

Als Peter plötzlich sagte: »Meine Stute ist manchmal etwas störrisch. Aber das sind Vollblutstuten nun mal. Das macht sie so besonders, und die Erziehung so anspruchsvoll.« Dabei blickte er Lydia an und ging zurück hinter die Theke.

Stephanie verharrte in der Position. Die Lederstreifen wackelten ein bisschen. An ihrem Körper war keine Rührung zu erkennen. Die Lederstreifen verrieten die leichtesten Bewegungen, indem sie hin und her wedelten.

»Ein sehr schönes Exemplar hast du da, Peter«, sagte Lydia, während sie Stephanie betrachtete.

Peter lächelte. »Vielen Dank! Hast du das gehört?«

»Ja, Sir!«, antwortete Stephanie und die Lederstreifen wedelten dabei, wobei sie ihren Körper nicht bewegte.

Der Anblick von Stephanie erregte und verwirrte mich.

Meine Frau machte nicht den Eindruck, dass sie sich unwohl fühlte. Sie blickte eher neugierig. Gespannt darauf, was als Nächstes passieren würde.

»Hast du nicht was vergessen?«, fragte Peter, während er hinter der Bar beschäftigt war, Limetten zu schneiden.

Stephanie kroch auf allen vieren ins Schlafzimmer. Dabei achtete sie darauf, dass sie ein Hohlkreuz machte und dass ihr Hintern hochgestreckt war. Die Lederstreifen aus ihrem Hintern wippten von links nach rechts.

Es machte mich an.

Sie kam mit einer Lederpeitsche im Mund zurückgekrochen. Den Griff hielt sie zwischen den Zähnen. Die Lederriemen hingen an der Seite herunter, die Gleichen, die hinten aus ihr herabhingen. Sie kroch zu Peter und ließ die Peitsche in seine hingestreckte Hand fallen. Dann zurück an den Platz in die Mitte des Raumes. Sie nahm die gleiche Position ein. Die Hände nach vorn ausgestreckt, Gesicht auf dem Boden. Hohlkreuz. Hintern hochgestreckt.

Peter ging langsam auf sie zu, die Peitsche in der Hand, streifte mit den Lederriemen über ihren Körper, den Rücken, das Becken.

Ein stechender Ton. Eine Art Pfeifen, gefolgt von einem Klatschen. Ein Schrei. Völlig unerwartet hatte er zugeschlagen.

Ich erschrak.

Was begann, wie ein zärtliches Streichelspiel, verwandelte sich in etwas Brutales.

Stephanie schrie auf, und auch Sarah war genauso erschrocken wie ich. Nur Lydia lächelte, als hätte sie das erwartet.

Einen Moment Stille.

Auf ihrem Hintern bildeten sich rote Striemen. Sie wimmerte. »Danke, Sir«, sagte sie trotzdem. Es war alles ein Spiel ...

Während ich Erleichterung verspürte, schlug Peter ein zweites Mal zu.

»Danke, Sir!«

Und ein drittes Mal.

»Danke, Sir!«

Sie wimmerte, als Peter hinter die Bar zurückkehrte – ihr Hintern übersät mit dunkelroten Striemen.

»Vollblutstuten. Sehr selten! Aber nicht einfach. Ganz und gar nicht einfach.«

Auf einmal war leichtes Winseln zu hören. Es kam von Ben. Lydia blickte ihn an.

»Nein. Du darfst nicht auf Toilette gehen.« Sie bat Peter um ein Glas Wasser, nahm Ben den Maulkorb ab und hob das Glas an seinen Mund. »Trink.«

Er leerte das Glas. Sie reichte ihm zwei weitere und legte

ihm dann wieder den Maulkorb an. Sie blickte zu uns.

»Ihr seid ein sehr hübsches Pärchen. Ihr wisst Bescheid?«

»Ja«, antwortete Sarah.

Lydia lächelte.

Ich hatte keine Ahnung, was diese Konversation bedeutete. Ich dachte mir, ich musste einen Teil versäumt haben, weswegen mir der Zusammenhang fehlte. Ich dachte mir also nichts weiter dabei und nickte zustimmend.

»Stephanie und Peter haben uns erzählt, dass ihr gestern in unserem Hotel gespielt habt.« Dabei zwinkerte sie uns zu.

»Das stimmt. Es war wirklich sehr schön«, antwortete Sarah und blickte mich dabei lächelnd an. Ein wunderschönes Gefühl breitete sich in mir aus.

Da winselte Ben erneut. Lydia drehte sich zu ihm um. Starrte ihn einen Moment an. Dann blickte sie zu meiner Frau. Wortlos reichte sie ihr die Leine. Sarah überlegte einen Moment, nahm sie und stand auf. Ben war störrisch. Sie zog ein paar Mal kräftig an der Leine. Er leistete Widerstand, wollte ihr nicht folgen.

Lydia stand auf und holte eine Rute aus ihrer Handtasche. Am Ende des dünnen Stiels war ein rechteckiges Lederstück angebracht. Sie nahm meiner Frau die Leine aus der Hand und stellte sich vor Ben. Er senkte den Kopf zwischen ihre Beine. Bis auf den Boden. Mit den Händen umklammerte er ihre Knöchel. Seine Ohren berührten die Absätze ihrer Schuhe. Er zog die Knie enger an und streckte seinen Hintern nach oben. Die Rute durchschnitt die Luft und pfiff, als sie auf ihn zuraste. Es klatschte laut. Ein tieferer Ton als die Schläge von Peters Peitsche. Fünf Mal holte Lydia aus. In kurzen Abständen. Bei jedem Schlag winselte er.

»Es tut mir leid. Wie gesagt, er fremdelt und dann folgt er nicht. Jetzt sollte er es aber verstanden haben.«

Damit reichte sie die Leine an Sarah zurück.

Diesmal folgte er, kroch auf allen vieren hinter ihr her. Sie musste nicht mal an der Leine ziehen. Ich fragte mich, was auf der Toilette passieren würde. Schaute meine Frau ihm beim Urinieren zu? Hielt sie währenddessen sogar seinen Schwanz? Wartete sie vor der Tür?

Während ich mir den Kopf zerbrach, und bei diesen Gedanken gleichzeitig erregt wurde, kam sie schon mit ihm zurück. Ben kroch voraus. In Eile, zu seinem Frauchen zurückzukehren.

»Hat er es brav gemacht?«, fragte Lydia.

»Ja. Er war ganz brav.«

»Hat er sich auch brav hingesetzt, als er sein Geschäft gemacht hat?«

Es war total skurril. Als würden sie über einen Hund sprechen.

»Er hat sein Geschäft im Stehen gemacht.«

Lydias Miene verzog sich. Sie blickte Ben an. Er senkte den Kopf.

»Hat er seinen Penis gezeigt?«

Meine Frau wirkte etwas verunsichert. »Na ja, ich konnte ihn sehen, als er urinierte.«

»War er erregt?«

»Das weiß ich nicht. So genau habe ich nicht hingeschaut.«

Lydia drehte sich zu Ben um und zog ihn an der Leine hoch. Er stand auf. Lydia öffnete seine Hose und ließ seinen Schwanz heraushängen. Er war leicht erigiert.

»Du hast deinen Schwanz hergezeigt, du notgeiles Schwein?«

Ben starrte auf den Boden. Die Arme hingen eng am Körper herunter. Er sagte nichts.

»Das tut mir so leid, Sarah. Fühltest du dich belästigt?«

»Nein. Ganz und gar nicht.«

Die Verunsicherung meiner Frau verschwand. Das alles war

Teil des Lifestyles, den die beiden lebten. Aber trotz allem, was hier geschah – die Beleidigungen, die Gewalt, die Demütigungen – spürte man, wie zwischen den beiden Respekt herrschte. Respekt für die Neigungen des anderen. Das war zumindest damals mein Eindruck. Allerdings wurde mir wenig später das Geheimnis dieses Lifestyles – wenn nicht sogar jeder glücklichen Beziehung – offenbart.

»Peter, ich möchte mich für Ben entschuldigen. Er wird natürlich die Toilette reinigen«, sagte Lydia.

Peter rief den Butler an und bestellte Reinigungsutensilien für die Toilette. Aus dem Telefonat erschloss sich, das der Butler keine Fragen stellte. Nach ein paar Minuten klingelte es an der Tür. Lydia öffnete und nahm einen Eimer entgegen. Gefüllt mit Gummihandschuhen, Schwämmen, Lappen und Reinigungsmitteln.

Sie hatte Bens Hose geschlossen und er kniete mit gesenktem Kopf auf dem Boden.

»Darf ich dich bitten, mit mir die Reinigung zu überwachen?«, fragte sie Sarah, während sie Ben den Maulkorb abnahm.

»Aber gern!«

Ich hatte den Eindruck, dass ihr dieses Spiel gefiel.

Die beiden gingen ins Bad, gefolgt von Ben, den Eimer am Metallgriff zwischen den Zähnen auf allen vieren.

Peter schaute mich an. Er musste erkannt haben, dass ich verwirrt war. Neugierig, aber verunsichert. Erregt, aber ängstlich, und dass ich tausend Fragen im Kopf hatte, die ich mir versuchte, zu beantworten, aber scheiterte.

Er blickte mich verständnisvoll an.

»te7«, sagte er.

Gerade, als ich ihn fragen wollte, was er damit meinte, hörte ich ein Plätschern. Es wurde lauter. Es roch nach Ammoniak. Ich drehte mich um. Stephanie, die noch immer in selber

Position verharrte, urinierte. Auf den Marmorfußboden. Peter lehnte entspannt an der Theke.

»Die vielen Cocktails«, sagte er, als wäre es das Normalste der Welt, dass seine Frau – in dieser Haltung – in der Mitte des Wohnzimmersauf den Boden urinierte.

Stephanie blieb regungslos. Es kam in einem Strahl aus ihr heraus. Als der Druck nachließ, rann es an ihren Innenschenkeln entlang. Außer der Feststellung, dass zu viele Cocktails die Ursache waren, sagte Peter nichts.

Ich versuchte, cool zu bleiben. Tat, als wäre das normal. »Ja, die vielen Cocktails ...«

Meine Verwirrung nahm zu. Nicht nur, dass ich darüber nachdachte, was in der Toilette vor sich ging ... Würden sie Ben einen blasen? Ihm einen runterholen? Sich gar von ihm ficken lassen? Urinierten sie vor seinen Augen und ließen es ihn aufwischen? Oder schauten sie ihm tatsächlich »nur« beim Putzen zu? Einem Mann in Lackhose mit einem Hundehalsband an einer Leine.

Was meinte Peter mit »te7«? Und hatte seine Ehefrau wirklich vor unseren Augen auf den Boden uriniert? Träumte ich?

Ich versuchte, meine Gedanken zu ordnen, als die beiden Frauen mit Ben zurückkamen. Er kroch ihnen – mit dem Eimer zwischen den Zähnen – voraus.

Sofort fiel ihnen der Uringeruch auf, der zwar durch die Klimaanlage nicht extrem, aber durchaus präsent im Raum war. Lydia blickte zu Stephanie, ging, Ben hinter sich herziehend, zu ihr. Diese sagte kein Wort. Ben setzten den Eimer mit den Zähnen ab und fing an, das Urin vom Boden aufzuwischen. Stephanie bewegte sich nicht.

»Das ist nett von dir, Lydia«, sagte Peter, obwohl es Ben war, der putzte.

Mehr Verwirrung für meinen Kopf.

»Das ist doch selbstverständlich«, winkte sie ab. »Du bist ein so toller Gastgeber und hast eine so bezaubernde Frau und zwei so reizende Gäste. Es ist wirklich eine Freude, dass wir den Abend mit euch verbringen dürfen!«

Wir kamen auf unsere Berufe zu sprechen – während Ben den Urin um die sich nicht bewegende Stephanie aufwischte. Lydia war Psychotherapeutin. Im ersten Moment konnte ich das nicht glauben. Als ich nachdachte, schien es plausibel.

Sie wirkte gebildet und aufgeschlossen. Zu meinen Kunden sage ich immer, es gibt drei Arten von vernünftigen Menschen: Diejenigen, die erkannt haben, dass sie zum Psychotherapeuten müssen, diejenigen, die erfolgreich beim Psychotherapeuten waren und Psychotherapeuten.

Das war natürlich nur ein Witz. Aber in diesem Moment dachte ich darüber nach.

Nachdem die beruflichen Tätigkeiten ausgetauscht waren, kam Ben mit dem Eimer zwischen den Zähnen angekrochen. Er war fertig. Der Boden gereinigt. Der Geruch von Urin übertüncht mit einem Mix aus Apfel, Zitrone und WC-Stein.

»Das hast du ganz toll gemacht«, lobte Lydia ihn und streichelte dabei seinen Kopf.

»Du hast dir eine Belohnung verdient.« Sie holte Handfesseln und eine Maske aus ihrer Tasche.

Die Maske hatte nur eine Öffnung für den Mund. An den Ohren waren kleine Löcher. Die Maske reichte ein Stück den Hals hinunter. Lydia legte ihm den Maulkorb wieder an. Die Arme hinter seinem Rücken fixierte sie mit Lederfesseln an den Handgelenken. Riemen, mit Lederschlaufen und Ösen.

»Steh auf«, befahl sie.

Ben stellte sich hin. Es war nicht einfach für ihn, mit auf dem Rücken gefesselten Armen und einer Maske, durch die er nichts sehen konnte, aufzustehen.

Lydia öffnete den Reißverschluss seiner Hose. Sein Schwanz fiel heraus, hing schlaff. Lydia lächelte meine Frau an, kniete sich dann vor Ben. Ihr Kopf war genau auf Höhe der offenen Hose.

»Hallo, du schöner Schwanz. Du praller Schwanz. Du bist so sensibel. Du spürst, wenn eine Zunge auf dir tanzt, deinen Kopf leicht berührt. Dieses leichte kribbelnde Gefühl. Dann spürst du die Lippen und dieses Gefühl, eingesaugt zu werden. Der Druck um dich herum, wenn der Mund, der dich liebkost, immer stärker an dir saugt. Du spürst, wie der Mund dich immer weiter umschließt. Enger. Dich tiefer hineinsaugt.« Lydia sprach mit seinem Schwanz, als würde sie in ein Mikrofon sprechen. Sie ließ keinen Zweifel daran, dass sie glaubte, dass der Schwanz ihr zuhörte. So kurios das wirkte, er richtete sich dabei immer weiter auf.

Sie blickte meine Frau an. Diese verstand sofort und kniete sich neben Lydia und sprach ebenfalls in das immer steifer werdende Mikrofon: »Hallo, du schöner, starker Schwanz. Du spürst einen sanften Druck. Eine Zungenspitze. Sie ist dir fremd. Noch nie hat diese Zunge dich berührt. Du spürst, wie sie anfängt, dich zu erkunden, jede Stelle von dir ertastet. An deinen Hoden spürst du sie deutlicher. Meine Zunge legt sich auf dich und rutscht an dir hoch, zu deinem Kopf. Meine Zunge erkundet dich. Will dich berühren. Jetzt spürst du fremde Lippen, die dich umschließen. Dabei tanzt meine Zunge über deinen Kopf. Rundherum. Ganz langsam. Erfühlt deine pochenden Adern. Immer tiefer nehme ich dich in meinen Mund. Sauge dich hinein. Dann halte ich dich in meinem Mund. Sauge kräftig. Dann wieder ganz sanft. Du spürst, wie deine Adern pochen. Auch das Pochen in deinen Hoden. Du bist kurz davor, deine Ladung auszustoßen. Willst dich in meinem Mund entleeren. Aber ich lasse dich nicht. Ich sauge schwächer und führe dich aus meinem Mund.«

Lydia lächelte, während Sarah sprach.

Ich war fasziniert.

Sein Schwanz stand. Hart und steif. Schon nach den ersten beiden Sätzen meiner Frau konnte ich erkennen, wie er sich aufgerichtet hatte. Und nicht nur bei ihm!

Was meine Frau da tat, diese Worte aus ihrem Mund, das hätte ich ihr nie zugetraut! Wie vieles, das man seiner Partnerin nicht zutraut, weil man sich für etwas Besseres hält.

Während meine Frau gesprochen hatte, war Peter zu Stephanie gegangen. Mit einem kurzen Nicken hielt er ihr seine Hand hin, die Handfläche nach oben. Stephanie legte ihre Hand in seine. Sachte zog er sie nach oben, bis sie vor ihm stand. Den Kopf gesenkt. Er küsste ihre Stirn. Sie kniete sich zurück auf den Boden. Er legte ihr die Leine an. Sie kroch auf allen vieren hinter ihm her. Er führte sie neben Lydia und nahm die Leine ab. Drei Frauen knieten vor Ben. Und der konnte nichts sehen, nichts riechen, wegen dieser Maske. Nur hören.

Stephanie fing an zu sprechen. »Hallo, du schöner Schwanz. Du spürst den fremden Atem, der warm und feucht deine Haut berührt. Mein weit geöffneter Mund, der über dich fährt, ohne dich zu berühren. Er umschließt dich. Es wird feuchter. Ich presse meine Lippen auf dich. Immer fester. Langsam sauge ich. Mein Mund bewegt sich nicht. Hält dich fest umschlungen. Ich sauge mehr. Du spürst meinen Mund immer enger an dir. Ich lasse meine feuchten Lippen langsam an dir heruntergleiten. Nehme dich immer tiefer in mir auf. Du spürst den Widerstand in meinem Rachen. Du bist so tief in mir. Ich sauge wieder an dir und nehme dich noch tiefer. Ich nehme dich komplett in mir auf. Meine Lippen berühren deinen Hoden. Du bist in deiner ganzen Pracht in meinem Mund. Tief in meinem Rachen. Du spürst, wie meine Zunge deine Hoden berührt. Du spürst, wie mein Rachen deinen Kopf umschließt. Mein Speichel tropft aus meinem Mund. Auf deine Hoden. Auf deine Beine. Ganz langsam rutschen meine Lippen wieder hoch zu deinem Kopf. Immer wieder stoppe ich und sauge dich. Du spürst, wie du aus meinem Mund gleitest. Du spürst ein angenehm warmes Gefühl. Mein Speichel, der auf dir ist. Er zieht Fäden aus meinem Mund.«

Meine Frau sprach weiter: »Du spürst, wie zwei fremde Zungen dich berühren. Sorgfältig lecken sie den Speichel von dir. Du spürst Lippen. Auf jeder Seite saugen die Lippen den Speichel von dir. Dann merkst du einen leichten Biss. Noch einen. Sachte. Ganz kurz. Dann stärker. Zwischen Zähnen ist dein Fleisch, du spürst eine Zunge, die dich kreisend massiert.«

Lydia stellte sich vor ihn und flüsterte in sein Ohr: »Du spürst eine leichte Wärme auf deinen Lippen. Es ist meine Muschi, die nur Millimeter vor deinen Lippen entfernt ist. Ich lasse sie über deinen Lippen kreisen. Drücke sie dann auf dein gieriges Maul. So fest, dass du es öffnen musst. Ich reibe sie auf deinem Mund. Deine Zungenspitze berührt meinen Kitzler. Die Muschi ist so feucht. Es tropft in deinen Mund. Auf dein Kinn. Läuft deinen Hals entlang. Deine Zunge entlang. Du schluckst es brav hinunter.«

Ben atmete schwer. Durch die Löcher in der Kugel, die er im Mund hatte, pfiff es.

Sarah und Stephanie stellten sich neben Lydia. Jede an ein Ohr von Ben. Abwechselnd fingen sie an, ihm zuzuflüstern: »Du spürst etwas Feuchtes auf den Lippen. Mit der Zunge ertastest du eine Muschi. Du kennst sie nicht. Hast sie nie zuvor geschmeckt. Sie setzt sich auf deine Lippen. Deine Zunge ertastet den Kitzler«, begann Stephanie.

»Du spürst, wie es feuchter auf deinem Mund wird«, machte Sarah weiter. »Wieder eine fremde Muschi. Sie ist feucht. Ich spreize meine Schamlippen und reibe meine Muschi auf deiner ausgestreckten Zunge. Du musst immer wieder schlucken.

Immer mehr. Ich reite deinen Mund.«

»Du spürst meine Hände an deinem Kopf, wie sie ihn festhalten. Ich ziehe ihn fest an meine Muschi. Du hörst mich stöhnen. Immer lauter. Immer schneller reite ich auf deinem Mund«, sagte Lydia.

»Wir benutzen dich.«

»Meine Muschi wird immer feuchter. Du schluckst immer mehr.«

»Sie reitet dein Gesicht. Ich schaue zu. Streichle meinen Kitzler. Gleich wird sie kommen. Und dann werde ich es mir an deinem Mund besorgen.«

»Ich komme. Und es spritzt alles in deinen Mund. In dein Gesicht. Schluck meinen Nektar.«

»Du bist nur ein Objekt. Nur dazu da, damit wir es uns an dir besorgen können.«

Lydia kniete sich wieder vor ihn. Mit einem kurzen Zungenschlag, berührte sie seine Eichel. Nur einen Augenblick.

Ein lautes, würgendes Stöhnen pfiff durch die Kugel in seinem Mund. Sein Körper bäumte sich. Er zitterte. Er kam ... Es schoss aus ihm heraus. In Lydias Gesicht, an die Theke, auf den Boden. Es wollte schier nicht aufhören. Ein Schub nach dem anderen. Ein unglaublicher Orgasmus. Ausgelöst von Worten und einem kurzen Zungenschlag. Die Frauen hatten ihn die ganze Zeit nicht einmal berührt.

Peter nickte beeindruckt.

Kapitel 5

Während ich auf die Wellen starrte, ging mir die vergangene Nacht nicht aus dem Kopf. Es faszinierte mich, wie Lydia ihren Mann zum Orgasmus gebracht hatte. Bis dahin ging ich davon aus, dass man nur kommen konnte, wenn es körperliche Reize gab. Mehr, als nur einen Zungenschlag.

Meine bisherige Auffassung von Sex und Beziehungen wurde mehr und mehr auf den Kopf gestellt.

Nachdem wir in unser Zimmer zurückgekehrt waren, liebten Sarah und ich uns bis zum Morgengrauen. In einer fantastischen Intensität. Mehrmals.

Eine Sache beschäftigte mich. Was meinte Peter mit »te7«? Die Situation der letzten Nacht hatte es nicht zugelassen, mit ihm darüber zu sprechen. Am Frühstücksbuffet hatte ich ihn und Stephanie nicht gesehen. Nun wartete ich darauf, dass sie bald an den Strand kamen.

Sarah lag neben mir und las in einem Buch. Wir waren uns auf einmal so nahe, wie wir es noch nie gewesen waren. Zumindest war dies mein Eindruck. Ich fühlte mich so sehr zu ihr hingezogen. Das Bild, das ich bis dahin von ihr gehabt hatte, war nun ein anderes. Sie war genau das, was ich mir wünschte. Meine Traumfrau. Das Kuriose daran war, bis dahin hatte ich nicht gewusst, was ich mir wünschte.

Es würde ein komisches Gefühl sein, Stephanie zu sehen, dachte ich bei mir. Dieses Bild im Kopf, wie sie auf dem Boden kniete und urinierte ... Als wir sie kennengelernt hatten, hatte sie selbstbewusst gewirkt. Eine unabhängige, starke Frau. Sie so unterwürfig zu sehen, verunsicherte mich. Ich wusste nicht, wie ich mich ihr gegenüber verhalten sollte. Aber aus welchem Grund sollte ich mein Verhalten ändern? Was hatte sich am Menschen Stephanie geändert? Warum dachte ich darüber nach? Nur weil mein Verstand die Situation nicht einordnen konnte, gaben mir meine Gedanken den Impuls, dass ich mein Verhalten ihr gegenüber ändern solle. Mich ihr überlegen fühlte. Daran dachte, sie nun von oben herab anzusprechen. Machte das der Verstand in solchen Fällen? Menschen klassifizieren? Oder war ich nur verrückt geworden? Meine Synapsen kurz davor, zu explodieren?

Peter und Stephanie begrüßten uns gewohnt herzlich. Stephanie wirkte genauso selbstbewusst, wie wir sie kennengelernt hatten. Keine Spur von Scham oder Peinlichkeit. Warum sollte sie auch? Es war nur mein engstirniges Denken, das ein anderes Verhalten von ihr erwartete. Sie leben ihren Lifestyle. Vielleicht hatte sie genau aus diesem Grund ein gesundes Selbstbewusstsein.

Der »Denker« in meinem Kopf wollte sich der erlernten, vertrauten, kollektiven Moralvorstellung anpassen, hatte es wie üblich bewertet. Spielte – wie so oft – den Richter. Dabei drehte es sich nur um mein Ego. Es glaubte, besser zu sein, als die anderen, maßte sich an, über andere und ihr Verhalten zu richten. Und mein Ego war das, was ich als »Ich« wahrnahm. Aus irgendeinem Grund stellte ich alles in Frage. Meine Gedanken, mein Ego, mich selbst.

Ich weiß nicht, wie ich darauf kam, aber mir wurde bewusst, dass ich meine Gedanken beobachten konnte. In der Lage war, sie einfach Gedanken sein zu lassen, indem ich aufhörte, sie zu bewerten. Ich war für einen kurzen Augenblick nur ein Beobachter meiner Gedanken. Mein Körper kribbelte. Es war ein unglaubliches Gefühl. Als würde ich nach oben gezogen werden. Unbeschreiblich. Dann musste ich innerlich lachen und hatte ein breites Grinsen im Gesicht. Ich erkannte für mich, dass meine Gedanken, mein Verstand, mein Gehirn, was auch immer es war, mir nichts anderes vormachten, als eine fremdgesteuerte Welt. Es ging dem Verstand nur um das Ego. Nur um das Ich. War er für einen Moment abgeschaltet, wurde man sich einer Verbundenheit bewusst, die nicht mit Worten beschrieben werden konnte.

Mir war auf einmal bewusst, dass es nicht darum ging, anderen zu gefallen oder die Moralvorstellungen der Gesellschaft vorbehaltlos anzuerkennen. Es ging um etwas anderes. Aber um was? Die Frage war zu mächtig, um sie auf der Sonnenliege am Strand zu lösen.

Ich dachte also wieder über das Thema der Partnerschaft nach. In jeder Beziehung, die ich kannte – jedenfalls in den meisten – beklagten sich die Männer über den Alltagstrott. Über die fehlende Leidenschaft im Bett. Über gewünschte Abwechslung. Sie suchten ihre Erfüllung bei anderen Frauen. Zumindest im Bett. Manche hatten ihre »Fick-Freundinnen«, manche gingen zu Prostituierten.

Ein Arbeitskollege hatte mir mal die Sichtweise seiner Frau mitgeteilt. Sie hatte nichts dagegen, wenn er hin und wieder zu einer Prostituierten ging. Sie akzeptierte dies als reine Dienstleistung, die man gegen Bezahlung eines Preises erhielt. Seine Frau war der Meinung, besser, er ginge zu einer Prostituierten, als dass er sich mit einer anderen Frau hinter ihrem Rücken vergnügte.

Ich musste wieder an Stephanie denken. Sich so hinzugeben, wie sie es tat, bedurfte eines ausgeprägten Selbstbewusstseins. Vertrauen in den Partner. Es war ihr Spiel. Und sie genossen es. Es gab jedem das, was ihm gefiel. Aber woher wussten sie, dass es dem anderen gefiel?

Mal eben einen Plug hinten reingesteckt, draufgeschlagen und gefragt, ob das gefällt? Wie kam man dazu, solche Spiele auszuprobieren? Wie ging der erste Schritt?

»Wunderschönen guten Morgen, ihr beiden!«, sagte Peter.

Er und Stephanie standen hinter uns und erlösten mich von meiner Gedankenachterbahn. Stephanie wirkte nicht anders. Ich hatte mir also – wie so oft – den Kopf für nichts und wieder nichts zerbrochen. Es war mir peinlich. Dachte ich doch tatsächlich, ich müsste sie anders behandeln, nachdem ich sie unterwürfig auf dem Boden hatte knien sehen.

Die Frauen hatten sofort ein Gesprächsthema. Haben Frauen

das nicht immer?

Ich nutzte die Gelegenheit. »Was meintest du gestern Abend mit ›te7‹?«, fragte ich Peter.

»Ich hatte den Eindruck, als wären dir tausend Fragen im Kopf herumgegangen.«

»Stimmt! Ich weiß gar nicht, wo ich anfangen soll ...«

Peter unterbrach mich. »Die Antwort auf alle deine Fragen lautet: ›te7‹.«

»Peter, bitte, nicht so kryptisch! Was bedeutet ›te7‹?«

»›te7‹ ist ein Wort, dass man in seinem privaten Sprachgebrauch mit an Sicherheit grenzender Wahrscheinlichkeit niemals benutzt.«

»Das stimmt! Aber wie beantwortet das alle meine Fragen und woher willst du wissen, welche Fragen in meinem Kopf herumschwirren?«

Peter musste kurz lachen. Dann lehnte er sich zu mir, als würde er mir ein Staatsgeheimnis offenbaren wollen. »Es ist ein Codewort.«

»Ein Codewort? Wofür?«

Er lehnte sich zurück an die Liege und schob die Sonnenbrille hoch. »Wenn du mit deiner Frau intim warst, hast du sie da mal gefragt: Gefällt dir dies, gefällt dir das?«

»Natürlich! Klar! Ich muss schließlich herausfinden, was ihr gefällt. Ist doch normal!«

»Das ist der Fehler.«

»Was bitte soll daran falsch sein? Peter, du verwirrst mich!«

»Es geht nicht darum, zu tun, was man denkt, was der andere es mag.«

»Sondern?«

»Es geht darum, zu tun, was man selber mag.«

Er sah die Fragezeichen in meinen Blicken und fuhr fort: »Diese Fragerei: gefällt dir dies, gefällt dir das ... Das ist ein reiner Stimmungskiller. Es führt zu nichts. Stell dir vor, du könntest machen, was du wolltest. Würdest du dich anders verhalten?«

»Ich glaube schon. Klar! Meine Frau macht die letzten Tage ja, was sie will. Sie verhält sich ganz anders. Und es gefällt mir irgendwie. Aber was hat das alles mit dem Codewort ›te7‹ zu tun?«

»Stell dir vor, eure Beziehung würde nicht aus ›Gefällt dir dies, gefällt dir das‹ bestehen, sondern daraus, dass jeder tun kann, was er möchte.«

»Du sprichst von einer offenen Beziehung?«

»Nein. Eine offene Beziehung ist – wie der Name schon sagt – offen. Ihr seid in einer geschlossenen Beziehung.«

»Bitte entschuldige, Peter, aber wenn man tun kann, was man möchte, *ist* es eine offene Beziehung!«

Er lehnte sich zur Seite, nahm die Sonnenbrille ab und blickte mir in die Augen. »Wenn ihr vereinbart, dass ihr tut, was immer ihr wollt – jeder für sich, aber dem anderen mit einem Codewort die Möglichkeit gebt, es zu stoppen –, dann ist es *keine* offene Beziehung. Es ist eine Beziehung, die geprägt ist von Respekt und Vertrauen. Eine Beziehung, in der man seinem Partner die Möglichkeit gibt, sich frei zu entfalten. Das ist das ganze Geheimnis. Und die Antwort auf all deine Fragen.«

Es fiel mir wie Schuppen von den Augen. Auf einmal war alles klar. Peter hatte recht. Alle meine Fragen waren auf einen Schlag beantwortet. Mein Verstand ging jede Frage durch und versah sie mit einem »Beantwortet«-Häkchen.

»Ich sehe, du bist mit Nachdenken beschäftigt.« Er stand auf. »Ich gehe zur Strandbar und besorge uns ein paar Cocktails.«

»Ich komme mit!«, sagte Stephanie und folgte ihm.

Ich wandte mich zu meiner Frau, zog die Sonnenbrille ab und schaute ihr in die Augen. Ich wollte es spannend machen. Wie Peter es mit mir gemacht hatte. »Ich möchte dir ein Geheimnis verraten. Damit wird aus jeder Beziehung eine glückliche Beziehung.«

Sie drehte sich zu mir, senkte den Kopf und blickte über den Rand ihrer Sonnenbrille. »Jeder darf tun, was er möchte? Sagt der andere ein Codewort, muss er stoppen?«

Kennen Sie das Gefühl, wenn Sie sich vorkommen, wie der coolste Typ des Universums? Und das Gefühl, zu wissen, dass nun Finger auf Sie zeigen werden und man Sie auslacht, weil Sie etwas total Dämliches gesagt haben? Beide Gefühle durchlebte ich in nur wenigen Sekunden.

»Woher weißt du das?«, fragte ich verblüfft.

Sie kniff in meine Wange und gab mir einen Kuss. »Du bist so süß! Was glaubst du, worüber wir Frauen sprechen?«

»Keine Ahnung. Klamotten? Diät? Fitnesstrainer? Brad Pitt?«

Sie lachte. »Blödmann!«

Sie wusste also davon. Das hätte ich mir denken können. Das erklärte ihre Antwort auf Lydias Frage, ob wir Bescheid wissen. Ich Idiot hätte natürlich drauf kommen können, wenn ich kurz darüber nachgedacht hätte. Aber ich wollte nun mal cool sein und hatte einen überraschten Gesichtsausdruck von ihr erwartet. Eine Art »Wow-du-bist-der-Größte«-Ausdruck. Der Größte war ich nun – der größte Idiot!

»Und seit wann weißt du davon?«, fragte ich.

»Seit dem ersten Abend mit den beiden.«

»Na Prima! Ich weiß es erst seit fünf Minuten!«

Ihr liefen die Tränen vor Lachen.

»Das ist nicht witzig!«, sagte ich, konnte mich aber nicht zurückhalten und musste mitlachen.

»Dafür, dass du es jetzt erst erfahren hast, hast du dich tapfer geschlagen!« Sie musste sich vor lauter Lachen anstrengen, den Satz verständlich herauszubringen.

»Also ›te7‹?«, fragte ich sie.

Sie rieb sich die Tränen aus den Augen. »Ja. ›te7‹.«

Wir hatten unser Codewort. In diesem Moment kam es mir vor, als würde mir eine Last von den Schultern fallen. Die Last, ständig darüber nachzudenken, ob das eigene Verhalten dem Partner gefällt. Diese ständige Selbstkontrolle und dieses Gedankengefängnis, das ständig ein schlechtes Gefühl hinterließ, wenn ich etwas tat, wobei ich nicht wusste, ob sie es mochte. Ich hatte schon ein schlechtes Gewissen, wenn ich Facebook öffnete. Wenn sie kam, schaltete ich es sofort weg. Dabei nutzte ich Facebook nur, um mit Freunden in Verbindung zu bleiben. Und ich schaute mir Fotos von heißen Frauen an. Das Gleiche bei Instagram. Immer hatte ich Panik im Kopf. Die Panik, dass meiner Frau es missfiel, mich des Betruges bezichtigte, wenn ich auf dem Smartphone in mein Facebook schaue.

Am meisten belastete mich die Meinung, mich nicht freuen zu dürfen. Nicht lachen. Nur oberflächlich. Nur in ihrem Beisein, wenn sie den Grund des Lachens akzeptierte und verstand. Ich hatte aus irgendwelchen Gründen angenommen, dass sie mir Freude und Lachen neidet. Also hatte ich es unterdrückt. Keine Emotionen. Die Beziehungskiller-Spirale nahm ihren Lauf.

Ich erkannte, wie lächerlich das war. Auf einmal waren diese einschränkenden Gedanken und Gefühle verschwunden. Ich durfte nun tun, was ich wollte. Ich durfte lachen, fröhlich sein. Kein Neid. Keine Eifersucht. Ich durfte alles probieren. Nur wenn das Codewort aus ihrem Mund kommen sollte, musste ich stoppen.

Ich erkannte, dass ›te7‹ über die reinen sexuellen Spielchen hinausging. Es betraf viele Bereiche des Lebens. ›te7‹ war eine Lebenseinstellung. Endlich Schluss mit den Rollenspielen. Die, in die man sich zwängt, um dem anderen zu gefallen. Unsere Beziehung war auf einen Schlag über sich hinausgewachsen.

»Du hast glasige Augen«, bemerkte Sarah.

Ja, das hatte ich. Meine Gefühle überwältigten mich. Mir kamen die Tränen. Tränen der Erleichterung. Freude. Mut.

»Das ist, weil ich dich so sehr liebe.«

»Und ich liebe dich.«

Eine lange, innige Umarmung. Schweigend. Diese Umarmung wirkte schweigend mehr, als jedes Wort.

Ich wischte mir die Tränen aus den Augen.

»So! Jetzt werden wir das gleich mal ausprobieren. Ich gehe an die Poolbar und pinkel ins Becken, während ich einen Cocktail trinke«, sagte ich und erhob mich.

»‹te7‹!«

»Okay, okay, habe verstanden. Kein Cocktail.«

»Blödmann!«, rief Sarah mir hinterher und konnte nicht aufhören zu lachen.

Stephanie und Peter kamen mir mit Cocktails in der Hand entgegen.

»Vielen Dank!«, sagte ich zu den beiden.

»Wofür?«, fragte Peter.

»Ihr habt uns beiden die Augen geöffnet. Ihr habt, ohne dass es euch bewusst ist, unsere Beziehung gerettet.«

Stephanie lächelte.

»Das habt ihr ganz allein gemacht«, sagte Peter mit seinem charmanten Lächeln und reichte mir einen Cocktail.

Kapitel 6

Wir saßen im italienischen Restaurant des Hotels. Der helle Marmorboden und die riesigen Säulen im Raum ließen vergessen, dass man auf Jamaika war.

»Diese Säulen sind beeindruckend«, sagte ich.

»Das ist eine romanische Säulenform. Sie wird ›Bestiensäule‹ genannt, da der Schaft aus einer Tierfigur besteht. Eine dieser seltenen Säulen steht in der Hallenkrypta des Freisinger Doms in Deutschland.«

Wir blickten Peter an.

»Beeindruckend!«, sagte Sarah.

»Um ehrlich zu sein, hatte ich das auf dem Schild an der Säule gelesen, während wir auf euch warteten.«

Wir mussten lachen.

***

Das Essen war fantastisch!

Und wie üblich, lud Peter zu einem Drink in die Suite ein.

Das bedeutete ein weiteres, erotisches Abenteuer. Wir nahmen auf dem weinroten, mit Messingnieten besetzten Sofa im Wohnzimmer Platz.

Peter öffnete eine Flasche Champagner, reichte die Gläser und sagte: »Darauf, dass wir uns kennengelernt haben.«

Er setzte er sich neben Stephanie, streifte ihr Kleid unauffällig ein Stück hoch und legte seine Hand auf ihren Schenkel. Er küsste sie. Leidenschaftlich. Wir auch. Wie Teenager saßen wir vier auf der Couch und knutschten rum. Es war herrlich.

Ich fuhr mit meiner Hand unter Sarahs Rock. Streichelte sanft ihre Schenkel. Ich bemerkte, dass sie keine Unterwäsche trug. Nahe ihres Schritts spürte ich die ausstrahlende Wärme. Sie rieb über meiner Hose. Spürte meine Erregung. Ich küsste ihren Hals und sah, das Stephanies Kleid nach oben gerutscht war. Ihre Schenkel und der wohlgeformte Po blitzen hervor. Peter streifte Stephanie in diesem Moment die Spagettiträger von den Schultern. Er massierte ihre Brüste und küsste ihre Nippel.

Ich lehnte meine Frau ins Sofa und blickte zu den beiden, sah, wie er sanft Stephanies Brüste massierte und zärtlich die Nippel saugte, während ich Sarahs Bluse öffnete und ihre straffen Brüste freilegte. Mit der Zunge tanzte ich auf ihren Brustwarzen, fuhr mit den Fingerspritzen über ihre Schenkel. Ihre Brustwarzen wurden steif. Ich biss sanft hinein. Sie stöhnte auf. Ich zog sie aus. Fing an, mit meiner Zunge an ihrem Bauchnabel zu spielen. Rutschte tiefer und kniete mich schließlich vor sie. Küsste ihre Waden. Die Innenschenkel. Bis in ihren Schritt.

Stephanie öffnete derweil Peters Hose. Zog sie ihm herunter und kniete sich vor ihn, direkt neben mich. Fing an, ihn mit Hand und Mund zu massieren. Peters Erregung nahm sichtbar zu. Sie blickte ihn an, während sie ihn verwöhnte.

Ich liebkoste den Schritt meiner Frau. Mit der Zunge. Mit den Lippen. Saugte sanft. Tanzte mit der Zunge auf ihrem Kitzler. Spürte, wie sie feuchter wurde. Schluckte es.

Sarah beobachtete die anderen beiden. Biss sich auf die Unterlippe. Griff nach meinem Hinterkopf und presste mein Gesicht enger in ihren Schritt.

Peter blickte auf meine Frau. Auf ihre Brüste, ihre Schenkel. Ich bemerkte, wie Stephanie mich anschaute. Sie drehte leicht den Kopf. Ihre Wange wölbte sich mit Peters Männlichkeit.

Er massierte inzwischen die Brüste von Sarah. Liebkoste ihre Nippel. Erforschte neues Gebiet mit der Zunge. Sie bäumte sich auf. Ich streckte einen Arm aus und griff an Stephanies Brust, ertastete sie. Ihre Nippel waren steif.

Zu sehen, wie Peter die Brüste meiner Frau verwöhnte und gleichzeitig fremde Brüste anzufassen, erregte mich noch mehr. Ich strich über Stephanies Bauch. Sie zog ihr Kleid nach oben, entblößte ihren Hintern. Vorsichtig berührte ich ihre Pobacken. Straff und glatt waren sie. Währenddessen verwöhnte ich mit der Zunge Sarah weiter. Stephanie ließ nicht von Peters Schritt ab. Ich glitt mit meiner Hand über ihren Po, zwischen ihre Beine. Es fühlte sich warm an. Feucht.

Peters Hand glitt tiefer. Über den Bauchnabel meiner Frau. Er fing an, ihn zu küssen, während seine Hand in ihren Schritt glitt. Ich nahm meinen Kopf zurück. Sah seine Hand direkt vor den Augen. Wie sie den Schritt meiner Frau massierte. Er streichelte ihren Kitzler. Sanft. Packte sie am Becken und legte sie vor sich. Drückte ihre Schenkel auseinander. Sein Kopf verschwand in ihrem Schritt. Stephanie liebkoste ihn weiter zwischen den Beinen.

Ich kroch hinter Stephanie, zog ihre Pobacken sanft auseinander und fing an, mit der Zunge zu spielen. Ihr Kitzler fühlte sich hart an. Die großen Schamlippen prall. Ich spürte ihre Feuchtigkeit auf den Lippen. Dabei blickte ich zu Peter und meiner Frau. Sie hatte ihren Kopf in den Nacken gelehnt. Die Augen geschlossen. Stöhnte leicht.

Peter stand auf. Er reichte Stephanie die Hand und deutete an, ins Schlafzimmer zu gehen. Er zog Stephanie das Kleid aus. Legte sie aufs Bett. Kniete sich vor sie und senkte seinen Kopf in ihren Schritt.

Sarah zog mich aus und bedeutete mir, mich neben Stephanie zu legen. Sie kniete sich vor mich. Eng neben Peter. Massierte mich mit der Hand. Dann mit dem Mund. Ich legte den Kopf zur Seite und betrachtete Stephanie. Ihre Augen waren geschlossen. Der Mund leicht geöffnet. Ich nahm ihr angestrengtes Atmen wahr. Starrte auf ihre Brüste. Die großen, steifen Nippel. Peters Hand glitt über die Wade meiner Frau langsam nach oben. Berührte ihren Hintern. Knetete ihn.

Sarahs Hand verschwand in Peters Schritt. Ihr Arm bewegte sich auf und ab. Ich nahm ein Geräusch wahr. Ein bekanntes. Das Geräusch, wenn ich meine Frau mit den Fingern verwöhne. Dieses sanfte Schmatzgeräusch. Peters Finger steckten in meiner Frau, die mich dabei mit dem Mund verwöhnte.

Ich lehnte mich über Stephanies Brüste. Küsste sie. Saugte an den Nippeln. Konzentrierte mich auf das Geräusch. Das Schmatzen wurde intensiver. Das bedeutete, dass meine Frau feuchter wurde. Stephanie stöhnte leicht auf. Streichelte meinen Kopf.

Sarah ließ von mir ab, beugte sich zu Stephanie und senkte den Kopf zwischen ihre Schenkel. Peter stellte sich vor das Bett, massierte die Pobacken meiner Frau. Ging in die Knie. Wieder das Schmatzgeräusch.

Stephanie griff zwischen meine Beine. Fing an, sanft zu kneten. Zog leicht daran und deutete mir damit, mich neben ihren Kopf zu knien. Ihre Lippen umschlossen meinen Schwanz und ihre Zunge tanzte auf der Eichel. Ich beobachtete Sarah, wie sie mit ihrem Mund zwischen Stephanies Beinen spielte. Ich erkannte, dass sie einen Finger eingeführt hatte. Ich konnte nur ein Stück von Peters Kopf erkennen. Es war, als würde ich sehen, was er tat. Ich wusste es, nur anhand der Geräusche und seiner Bewegungen.

Dieses Bild vor meinen Augen, mit meiner Frau gemeinsam mit zwei fremden Sex zu haben, erregte mich so sehr, dass ich einen Orgasmus nur schwer unterdrücken konnte. Stephanie merkte das offenbar, denn sie ließ von mir ab. Sie beugte sich vor. Streichelte Sarahs Kopf, zog ihn zu sich und küsste sie. Die Schmatzgeräusche waren immer noch da.

Stephanie kniete sich neben Sarah und lächelte mich an. Die beiden beugten ihre Köpfe in meinen Schritt und verwöhnten mich mit ihren Mündern. Abwechselnd und gleichzeitig. Sie saugten und küssten. Massierten. Ich hörte ein weiteres Schmatzgeräusch. Peter verwöhnte beide Frauen gleichzeitig mit den Fingern. Sarah presste sanft ihre Fingernägel in meinen Schwanz. Dieser leichte Schmerz, der zunimmt, wenn sie fester zudrückt. Meine Eichel war in Stephanies Mund verschwunden. Ich spürte ihre tanzende Zungenspitze. Sarah bohrte die Fingernägel tiefer, bewegte die Hand schneller auf und ab.

Stephanie saugte weiter und stieß ein »Mhhh« aus, während ich heftig in ihrem Mund kam. Ich konnte es nicht länger unterdrücken. Es war wie ein Befreiungsschlag. Stephanie lächelte mich an. Den Mund geschlossen. Sie richtete sich auf. Sarah legte den Kopf in den Nacken und öffnete ihren Mund. Stephanie spitzte die Lippen und ließ mein Sperma in den Mund meiner Frau tropfen. Direkt vor meinen Augen.

Peter stand zwischenzeitlich neben dem Bett und schaute sich das Spiel der beiden an.

Sarah beugte sich zu mir. Blickte mir in die Augen. Dann hörte ich das Schluckgeräusch. »Hmmm«, machte sie, beugte sich zurück zu Stephanie und küsste sie. Beide ließen ihre Zungen miteinander spielen. Langsam. Zärtlich. Streichelten sich übers Gesicht. Über den Hals. Ich setzte mich auf einen Stuhl vor dem Bett.

Stephanie legte Sarah auf den Rücken, kniete sich über sie. Den Kopf zwischen ihre Schenkel. In der 69er-Stellung küssten die Frauen sich zwischen den Beinen. Peter kniete sich hinter Stephanie und drang sanft in sie ein. Er stöhnte leicht, während er sein Becken bewegte.

Ich fragte mich, ob Sarah ihn mit der Zunge berührte. Ich war davon überzeugt, obwohl ich es nicht erkennen konnte. Peter führte seine Hand nach unten. Stöhnte erneut auf. Ich stellte mir vor, wie er sich zwischen seiner Frau und dem Mund meiner Frau abwechselte. Sarah legte ihren Kopf in den Nacken.

Das war die Position, die sie einnahm, wenn sie mich ganz im Mund aufnehmen wollte. Sie griff an Peters Hüfte und zog seinen Schwanz zu sich heran. Sie führte ihn mit der Hand zurück in Stephanie. Es wechselte sich ab. Mund und Schritt, Mund Schritt ... Wie ich Peter beneidete. Ich versetzte mich in ihn hinein. Stellte mir das Gefühl vor.

Stephanie hatte zwei Finger in Sarah eingeführt. Spielte mit der Zunge auf ihrem Kitzler. Ihre Handbewegung wurde schneller. Auf und Ab. Ich wusste, wozu das bei meiner Frau führte. Es dauerte tatsächlich nicht lange und sie bäumte sich auf. Stöhnen. Stephanie zog die Finger aus Sarah und es spritzte aus ihr heraus, bis auf den Boden.

Es erregte mich. Ich fasste mich an. Spürte, wie das Blut pumpte und meinen Schwanz steif werden ließ.

Stephanie kroch vom Bett. Kniete sich vor mich. Sie verwöhnte mich mit Hand und Mund. Sarah kniete sich vor Peter. Blickte mich an, während ihre Zunge mit seinem Schwanz spielte. Ihn mit dem Mund umschloss und langsam einsaugte.

Sie legte Peter auf den Rücken. Mit der Hand führte sie sich seinen Schwanz ein. Stöhnte auf. Bewegte ihr Becken vor und zurück. Schneller. Sie benutzte ihn. Besorgte es sich. Nach ein paar Sekunden stöhnte sie auf. Hielt einen Moment inne. Ihr Nektar rann an Peters Schenkeln herab. Ihr Körper bäumte sich. Sie wollte mehr. War gierig. Ritt weiter.

Ich verspürte Eifersucht und Geilheit. Zwei gegensätzliche Gefühle gleichzeitig zu empfinden, war ein extremes Erlebnis.

Stephanie war ganz auf meinen Schritt konzentriert. Eine Hand massierte meine Hoden. Die andere glitt im Takt mit ihrem Mund. Sie setzte sich auf mich. Führte meinen Schwanz ein. Kreiste ganz langsam ihr Becken. Ich massierte ihre Brüste. Peter stellte sich hinter sie. Ich verspürte einen Druck. Es wurde enger. Stephanie stöhnte auf. Peter war in ihren After eingedrungen. Sie bewegte ihr Becken und bei jeder Bewegung verspürte ich den Druck von Peter. Mein erstes Mal mit der Sandwich-Position. Sarah knetete seine Brustwarzen. Sie stand hinter ihm. Ich hatte die Kontrolle verloren, krallte mich in Stephanies Becken. Sie stieg von mir ab. Sarah kniete sich vor mich. Es bedurfte nicht viel, dauerte nur Sekunden, um mich zum Orgasmus zu bringen. Auch Peter kam. In Stephanies Mund. Sie hielt ihn auf, während er sich um seinen Orgasmus kümmerte.

KAPITEL 7

Am nächsten Tag unternahmen wir einen Bootsausflug. Mit einem Katamaran glitten wir über das kristallklare Wasser und ankerten in einer wunderschönen Bucht, mit einem feinen Sandstrand, der an einen Dschungel grenzte. Kleine und große Felsen säumten die schmale Bucht. Das Wasser war klar. Man konnte unzähligen bunten Fischen zuschauen. Ich starrte auf das Meer und erwartete ein Schiff aus dem Film »Fluch der Karibik«. Es sah aus, wie eine Filmkulisse. Wir waren rund zwanzig Personen. Während unsere Frauen in einem Schlauchboot zum Strand fuhren, schwammen Peter und ich zu den Felsen, die sich ideal als Sprungplattform eigneten. Einige andere Männer taten es uns nach. Es war herrlich. Ich fühlte mich in meine Jugendzeit zurückversetzt. Im Wasser spielen, auf Felsen klettern und hinunterspringen. Der Geschmack von Salz. Das Aufstoßen, weil man es versehentlich geschluckt hatte und die laufende Nase. Das sanfte Brennen auf der Haut vom Salzwasser und der Sonne, die vom wolkenlosen Himmel strahlte. Ich erklomm mit Peter den größten Felsen. Wir standen schweigend nebeneinander und starrten auf den Horizont. Die leichten Wellen brachen das Sonnenlicht und ließen das Meer glitzern. Ein paar Sekunden lang hatte ich das Gefühl einer Verbundenheit mit allem.

»Nichts ist trügerischer, als eine offensichtliche Tatsache.«

Peter schaute mich an. Ich hatte laut gedacht.

»Arthur Conan Doyle. Faszinierend. Wie kommst du jetzt darauf?«, fragte Peter.

»Die letzten Tage haben mein Leben auf den Kopf gestellt. Wir haben gegen alle moralischen Grundsätze verstoßen und dabei fühlt es sich gut an. Es müsste sich aber schlecht anfühlen. Schuldgefühle müssten aufkommen. So wurde es uns doch beigebracht. Und das verwirrt mich.«

»Du bist verwirrt, weil du dich glücklich fühlst?«

Ich musste grinsen. Peter hatte genau die richtige Frage gestellt. Warum sollte ich mich schlecht fühlen, weil ich glücklich war? Sollte ich nicht einfach das Gefühl genießen? Akzeptieren, dass ich glücklich sein durfte? Egal, welche Umstände das Glücksgefühl herbeigeführt hatten?

»Du hast recht, Peter. Ich sollte einfach dieses Glücksgefühl genießen.«

»So ist es. Vielleicht denkst du nur zu viel nach und zerbrichst dir zu sehr den Kopf. Lass dich einfach vom Leben treiben und fühl dich gut. Das Leben hat uns zusammengebracht, ohne dass einer von uns etwas dazu beigetragen hätte. Dafür bin ich dankbar. Es macht mich glücklich, dich kennengelernt zu haben.«

Wow! Es kribbelte an meinem ganzen Körper, als er das sagte. Er hatte mit jedem Wort recht. Als ich ihn das erste Mal gesehen hatte, hatte ich schon so ein Gefühl gehabt, dass eine Verbindung bestand. War es wirklich so einfach? Weniger denken und einfach vorurteilsfrei das Leben so nehmen, wie es war? Sich vom Leben treiben lassen? Aufhören, über alles und jeden urteilen zu wollen? Das Gefühl in mir, als ich das dachte, bestätigte, dass es richtig war.

»Danke, Peter.«

»Ich danke dir!« Er drehte sich um. »Schau dir unsere Frauen an. Kaum lässt man sie allein, flirten sie schon wieder!«

Am Strand war eine provisorische Bar aufgebaut. Mittendrin unsere Frauen, die an einem Trinkspiel teilnahmen. Es erinnerte mich an eine dieser ausschweifenden Studentenpartys, bei denen man noch unbekümmert Spaß hatte, ohne sich den Kopf über die Zukunft zu zerbrechen. Es zählte nur der Moment. Und natürlich, wer am schnellsten den Eimer mit dem Punsch austrinken konnte.

Es war wunderschön, meine Frau so glücklich zu sehen. Sie lachte und hatte Spaß. Ich hatte sie lange nicht mehr so ausgelassen gesehen. Normalerweise wäre ich eifersüchtig gewesen, sie glücklich zu sehen. Ich erkannte, dass ich ihr bis dahin das Glück geneidet hatte, und zwar aus dem Grund, weil ich mir selber nicht erlaubte, glücklich zu sein. Und all diese Erkenntnisse kamen, als wir uns inmitten eines Pornos befanden. Es ist schon komisch, unter welchen Umständen das Leben uns Lektionen lehrt. Aber diese war so offensichtlich, dass ich sie nicht ignorieren konnte und endlich anfing, in mir selber nach dem zu suchen, was mich im Äußeren immer gestört hatte.

War es vielleicht so, dass mein eigenes Verhalten und meine Denkmuster, meine Außenwelt darstellten? War ich der Schöpfer meines eigenen Erlebens? Ich musste lachen.

Peter fiel das auf. »Alles okay?«

»Oh ja! Und wie!«

»Dann bitte nach dir!« Er schubste mich vom Felsen ins Wasser. Die inneren Kinder in uns waren geweckt.

Als wir an den Strand kamen, war das Trinkspiel noch in vollem Gange. Die Stimmung feucht-fröhlich. Unsere Frauen amüsierten sich blendend. Sie stellten uns eine Menge Leute vor, die sie in der letzten Stunde kennengelernt hatten. Ich verstand kaum einen Namen. Der Unterhaltungswert war hoch. Es waren Pärchen und Männer aus Frankreich, Deutschland und den USA. Besonders nett unterhielten wir uns mit Mike und Tom. Studenten aus Boston. Tom war Afroamerikaner – ich schätzte ihn knapp zwei Meter groß. Er sah aus wie ein Basketballspieler. Mike war etwa so groß wie ich. Dunkelblonde Haare und ein Pagenschnitt. Ich glaube, dass sich jede Frau beim Anblick von Tom fragte, wie groß wohl sein Penis wäre. Natürlich auch die Männer. Denn es wird den Afroamerikanern nun mal nachgesagt, dass sie extrem gut bestückt sind. Und wir Männer sind Penisneider. Zumindest viele von uns, behaupte ich mal.

Sie machten einen sympathischen Eindruck. Tom, ein lässig, cooler Typ, sah ein bisschen aus wie Will Smith. Mike wirkte neben ihm zurückhaltender, schüchterner. Tom hatte diese Art von Coolness, die alle um ihn herum in den Schatten stellte. Er litt unter dem »Tatsch-Syndrom«. Bei jedem Wort, jeder Geste, betatschte er einen, griff an die Schulter, Rückenklopfer, High-Five. Für seine Konversation brauchte er einen »Wendekreis«, so sehr holte er aus, wenn er sich artikulierte. Wirkte dabei aber trotzdem nicht aufdringlich. Sehr unterhaltsam.

Sie studierten internationales Marketing in Boston. Junge, smarte Typen, wobei Tom genauso gut ein Profi-Basketballspieler hätte sein können.

»Ein junger Wilder«, flüsterte mir Sarah ins Ohr und zuckte grinsend mit den Augenbrauen. Ihr gefiel die Art von Tom.

***

Sarah wirkte ganz aufgeregt, als sie sich fürs Abendessen fertig machte und erfahren hatte, dass Peter die Männer zum Essen eingeladen hatte. Wie ein Teenager, kurz vor einem Date. Es war schön, sie so zu sehen. Sie zog sich ein kurzes, rückenfreies, schwarzes Kleid an. Durchsichtige Streifen offenbarten einen Blick unterhalb und oberhalb ihrer Brüste. Ab der Hüfte fiel es weit und besaß einen durchsichtigen Streifen am unteren Saum. Sie wählte sexy Make-up: dunklen Lidschatten, knallroten Lippenstift. Dazu schwarze High Heels mit Plateauabsatz. Wenn sie diese trug, war sie so groß wie ich. Allein ihr Outfit erregte mich. Erotik pur.

Stephanie und Peter holten uns in unserer Suite ab. Sie trug ein dunkelbraunes, kurzes, eng anliegendes Kleid mit tiefem V-Ausschnitt, an dem ein Reißverschluss angebracht war, der bis zum Bauchnabel reichte. Ich fiel sofort in ihren Ausschnitt und Peter lächelte, als er das bemerkte.

»Ziel erreicht!«, sagte er grinsend.

Sie trug ebenfalls High Heels mit Plateauabsatz, cremefarben aus glänzendem Lack.

Die Frauen hatten sich offenbar abgesprochen. Auch beim Make-up. Mir war bewusst, dass diese sexy Outfits besonders einem galten: Tom. Unsere Frauen hatten an ihm einen Narren gefressen. Er besaß eine so erfrischende Art, die den Jagdinstinkt bei ihnen weckte.

Peter und ich trugen Hemden zu Jeans. Wir wollten den Damen die Show nicht stehlen.

Als Tom und Mike ins Restaurant kamen, staunten wir allerdings nicht schlecht. Beide in schwarzer Leinenhose und weißen Hemden. Elegante Schuhe, passend zur Farbe des Gürtels. Sie wirkten auf einmal wesentlich älter, als in ihren Bermudashorts am Strand.

Sie begrüßten uns sehr höflich. Mit einer leichten Verbeugung beim Händeschütteln. Tom war zurückhaltender. Offensichtlich hatte der Alkohol an der Strandbar ihn übermütig gemacht.

»Hier muss der Pegel wieder hergestellt werden!«, sagte Peter und bestellte eine Runde Cocktails. »Als Aperitif vor, während und nach dem Essen!«

Peter wusste einfach, wie er die Stimmung auflockern konnte und die beiden wirkten sofort weniger angespannt.

Im Gespräch kam heraus, dass Tom dreiundzwanzig und Mike zweiundzwanzig Jahre alt war. Unsere Frauen ließen – typisch Frau – ihr Alter von den beiden schätzen. Tom schätzte die beiden auf maximal vierundzwanzig. Mike meinte, höchstens fünfundzwanzig. Damit hatten sie ihre Herzen erobert.

Die Männer waren sichtlich bemüht, nicht in den Ausschnitt der Frauen zu starren. Ich konnte mit ihnen mitfühlen. Bei dem Outfit war es alles andere als einfach. Sie schlugen sich wacker. Im Augenwinkel erkannte ich, wie sie, wenn sie sich unbeobachtet fühlten, einen Blick riskierten.

Während Sarah mit Stephanie redete, zog sie unauffällig ihren Rock ein Stück hoch. Tom wirkte erschrocken. Als wäre er ertappt worden, richtete er seinen Blick sofort zu mir, als wollte er sicherstellen, dass ich nicht bemerkt hatte, dass meine Frau ihm ihren Schritt präsentiert hatte. Ich tat, als hätte ich es nicht gesehen und unterhielt mich weiter mit Peter. Er wirkte erleichtert.

Unsere Frauen spielten mit den beiden. Sie brachten die Männer in Verlegenheit. Auf die Frage hin, warum sie keine Freundinnen hätten, meinte Tom, etwas verlegen, dass sie erstmal das Leben genießen und so viel wie möglich erleben wollten. Und das würde mit einer Freundin nun mal nicht gehen. Damit machte er unsere Frauen nur noch wilder.

»Vielleicht hast du einfach noch nicht die Richtige getroffen ...«, sagte Sarah.

Tom erklärte, dass man mit einer Freundin keine Extremsportarten machen konnte, weil Frauen das nicht taten. Dass Männer die besseren Kumpels wären, weil man ihnen alles erzählen konnte und dass man nur mit Kumpels alles gemeinsam machen könnte, vor allem »Männerdinge«, die mit einer Partnerin unmöglich wären. Dass junge Männer sich erst die Hörner abstoßen müssten, bevor sie für die Einengungen einer Beziehung bereit wären. Sein Vater hätte ihm das so erklärt und er fand es plausibel.

Natürlich wussten wir alle, was er letztlich meinte: Er wollte sich ausleben, Sex mit vielen Frauen haben, und war der Meinung, dass das mit einer festen Freundin nun mal nicht funktionierte. Natürlich sagte er es nicht so. Musste er doch davon ausgehen, dass wir mit Unverständnis reagieren würden, denn seine Vorstellung entsprach nicht den moralischen Grundsätzen.

Unsere Frauen löcherten ihn mit Fragen, gingen dabei aber sachte vor. Sie gaben ihm das Gefühl von Verständnis und gleichzeitig, dass vielleicht doch nicht alles so sein musste, wie er dachte. Letztlich umschrieb er es damit, dass man in einer Beziehung nicht mit anderen Frauen flirten durfte, ihm aber genau das Spaß machen würde. Dieser junge Mann beeindruckte mich. Ich erkannte mich in ihm wieder. Dieselbe Denkweise. Die gleiche Konditionierung von Moralvorstellungen. Er würde, genau wie ich, irgendwann an einem Punkt ankommen, an dem dieses gesamte Gedankenkonstrukt in sich zusammenfiel. An dem man feststellte, dass viele Glaubensgrundsätze uns nur eingetrichtert wurden, solange, bis wir sie für richtig hielten.

»Ihr seid doch noch ganz grün hinter den Ohren!«, sagte meine Frau und lenkte damit von dem Thema ab. Ich wusste sofort, was sie mit dieser herausfordernden Frage bezweckte. Und sie erhielt prompt die Antwort, die sie sicher erwartete.

»Wenn Sie wüssten!«, sagte Tom, der nicht aufhörte, uns alle höflich zu siezen. Noch am Strand hatte er einen Mix aus du und Sie benutzt. Nun legte er viel Wert auf Höflichkeit.

»Was meinst du damit, Tom?«, fragte Stephanie, neugierig grinsend. Der Jagdtrieb hatte sie erfasst.

Peter wechselte das Thema und fragte die beiden, wie denn ihr Hotel sei, das ein paar Kilometer von unserem entfernt war.

»Es ist okay. Nicht so wie das hier. Wir hatten gehört, dass dieses Hotel zu den besten auf der Insel gehört und deswegen haben wir uns auch entsprechend angezogen.«

»Jetzt bin ich erleichtert. Ich dachte schon, dass ihr euch so hübsch gemacht habt, um unsere Frauen anzumachen!«, sagte Peter ernst.

Ich war verwundert.

Die beiden Männer erstarrten, wussten nicht, was sie antworten sollten.

Da fing Peter an zu lachen und schlug sich auf die Oberschenkel. »Erwischt!«

Tom schüttelte lachend den Kopf und streckte die geballte Faust zu Peter. Dieser Faustabklatscher war sein Ding.

»Oh Mann! Sie haben's echt drauf!«

Die Stimmung war wieder entspannt. Peter wusste, wie man ein Gespräch auflockert.

»Könnt ihr Pokern?«, fragte Peter.

Sarah und ich hatten es vor Jahren mal gespielt, aber ich konnte mich nicht mehr an die Regeln erinnern. Die beiden Jungs kannten sich aus.

Peter bat den Kellner um Karten und Spielchips als Einsatz. Dann erklärte er kurz die Regeln. Unsere Frauen begnügten sich mit Zuschauen. Tom gewann zweimal hintereinander.

In der dritten Runde gingen Peter die Chips aus. Nur er und Tom waren noch im Spiel.

»Ich setze meine Frau«, sagte Peter ruhig.

Der Blick von beiden war eine Mischung aus überrascht und beschämt, schließlich saß Stephanie mit am Tisch und hatte das gehört. Einen kurzen Moment ging es mir ähnlich. Tom wartete auf irgendeine Reaktion von ihr. Wahrscheinlich glaubte er, dass sie nun eine Szene machen würde. Aber sie lächelte nur.

»Entschuldigung, ich habe Sie nicht verstanden. Was sagten Sie?«, fragte Tom und schien aufgrund der ausbleibenden Reaktion von Stephanie der Meinung, sich verhört zu haben.

»Als Einsatz setzte ich sechzig Minuten mit meiner Frau im Jacuzzi auf der Terrasse unseres Zimmers. Mit Meerblick! Einverstanden?«

Tom schaute Peter ungläubig an, blickte zu Stephanie. Erwartete eine Reaktion von ihr. Sie lächelte ihn wieder an.

Tom schien darauf zu warten, dass Peter ihm mit einem Lachen mitteilte, dass er einen Spaß gemacht hatte. Aber Peter blieb ruhig. Tom lächelte und schüttelte den Kopf. Er ging wohl jetzt davon aus, dass Peter einen Spaß mit ihm vorhatte und spielte mit.

»Okay. Einverstanden!«, sagte er.

Sie legten die Karten auf den Tisch. Tom gewann. Peter stöhnte enttäuscht. Tom lachte und freute sich, streckte wieder die geballte Faust zum Abklatschen zu Peter.

»Der war echt gut! Sie haben mich schon wieder voll erwischt, Mann! Voll cool!«

Peter beugte sich zu Tom vor. »Junger Freund. Das war kein Witz. Spielschulden sind Ehrenschulden.« Er blickte zu Stephanie.

Sie lächelte und stand auf.

Tom erstarrte. Sein Blick raste zwischen Peter und Stephanie hin und her. »Wie jetzt?«

Peter führte Stephanie neben Tom, streckte ihren Arm zu ihm. Tom stand auf, nahm ihre Hand und folgte ihr.

Mike schien nicht realisieren zu können, dass sein Freund gerade mit Peters Ehefrau die Bar verließ. Er wirkte abwesend.

»Lasst uns an den Strand gehen«, schlug Peter vor.

Ich ahnte, was er vorhatte. Sarah machte auch den Eindruck, als wüsste sie, dass Peter mit uns vom Strand aus seine Frau und Tom beobachten wollte.

Nur Mike ahnte nichts davon und dachte womöglich, dass der Strandspaziergang dazu diente, die Zeit zu überbrücken, bis sein Freund und Stephanie zurückkommen würden.

Wir setzten uns auf die beiden Strandliegen, ein paar Meter vor der Terrasse. Der Mond schien und beleuchtete die Szene. Mike brauchte einen Moment, um zu realisieren, dass wir seinem Freund und Stephanie beim Liebesspiel zuschauten. Tom saß auf dem Beckenrand des Whirlpools. Stephanies Kopf bewegte sich in seinem Schritt.

Mike war aufgeregt, schaute immer wieder weg, wusste nicht, wie er sich verhalten sollte. Ich hätte es in seiner Situation auch nicht gewusst. Sein Freund wurde oral von der Ehefrau des Typen befriedigt, der neben ihm saß und mit ihm gemeinsam zuschaute, gemeinsam mit einem anderen, fremden Pärchen.

Meine Frau beugte sich zu ihm. »Gefällt es dir, was sie mit deinem Freund tut?«, flüsterte sie.

»Ja, natürlich! Es ist nur eine komische Situation. Ich kann mich nicht wirklich entspannen«, antwortete er lächelnd.

»Vielleicht kann ich dir dabei helfen?« Sie wartete keine Antwort von ihm ab, sondern kniete sich vor ihn und zog ihm die Hose herunter.

Er starrte mich an.

Ich lächelte.

Der Mund meiner Frau entspannte Mike schnell. Um nicht zu sagen, sehr schnell! Sie ließ ihn in ihrem Mund kommen.

Offensichtlich hatte ihn die Situation so sehr erregt, dass er nicht besonders lange zum Orgasmus brauchte. Nachdem er gekommen war, bedankte er sich höflich bei ihr. Es machte mich an, dass sich jemand bei meiner Frau bedankte, dafür, dass er von ihr befriedigt wurde.

Die Show auf der Terrasse schien sich derweilen auch dem Ende zuzuneigen. Tom zappelte. Er stöhnte auf. Stephanies Kopf hob sich. Ich konnte Toms Penis erkennen und wollte meinen Augen nicht trauen. Es musste eine optische Täuschung sein. So groß konnte kein Penis sein. Nur im Porno, und da sind die irgendwie manipuliert. Ich redete mir ein, dass es ein Schatten war, denn schließlich war es Dunkel und nur der Mond warf Licht.

Später erzählte Sarah mir, dass Stephanie ihr von Toms unglaublich großen Penis berichtet hatte – und einem Spermafluss, der einem geöffneten Wasserhahn geglichen hatte.

Damit wäre das Vorurteil der gut bestückten Afroamerikaner also bestätigt.

Kapitel 8

Sarah trug einen weißen, breiten Sonnenhut und Sonnenbrille. Es erinnerte mich an die Werbung für diese Kokosnuss-Bällchen mit Cremefüllung. Wir ließen es an diesem Morgen ruhig angehen und entspannten uns am Strand. Nachdem wir gestern auf unser Zimmer gegangen waren, war Sarah über mich hergefallen, als hätte sie monatelangen Sexentzug gehabt. Wir hatten nur ein paar Stunden geschlafen. Nicht zuletzt hatten wir auch, wie jeden Abend in diesem Urlaub, ziemlich viel getrunken.

Es war der letzte Urlaubstag von Stephanie und Peter. Morgen würde ihr Flug zurück nach England gehen.

Stephanie wollte in der Kleinstadt, die nur ein paar Kilometer vom Hotel entfernt lag, Souvenirs einkaufen. Sarah schlug vor, dass ich sie begleiten könnte, denn Peter wollte, wie sie, lieber am Strand bleiben.

Wir nutzten den Limousinenservice des Hotels. Die Straße war gesäumt von bunten Holzhäuschen. In den kleinen Läden wurden allerlei handgearbeitete Spezialitäten angeboten.

Schnitzereien, Bilder von den bunten Häuschen, dem Meer und den Rastafari. Natürlich auch die klassischen Bob Marley T-Shirts und dem Hanfblatt.

Stephanie kaufte handgeschnitzte Masken und aus Holz geschnitzte Schildkröten.

Auf der Rückfahrt hielten wir für einen Drink an einer Bar, die direkt an einer Klippe gebaut war, von der aus einige

Männer, so genannte »Cliffdiver«, mutige Sprünge ins Meer wagten. Der Ausblick war spektakulär und wir kamen überein, dass es schade war, dass wir diese Bar erst jetzt entdeckt hatten.

Während ich mit Stephanie unterwegs war, musste ich daran denken, wie sie vor ein paar Tagen auf allen vieren über den Boden gekrochen war, wie sie uriniert hatte, wie sie von ihrem Ehemann als Wetteinsatz beim Poker benutzt wurde, wie sie es mit meiner Frau getrieben hatte ...

Ich glaube, es fiel ihr auf, dass ich darüber nachdachte. Sie sagte aber kein Wort. Wir sprachen nicht über eines der Erlebnisse. Wir waren zwei Freunde, die gemeinsam shoppten. Wir sprachen über das Angebot an Souvenirs. Die tolle Aussicht in der Bar und die »Cliffdiver«.

***

Beim Abendessen erzählte Stephanie von unserer Shoppingtour. Von den vielen kleinen Läden. Den Rastafari, die vor den Häuschen saßen und Figuren schnitzten. Von dem Verkäufer, der aussah wie Bob Marley. Und von dem fantastischen Ausblick der Bar auf der Klippe und den »Cliffdivern«.

»Mit mir geht er nicht gern shoppen«, sagte Sarah lachend. Es war kein Vorwurf. Sie hatte ja vorgeschlagen, dass ich Stephanie begleitete. Aber sie hatte recht. Eigentlich mochte ich Shopping nicht. Es war Höflichkeit und natürlich auch Neugier.

Peter brachte es auf den Punkt, als er sagte: »Machen wir nicht alle Dinge anders, wenn es ein Fremder ist, mit dem wir es tun? Wir begleiten ihn zum Shoppen, obwohl wir es nicht mögen. Halten die Tür auf, obwohl wir es normalerweise nicht tun. Wir möchten einen guten Eindruck hinterlassen. Wollen dem anderen gefallen. Zeigen uns von der besten Seite. Neues birgt immer eine Veränderung von uns selber in sich. Vielleicht sind wir deswegen so neugierig. So ›gierig auf Neues‹.«

»Schön gesagt, Peter«, sagte Sarah. »Und genau getroffen. Ich verhalte mich gegenüber Fremden anders, als meinem Mann gegenüber. Vielleicht ist es Höflichkeit, oder aber einfach die Art, wie man wirklich ist, weil man nicht die Rolle spielt, die man in der Beziehung angelegt hat. Aber dank ›te7‹ ist das vorbei. Man braucht keine Rolle mehr zu spielen. Endlich kann man authentisch sein und muss sich nicht mehr in eine Rolle zwängen. Vielen Dank dafür!« Sie hob ihr Glas.

»Schön, euch kennengelernt zu haben. Auf ein baldiges Wiedersehen!«, sagte Peter und wir stießen darauf an.

Stephanie erzählte, wie wir in jedem Laden als Ehepaar wahrgenommen wurden. Immer sprachen sie von »Dein Mann« und »Deine Frau«.

Sarah musste lachen und berichtete, wie sie beim Strandspaziergang ein Pärchen getroffen und sich mit ihnen unterhalten hatten. Die Frau hatte gefragt, wie lange sie schon verheiratet gewesen wären. Das hatte sich komisch angefühlt, aber nicht unangenehm.

Stephanie stimmte ihr zu. Sie meinte, es war irgendwie aufregend gewesen, als meine Ehefrau angesehen zu werden.

Peter beugte sich zu Sarah vor. »Danke, dass du an diesem Nachmittag meine Ehefrau warst.«

Sie schaute verlegen und bedankte sich für dieses Kompliment. Natürlich tat ich es Peter nach und bedankte mich genauso bei Stephanie.

Sarah blickte sich um und sagte: »Mich würde interessieren, was die Leute um uns herum denken. Wen sie für das Ehepaar halten.«

Das war eine interessante Frage. Denn wir saßen um einen viereckigen Tisch herum. Es war also für Außenstehende nicht zu erkennen, wer von uns zu wem gehörte.

»Das würde bedeuten, wenn du mit Stephanie jetzt das Restaurant verlassen würdest, würden alle wohl annehmen, ihr seid ein Paar. Genauso wären Peter und ich in diesem Moment ein Paar, weil wir zusammen am Tisch sitzenbleiben«, schlussfolgerte Sarah.

»Das ist eine sehr interessante Feststellung, Sarah! Und ich nehme an, du würdest recht haben«, meinte Peter.

Stephanie grinste. »Sollen wir es versuchen?«, fragte sie ganz aufgeregt und biss sich auf die Unterlippe.

»Unbedingt!«, entgegnete Sarah und reichte Peter ihre Hand.

Ich beobachtete die Leute um uns herum.

Manchmal warf jemand einen kurzen Blick zu unserem Tisch. Für die war nun klar, das Peter und meine Frau ein Paar waren. Nur Pärchen sitzen händchenhaltend, die Arme auf dem Tisch. Stephanie legte ihre Hand auf meinen Oberschenkel und gab mir einen Kuss auf die Wange.

»Lasst uns zur Bar gehen und einen Drink nehmen. So gute Cocktails werden wir so schnell nicht mehr bekommen!«, meinte Peter.

Wir gingen händchenhaltend, meine Frau mit Peter und Stephanie mit mir, über den großen Platz vor der Lobby. In seiner Mitte stand ein opulenter Brunnen, der zwei Pferdestatuen auf der Spitze trug. Wir stiegen die Steintreppe hinauf zur Bar. Die Tische waren alle belegt. An der Theke wurden zwei Barhocker frei.

Sarah wollte mit »ihrem Mann« zur Bar und zeigte auf ein freies Sofa an einem Tisch, an dem ein Pärchen saß. Stephanie und ich gingen zu dem Pärchen und fragten, ob wir uns zu ihnen setzen dürften. Sie kamen aus Holland und boten uns das freie Sofa einladend an.

Ich beobachtete, wie Sarah und Peter an der Bar saßen. Sie wirken wir ein Paar.

Stephanie hielt meine Hand, während sie sich angeregt mit dem holländischen Pärchen unterhielt. Für die bestand kein

Zweifel, dass wir ein Paar waren. Die beiden waren sehr nett. Sie, eine Wasserstoffblondine. Man sagt den Holländern nach, dass sie alle blond sind. Das ist natürlich nur ein Klischee, aber in diesem Fall stimmte es. Sie sah aus wie eine Barbie. Sehr attraktiv. Er trug viel Gold – Uhr, Armband, mehrere Ketten und ein Ring an fast jedem Finger. Ich schätzte sie auf Ende zwanzig und ihn Mitte fünfzig. Sie harmonierten gut miteinander. Wirkten ein bisschen ausgeflippt. Sehr unterhaltsam. Und das weiße Stretchkleid, das sie trug, offenbarte ihre sexy Figur.

Ich konnte dem Gespräch kaum folgen. Der Pornokanal in meinem Kopfkino war wieder eingeschaltet. Ich stellte mir vor, wie die beiden Sex hatten. Ob sie ihn vielleicht Daddy nannte, während sie es machten? Vielleicht stand sie darauf.

Immer wieder schaute ich zur Bar. Peter stand neben Sarah, die auf einem Barhocker saß, den Arm um ihre Schultern gelegt, während sie sich mit zwei Pärchen unterhielten. Selbst für mich sah es so aus, als wären die beiden ein Paar. Es blitzten Bilder in mir auf. Peters Kopf zwischen ihren Beinen. Die Szenen der Nacht zu viert. Meine Hose beulte sich aus.

»Schatz?«

Erst nachdem Stephanie mir in den Schenkel gekniffen hatte, wachte ich aus meinem Gedankentraum auf.

»Ja?«, antwortete ich und musste mich erst kurz daran gewöhnen, dass sie mich »Schatz« genannt hatte.

»Ich habe gefragt, ob wir nicht ins Zimmer gehen können. Es ist schon spät und ich bin etwas müde«, sagte sie.

»Natürlich!«

Wir verabschiedeten uns bei dem holländischen Pärchen, deren Namen ich da schon vergessen hatte. Ich wollte zu Peter und meiner Frau an die Bar laufen, als Stephanie mich in Richtung Treppe zog.

»Sollten wir den beiden nicht Bescheid sagen?«, fragte ich.

»Wir wollen sie nicht stören. Ich schreibe Peter eine Nachricht«, antwortet Stephanie und holte ihr Smartphone aus der Handtasche, die so klein war, dass außer einem Lippenstift und einem Smartphone nichts weiter hineinpasste. Händchenhaltend brachte ich sie an die Tür ihrer Suite. Mit einer Umarmung und Wangenküsschen verabschiedeten wir uns.

Als ich zurück in unserem Zimmer war, sah ich das Smartphone meiner Frau auf dem Nachttisch liegen. Ich wusste, dass sie froh war, dieses Ding nicht ständig mit sich rumschleppen zu müssen und meinte, Smartphones würden uns zur ständigen Erreichbarkeit zwingen. Falls man eine Nachricht nicht innerhalb weniger Minuten las, würden zehn Nachrichten folgen, in denen gefragt würde, ob alles in Ordnung wäre. Noch schlimmer wäre es, wenn man eine Nachricht gelesen hatte und nicht innerhalb weniger Sekunden antwortete. Aber so war es heute nun mal. Wir erwarteten umgehende Reaktion. Erst recht, wenn wir wussten, dass der Empfänger unsere Nachricht gelesen hatte. Diese Form der Kommunikation änderte unser Sozialverhalten, meinte Sarah, und sie hatte, wie so oft, recht.

Allerdings wäre ich in dem Moment froh gewesen, wenn sie es bei sich gehabt hätte. Denn ich wollte ihr eine Nachricht schreiben und um Erlaubnis bitten, mich berühren zu dürfen. Ich war erregt. Die Vorstellung, dass sie mit Peter als Paar an der Bar flirtete, machte mich an. Und ihre neue über mich herrschende Art beim Sex noch viel mehr. Ich beschloss, mich nicht zu berühren und im Bett auf sie zu warten. Ich wollte ein braver Ehemann sein. Erwartete von ihr dafür eine Belohnung. Ich würde mich vor ihr befriedigen dürfen. Oder sie würde mich erst benutzten, um sich an mir zu befriedigen, so wie letzte Nacht. Und so legte ich mich, wie es so schön heißt, wie »ein Fahrrad mit ausgeklapptem Ständer« ins Bett. Die

Bar würde in einer Stunde schließen. Sarah würde also bald kommen. Einen Moment überlegte ich, zur Bar zurückzugehen und sie heimlich zu beobachten. Die Gefahr, entdeckt zu werden, war allerdings zu groß, denn die Treppe zur Bar führte direkt am Tresen vorbei. Würde sie mich sehen, könnte es zu Missverständnissen führen. Sie könnte annehmen, es wäre für mich nicht in Ordnung, dass sie dort mit Peter saß. Dabei machte es mich an, sie mit einem anderen zu sehen. Und mir wurde bewusst, dass es mich auch anmachte, sie beim Sex mit einem anderen zu sehen. Dieser Mix aus Eifersucht und Geilheit ... Live-Porno mit meiner Frau als Hauptdarstellerin. Meine Gedanken fingen mal wieder an, wild um sich zu schießen. Wollten in Frage stellen, ob dieses Verhalten richtig wäre. Ob meine neuentdeckte Neigung krank sei. Ich entschied, die Gedanken zu ignorieren, indem ich ein Bild an der Wand fixierte und versuchte, es exakt zu verinnerlichen. Diesen Trick, um seine Gedanken zu beruhigen, hatte Sarah vor Jahren in irgendeinem Buch gelesen und mir damals davon erzählt. Jetzt schien der richtige Moment dafür zu sein. Also versuchte ich, ein paarmal tief durchzuatmen, einen Gegenstand zu fixieren, mich drauf zu konzentrieren und ihn wahrzunehmen. Schon nach ein paar Minuten beruhigten sich meine Gedanken.

***

Ich wurde wach, als ich hörte, wie die Tür aufging. Sarah kam ganz leise herein. Ich spürte, wie sie sich auf das Bett setzte. Sie lehnte sich über mich und gab mir einen Kuss auf die Wange. Ich drehte meinen Kopf und erkannte Stephanie. Mit einem Bademantel bekleidet saß sie neben mir auf dem Bett.

Ich musste mich erst kurz sammeln.

»Sarah und Peter haben mich weggeschickt. Sie meinten, ich solle zu meinem Mann gehen.«

»Oh, wow! Okay ...«, sagte ich verblüfft.

»In ein paar Stunden fahren wir zum Flughafen. Bis dahin bin ich deine Frau.«

»Und meine Frau ist die Frau deines Mannes?«

»Genau. Möchtest du schlafen?«

»Nein. Ich war nur etwas eingenickt und überrascht, dich zu sehen. Ich dachte, du bist meine Frau.«

»Ich bin deine Frau.«

»Du weißt, was ich meine.«

»Du hast auf deine Frau gewartet und die sitzt jetzt neben dir.«

Sie verwirrte mich. Ich starrte sie an.

»Worüber denkst du nach?«

»Nichts.«

»Fragst du dich, was Peter gerade mit seiner Frau macht?«

Sie spielte das Spiel mit allem notwendigen Ernst, den es braucht, um es noch außergewöhnlicher zu machen, als es dieser Partnertausch ohnehin schon war.

Ich antwortete nicht.

Sie lehnte sich zu mir, ihr Mund nahe an mein Ohr. Ich roch ihren süßlichen Geruch, konnte ihren Atem an meinem Hals spüren.

Sie flüsterte: »Vielleicht hat er sie auf einen Stuhl gesetzt. Mitten in den Raum. Nackt. Sie trägt nur ihre Schuhe. Hat ihre Augen mit einem Seidenschal verbunden. Sie sieht nichts. Er nimmt ihren Arm, presst ihn auf die Armlehne. Sie spürt einen Druck auf ihrem Handgelenk, hört das Geräusch von einem schließenden Kabelbinder. Sie ist nervös. Atmet schneller. Weiß nicht, was gerade passiert. Ist ihm völlig ausgeliefert. Dann der andere Arm. Er ergreift ihren Fuß. Presst ihn an das Stuhlbein. Wieder das Geräusch des Kabelbinders. Der Druck am Knöchel, als er ihn zuzieht. Ganz fest. Dann der andere Fuß. Sie stößt ein paar Laute aus. Atmet schnell. Er steht hinter ihr. Sie hört dieses Geräusch von abrollendem Klebeband. Er befiehlt ihr, den Mund zu schließen und im gleichen Moment klebt er ihn zu. Sie kann sich nicht bewegen, nicht sprechen. Ihr Körper ist ihm ausgeliefert. Auch ihr Verstand. Sie weiß nicht, was er mit ihr tun wird. Sie hat keine Kontrolle mehr. In ihr herrscht Angst, Panik, Neugier und Lust. Ein Peitschenschlag. Ein pfeifendes, stechendes Geräusch. Die Peitschenspitze schneidet durch das Fleisch. Hinterlässt eine klaffende Wunde. Schmerzen. Schreie. Erst nach ein paar Sekunden realisiert sie, dass sie nicht getroffen wurde. Ihr Verstand hat das Geräusch in Bilder und Emotionen umgewandelt. Für einige Sekunden, war sie das Opfer eines Peitschenhiebes. Immer mehr Gefühle kommen in ihr hoch. Wird der nächste Peitschenhieb sie treffen? Die Angst nimmt zu. Sie verspürt Schmerz. Ihre Panik wird immer realer. Nimmt von ihr Besitz. Sie hört das Geräusch anzündender Streichhölzer. Sofort reagiert ihr Verstand und schickt Bilder vor ihr geistiges Auge. Feuer. Verbrennung. Sie spürt etwas auf ihrer Haut. Ein stechendes Gefühl, als würde ein Brandzeichen in ihre Haut eingebrannt. Sie will schreien, aber ihr Mund ist zugeklebt. Dann realisiert sie, dass es sich sanft anfühlt. Weich. Mit einer Feder fährt er über ihren Körper. Ihren Hals entlang. Über ihre Brustwarzen. Die Hüfte hinunter. Über ihren Bauchnabel. Zwischen ihre Schenkel. Sie bäumt sich auf. Stellt fest, dass sie sich kaum bewegen kann. Ihr Verstand spielt verrückt. Die Geräusche passen nicht zu den Empfindungen am Körper. Sie fängt an zu schwitzen. Erwartet keinen Schmerz mehr bei Geräuschen. Erwartet das Gegenteil. Feuer bedeutet Zärtlichkeit. Peitschenhieb bedeutet kein Schmerz. Ein Stechen in der Brust. Sie erwartet, dass der Schmerz nur in ihrem Kopf ist. Ein weiteres Stechen auf ihrem Oberschenkel. Erst jetzt realisiert sie, dass es real ist. Echter Schmerz. Immer mehr Stiche. Auf der Schulter. Er beugt ihren

Kopf nach vorn. Ein Stechen im Nacken. Erst jetzt nimmt sie den Geruch der brennenden Kerze wahr. Er lässt das Wachs überall auf ihren Körper tropfen. Ihr Verstand gibt auf. Sie wird willenlos. Ist an dem Punkt angelangt, an dem sie spürt, was es bedeutet, ausgeliefert zu sein. Es ist nicht mehr nur ein Gedankenkonstrukt. Es sind Emotionen. Aber er ist nicht fertig mit ihr. Noch lange nicht ...«

Sie legte eine kurze Pause ein. Fuhr mit ihrer Zunge über mein Ohr und flüsterte mit hauchender Stimme: »Er fickt ihr Gehirn! BRAINFUCK!«

Es verunsicherte mich und machte mich an. Ich wusste, dass meine Frau es jederzeit beenden könnte. Sie musste nur den kleinen Finger hin und her bewegen und das Spiel würde aufhören, denn das war das Zeichen für »te7«, wenn man es nicht aussprechen konnte. Aber ich wusste ja nicht, ob das, was mir Stephanie gerade erzählte, nur ihrer Phantasie entsprungen war. Etwas, was sie gern erleben wollte oder schon erlebt hatte. Fakt war, Sarah war bei Peter. Was die beiden miteinander machten, wusste ich nicht. Und das machte mich an.

»Du bist ein böses Mädchen«, sagte ich.

Stephanie richtete sich auf. »Ich bin nur meinem Herrn gegenüber devot. Ich nehme keine Befehle von anderen an.«

Es war mir peinlich. Tatsächlich wollte ich tun, was Peter mit ihr getan hatte. Hatte erwartet, dass sie wie in Hypnose zu einem unterwürfigen Wesen mutieren würde, mir als willenloses Sexspielzeug zur Verfügung stünde. Es war aber nur Peter vorbehalten, sie in ein unterwürfiges Wesen zu verhandeln. Nur er hatte diese Macht über sie. Es faszinierte mich, dass sie ihn ihren »Herrn« nannte.

Noch bevor ich etwas sagen konnte, strich sie mir mit den Fingern über die Brust. »Allerdings hat mein Herr mir befohlen, alles zu tun, was du verlangst.«

Es war zwar dunkel im Schlafzimmer, aber ich konnte ein erwartungsvolles Lächeln in ihrem Gesicht erkennen. Ich schaltete die Nachttischlampe an und sah, dass Stephanie den weißen Bademantel vom Hotel trug.

»Zieh den Bademantel aus«, befahl ich.

Sie stellte sich neben das Bett und ließ ihn über ihre Schultern hinabgleiten. Schwarze Spitzenunterwäsche, Strapsgürtel und Strapse. Möglicherweise hatte sie sich mit Sarah über meine Vorlieben von Dessous unterhalten. Sie sah fantastisch aus! Ihr Haar glänzte im Licht.

»Präsentier dich!«

Sie drehte sich um die eigene Achse. Ganz langsam. Die Hände in den Hüften, ihren Blick zu mir gerichtet. Sie beugte sich vor. Präsentierte ihren Hintern, stellte einen Fuß auf das Bett und strich sich über ihr Bein. Dann über das andere.

Sie sah fantastisch aus!

»Knie dich auf den Boden, sodass ich dich von hinten sehen kann.«

Sie kniete sich ein Stück neben dem Bett auf den Boden.

»Jetzt beug dich nach vorn.«

Mit ihren Händen stützte sie sich ab und kniete auf allen vieren. Sie streckte ihren Hintern hoch, indem sie ein tiefes Hohlkreuz bildete.

Ich genoss diesen Anblick einen Moment. Ihr praller Hintern, die Strapshalter, die in ihre Schenkel drückten ... Ich stieg aus dem Bett und stellte mich vor sie. Sie blickte mich an.

»Arme nach vorn ausstrecken, Kopf auf den Boden.« Ich wollte sie in der Position sehen, die sie im Wohnzimmer eingenommen hatte, in der sie uriniert hatte.

Sie folgte meinen Anweisungen. Ihre Stirn berührte den Boden. Die Arme hatte sie nach vorn gestreckt, an meinen Füßen vorbei.

Ich starrte auf ihren Körper. Die schmale Taille. Der pralle Hintern, ihre langen Haare, die ihren Rücken bedeckten, der knappe G-String, der sich in ihre Hüfte drückte, die schwarzen Pumps aus Lack mit silbernen Absätzen ...

Ich setzte ich mich auf den Stuhl vor dem Bett. Sie hielt regungslos die Position.

»Steht auf.«

Langsam tat sie es.

»Zieh dein Höschen aus.«

Sie streifte sich ihr Höschen herunter.

Ich winkte sie zur mir und sie stellte sich vor mich.

»Dreh dich um und bück dich.«

Sie beugte sich nach vorn. Ihr Hintern war direkt vor meinem Gesicht.

»Zeig mir deine Möse.«

Mit den Händen zog sie ihre Pobacken auseinander. Ich konnte den Geruch wahrnehmen. Das kurze Schmatzen, als sie sich öffnete. Sah das dunkelrote Fleisch nur wenige Zentimeter vor meine Augen. Ich hatte den Drang, mich zu berühren, beherrschte mich aber.

»Ich werde mich auf den Boden legen. Du wirst dich über mein Gesicht hocken, es dir machen und deinen Nektar in meinen Mund spritzen. Ich will ihn trinken.«

Ich zog mich aus und legte mich auf den Boden. Sie befolgte meinen Wunsch und hockte sich direkt über mein Gesicht. Mit zwei Fingern rieb sie ihren Kitzler. Erst langsam, dann etwas schneller. Sie führte zwei Finger ein, erst ein Stück, dann tiefer. Direkt vor meinen Augen. Großbildaufnahme. Ich konnte sie riechen. Hörte das Schmatzen, das immer lauter wurde, als sie sich mit den Fingern massierte. Sie steckte sich die Finger in den Mund. Leckte sie ab. Führte sie sich dann wieder ein. Sie lehnte sich nach hinten, stütze sich mit der anderen Hand ab.

Achtete darauf, dass ihr Schritt in der Position über meinem Gesicht blieb. Sie fing an, leicht zu stöhnen. Immer schneller bewegte sie ihre Finger.

Ich hatte den Mund weit geöffnet. Die Zunge herausgestreckt, als sie aufstöhnte und die Finger förmlich aus sich herausriss. Ihr Nektar spritzte über mein Gesicht, in meinen Mund, auf meine Brust, lief meinen Hals hinunter.

Sie führte sich die Finger wieder ein. Machte weiter. Schnelle Bewegungen. Stöhnen. Es dauerte nur Sekunden, und ein weiterer Strahl Nektar schoss aus ihr heraus. Sie traf damit genau in meinen Mund. Ich konnte nicht schlucken. Es lief aus meinen Mundwinkeln. Es war zu viel. Ich spukte es aus, hatte Angst, mich zu verschlucken.

Als Nächstes spürte ich einen beißenden Schmerz. Mein Kopf flog herum. Kribbeln. Meine Wange wurde heiß. Stephanie hatte mich mit der flachen Hand ins Gesicht geschlagen! Mir eine ordentliche Ohrfeige verpasst. Als ich den Kopf zurückdrehte, der durch den Schlag zur Seite geflogen war, spürte ich den gleichen Schmerz auf der anderen Wange. Noch eine Ohrfeige!

Stephanie griff mir ans Kinn, presste ihre Finger in meine Mundwinkel und richtete meinen Blick in ihre Augen.

»Du wolltest meinen Nektar trinken. Warum spuckst du ihn dann aus?«

Ich war geschockt. Das hatte ich nicht erwartet. »Es ... es war zu viel ...«, stotterte ich und wusste nicht, was da auf einmal passierte, schließlich war *ich* es doch, der ihr sagte, was sie tun sollte. Aber auf einmal war die Situation eine völlig andere.

Stephanie stellte sich auf. Ich blickte sie an. Sie stemmte ihre geballten Fäuste in die Hüften und blickte auf mich hinab. Irgendwie guckte sie enttäuscht. Ich wollte ihren Nektar trinken und hatte es nicht getan. Glaubte sie, ich hatte ihn ausgespuckt, weil er mich anwiderte?

Ich wollte gerade anfangen, mich zu erklären, als sie ihre Schuhsohle in meinen Schritt drückte. Sie bewegte ihren Fuß auf und ab, drückte dann den Pfennigabsatz nach unten. Genau zwischen Schritt und After.

»Du warst ein böser Junge!«

Sie drückte mit ihrem Fuß. Der Absatz bohrte sich tiefer in die Haut. Ich hatte das Gefühl, er würde jeden Moment hineinschneiden. Ich schrie vor Schmerz.

»Sei still. Keinen Ton will ich von dir hören. Du hast nicht getan, was du angekündigt hast«, sagte sie und beugte sich zu mir herunter. »Und jetzt knie dich hin und beug dich vor.«

Ich tat, was sie verlangte. Als ich mich auf meine Ellenbogen stützte, senkte ich den Kopf.

Sie kam vor mich. Ich sah auf ihre schwarzen Lackschuhe.

»Leck sie ab.«

Ich zögerte, dann leckte ich einige Male über ihre Pumps. Danach blickte ich auf. Sie ging hinter mich. Es klatschte laut. Der Schmerz fuhr wie ein Stich durch meinen Körper. Mit der flachen Hand hatte sie mir auf den Hintern geschlagen. Es brannte an der Stelle, auf die sie geschlagen hatte. Ich nahm diesen Schmerz intensiv wahr. Ich erwartete einen zweiten Schlag, hörte dann aber das Klackern ihrer Absätze. Sie stellte sich wieder vor mich. Ich war schockiert. Schockiert über das, was sie mit mir tat, und darüber, dass es mich anmachte.

»Wenn ich sage, leck sie ab, dann leckst du jede Stelle ab!«

Von eben hatte ich den Geschmack noch im Mund. Es schmeckte widerlich. Bitter. Trotzdem leckte ich jetzt jede Stelle ab, ließ nichts aus. Leckte sogar die Metallschnallen an ihren Knöcheln. Leckte ihren Absatz, als sie ihr Bein hob und den Absatz leicht vorstreckte. Ich nahm ihn in den Mund. Saugte an ihm. Leckte den Schmutz vom unteren Gummiabsatz herunter. Es ekelte und erregte mich gleichzeitig.

»Beug dich vor. Das Gesicht auf den Boden, die Arme hinter den Rücken.«

Mit meiner Wange berührte ich den Boden. Ich verschränkte meine Arme hinter meinem Rücken. Mit den Händen hielt ich meine Ellbogen. Ich hörte das klackernde Geräusch ihrer Absätze, während sie um mich herumlief. Die Geräusche verstummten. Sie blieb stehen. Ich spürte ihre Schuhsohle auf meinem Steißbein. Dann ein leichtes Stechen an meinem After. Sie drückte ihren Pfennigabsatz auf meine Rosette. Immer stärker. Ich wimmerte. Ein Ruck ging durch meinen Körper. Ich spürte einen Schmerz, den ich bis dahin nicht gekannt hatte. Als würde jemand von innen in mein Fleisch schneiden. Sie hatte ihren Absatz in meinen After gepresst.

»Sei still!«, befahl sie. Ein weiterer Ruck und sie presste ihren Absatz tiefer in mich hinein. Stechender Schmerz. Ich biss die Zähne zusammen. Atmete schnell durch die Nase. Ich nahm den Schmerz wahr. Gleichzeitig stellte ich mir vor, wie sie den Absatz in meinen Mund schieben würde, damit ich ihn ableckte. Schmerz, Ekel, Angst, Panik. Alles spürte ich gleichzeitig, als sie ihren Absatz aus mir zog. Das Klackern ihrer Absätze bewegte sich von mir weg. Sie ging ins Wohnzimmer. Erleichterung durchfloss meinen Körper, in einer Intensität, wie ich Erleichterung noch nie wahrgenommen hatte. Ich bewegte mich nicht. Verharrte in gebückter Position. Sie kam zurück. Stellte sich hinter mich.

»Die Beine zusammen!«, befahl Stephanie.

Ich tat, wie mir geheißen und spürte, wie sie etwas in meinen After einführte. Es war hart, dick. Sie schob es langsam immer tiefer. Es schmerzte. Aber nicht so, wie dieser stechende Schmerz ihres Absatzes. Immer tiefer führte sie es ein. Ich hatte das Gefühl, es würde jeden Moment aus meinem Mund herauskommen. Dann hörte ich ein Feuerzeug und nahm kurz darauf den Geruch einer angezündeten Kerze wahr. Sie hatte mir eine Kerze eingeführt!

»Du bist jetzt mein Kerzenständer«, sagte sie.

»Ja.«

»Ja was?!«, brüllte sie.

»Ja, Herrin!«, antwortete ich.

Mit dieser Antwort war sie zufrieden.

Den ersten Stich spürte ich auf dem Oberschenkel. Ich schreckte etwas zurück. Den zweiten spürte ich dann auf der Wade. Den dritten und vierten auf meiner Fußsohle. Dann folgten unzählige weitere auf meinen Schenkeln, Waden und Füßen. Es war das Wachs, das von der Kerze in meinem After heruntertropfte.

Ich erkannte, dass es am besten war, in einer Position zu verharren, damit das Wachs immer auf dieselbe Stelle tropfte. So musste ich den Schmerz nur kurz ertragen, bis das Wachs ausgekühlt war, und ich konnte mich vor weiteren Wachstropfen schützen. Wieder hörte ich das Geräusch eines Feuerzeuges. Kurz darauf spürte ich einen stechenden Schmerz auf meinem Rücken. Meinem Hintern. Sogar im Nacken. Sie ließ nun das Wachs einer weiteren Kerze, die sich in ihrer Hand befand, auf mich tropfen. Mit jedem Wachstropfen, der sich in meine Haut brannte, zuckte mein Körper und die Kerze in meinem After ließ einen Tropfen auf eine andere Stelle meiner Beine fallen. Ich wusste nicht, wie ich mit den Schmerzen umgehen sollte. Es war unmöglich, sie zu ignorieren. Also beschloss ich, sie wahrzunehmen. Sie zu erleben.

Als ein Wachstropfen meinen Arm berührte, zog ich ihn aus Reflex zur Seite. Stephanie versetzte mir einen heftigen Schlag auf den Hintern. Es klatschte laut. Ich wusste nicht, was mehr schmerzte: Das Kerzenwachs, wenn es meinen Körper traf, oder dieser Schlag.

»Die Arme verschränkt hinter dem Rücken, hatte ich gesagt!«

»Ja, Herrin.« Ich tat es schnell.

Stephanie ließ das Kerzenwachs über meine Arme tropfen. Ich bewegte mich nicht. Akzeptierte den Schmerz. Dann ließ sie es über meine Rosette tropfen. Ein paar Tropfen rannen an meinen Hoden herunter. Ich zuckte zusammen. Dieser Schmerz war zu stark. Die Muskulatur in meinem After reagierte sofort und die Kerze schoss aus mir heraus. Ich konnte hören, wie sie auf den Marmorboden fiel. Dabei streifte die Kerze kurz mein Bein. Ich spürte kein Brennen an der Stelle. Vielleicht hatte sich schon eine Reizüberflutung eingestellt und ließ mich schwächeren Schmerz nicht mehr wahrnehmen.

Wieder ein Schlag auf den Hintern. »Hatte ich nicht gesagt, du bist mein Kerzenständer?«

»Entschuldigung, Herrin.«

»Wie bitte?« Sie versetzte mir einen weiteren Schlag auf den Hintern.

»Ja, Herrin!«, rief ich mit schmerzerfüllter Stimme.

»Dreh dich um und leg dich flach auf den Rücken. Die Arme nach oben ausgestreckt. Handrücken auf den Boden. Die Beine gespreizt.«

Die Stellen, an denen das Wachs auf meinem Körper eingebrannt war, schmerzten, als ich mich drauflegte. Wie sie es von mir verlangte, spreizte ich die Beine und streckte die Arme nach oben.

Stephanie hielt noch immer die Kerze in der Hand. Ein paar Tropfen trafen meine Handinnenflächen. Dann meine Arme. An den Brustwarzen war es besonders schmerzhaft. Als sie sich zwischen meine Beine stellte, hielt sie einen Moment inne. Ich sah, wie sie die Kerze langsam drehte und sich ein Tropfen bildete. Wie in Zeitlupe fiel er hinab und traf meine Eichel. Ich schrie, sah sie mit schmerzverzogener Miene an. Sie lächelte. Jeder Tropfen fühlte sich an wie ein Stich mit einer heißen Nadel. Sie ließ das Wachs auf meinen Penis tropfen, auf meine Hoden und schließlich erneut auf meine Eichel. Der Schmerz war unglaublich stark. Jeder weitere Tropfen gab mir ein neues, noch intensiveres Schmerzempfinden. Ein paar Tropfen fielen auf meine Schenkel und meinen Bauch. Auf einmal verwandelte sich dieser Schmerz in Verlangen. Jeder Tropfen mehr steigerte meine Erregung. Ich konnte mir nicht erklären, was in diesem Moment mit meinem Körper passierte. Wieso ich Schmerz auf einmal als Lust wahrnahm. Wieso es mich erregte. Es gab keine rationale Erklärung. Der Schmerz erfüllte meinen Körper mit Lust, ließ das Blut in meinen Lenden steigen. Ich starrte Stephanie an. Biss die Zähne zusammen, rümpfte die Nase und stieß bei jedem Tropfen, der meinen Schritt berührte, ein »Ja Herrin!« aus.

Als mein Schwanz steif abstand, drehte Stephanie die Kerze wieder gerade. Sie stemmte ihre linke Hand in ihre Hüfte. Die Frau, die ihrem Mann hörig war und alles tat, was er von ihr verlangte, ließ nun ihre dominante Ader an mir aus. Fügte mir Schmerzen zu. Und es gefiel mir. Ich hatte eine Vorliebe entdeckt, von der ich bis dahin nicht gewusst hatte, dass ich sie besaß.

Sie drückte mit dem Schuh mein steifes Glied auf meinen Bauch. Bewegte ihren Fuß vor und zurück. Ich stöhnte laut auf. Ein Schub nach dem anderen durchfuhr meinen Körper. Der Orgasmus überdeckte jedes Schmerzgefühl. War so intensiv.

Stephanie lächelte mich an. Auch in mein Gesicht kehrte ein Lächeln zurück. Ich spürte keine Schmerzen mehr. Mein ganzer Körper wurde von einem angenehmen Kribbeln erfasst. Als würde Strom durchfließen. Ich blieb einige Minuten lang auf dem Boden liegen. Mit geschlossenen Augen genoss ich dieses Gefühl. Ich hörte, wie sich die Tür der Suite leise schloss. Sie war gegangen.

KAPITEL 9

Nachdem Stephanie gegangen war, hatte ich gebadet und das Wachs von meinem Körper gekratzt. Ich ging ins Bett und schlief ein.

Sarah kam erst im Morgengrauen. Ich nahm wahr, wie sie ins Bett kroch und mir einen Kuss auf die Stirn gab.

»Schlaf weiter Schatz«, flüsterte sie mir ins Ohr und legte sich neben mich.

Ich träumte gerade davon, dass ich oral befriedigt wurde, als ich aufwachte und Sarah zwischen meinen Beinen knien sah. Das letzte Mal, als sie mich so aufgeweckt hatte, war lange her gewesen. Es war in unserer Anfangszeit gewesen, in der wir jeden Tag mehrmals Sex gehabt hatten. In der Zeit, in der der Körper des anderen noch unerforscht war und man nicht genug davon bekommen konnte. Alles war neu, und wie Peter so schön sagte, waren wir »gierig auf Neues«.

Als Sarah bemerkte, dass ich wach wurde, setzte sie sich auf mich und führte meinen Schwanz in sich ein. Ich spürte, dass sie sehr feucht war. Sie blickte mich mit verführerischem Blick an, ergriff meine Handgelenke und drückte meine Arme nach oben.

»Ich werde es mir jetzt an dir besorgen«, raunte sie und bewegte ihr Becken vor und zurück. Immer schneller.

Ich spürte, wie es aus ihr herausfloss, an meinen Innenschenkeln entlang. Dann stöhnte sie laut auf. Ihr Nektar floss über meinen Bauch. Dann legte sie sich auf den Rücken und befahl: »Besorg es dir!«

Ich war noch immer nicht ganz wach. Aber total erregt. Sarah hatte ihre Beine angewinkelt und hielt sie mit den Armen fest. Es dauerte nur Sekunden, bis ich in ihr kam.

»Na, das war mal ein Quicky!«, sagte Sarah und fing an zu lachen.

»Ich glaube, das war der schnellste Quicky, den wir je hatten!«, sagte ich und lachte mit.

Sie streckte die Arme nach oben.

»Ich liebe dich so sehr!«, raunte sie.

Ich beugte mich vor, umarmte Sarah und wir küssten uns so leidenschaftlich, wie wir es schon lange nicht mehr gemacht hatten.

»Der Kuss dauerte länger als der Quicky!«, stellte sie lachend fest.

Wir tauften diesen Quicky auf den Namen »Super-Quicky«, weil er so schnell und super gewesen war.

Ganz offensichtlich waren wir beide noch geil von dem, was jeder von uns in der Nacht erlebt hatte.

Natürlich war ich neugierig, was sie mit Peter gemacht hatte. Oder er mit ihr. Aber ich wollte nicht nachfragen. Denn ich wusste nicht genau, wie ich erklären sollte, was Stephanie und ich getan hatten. Ich verspürte ein Gefühl von Scham, wenn ich ihr offenbaren würde, dass ich beim Spiel mit Stephanie entdeckt hatte, dass ich ein Faible für Schmerz beim Sex habe. Also entschied ich mich, sie nicht zu fragen, was sie letzte Nacht erlebt hatte. So gab es für sie auch keinen Grund, mich zu fragen.

***

Wir beschlossen, nach einer kurzen Dusche direkt zum Mittagessen zu gehen. Stephanie und Peter waren bereits in den frühen Morgenstunden abgereist. Es musste ungefähr die Zeit gewesen sein, in der Sarah aufs Zimmer gekommen war.

Unter der Dusche überkam es uns erneut. Während wir uns wie frisch verliebte Teenager gegenseitig einrieben, bemerkte ich die steifen Nippel meiner Frau. Und als sie meinen Schritt mit Duschgel einrieb, war auch ich wieder einsatzbereit. Es war unglaublich. Dieses Frauentausch-Erlebnis wirkte wie ein

Aphrodisiakum. Meine Frau drehte mir ihren Rücken zu und beugte sich leicht vor. Mit den Händen stützte sie sich an der Wand ab. Da sah ich rote Striemen auf ihrem Hintern. Mir war sofort klar, was Peter mit ihr gemacht hatte. Ich grinste in mich hinein – schließlich hatte ich selber erlebt, dass das Spiel mit Schmerzen in einem wunderschönen Orgasmus endete.

Das Wasser lief wie bei einem Regenschauer von der Decke der Dusche, während ich ihr Becken ergriff und in sie glitt. Mit ihrer Hand massierte sie dabei ihren Schritt.

Dann drückte sie mich weg, ließ ihren Nektar aus sich herauslaufen, kniete sich dann vor mich und schenkte mir mit ihrem Mund einen Orgasmus. Wir mussten schon wieder lachen, und umarmten uns. Es war herrlich!

***

Nach dem Mittagessen legten wir uns an den Pool. Die Bar dort war ein Traum. Der Tresen stand mitten im Wasser, direkt davor befanden sich Betonpfosten, die als Barhocker dienten. Ein breites Strohdach darüber spendete angenehmen Schatten, während man bis zum Bauch im Wasser saß und gemütlich einen Cocktail trinken konnte. Wir turtelten miteinander herum, als hätten wir uns gerade frisch ineinander verliebt.

Tatsächlich war es auch so, und nur, weil wir Sex mit anderen hatten. Das jemandem zu erklären, würde länger dauern. Denn allein die Überschrift »Frisch verliebt aufgrund von Sex mit Fremden« hörte sich schon unglaubwürdig an. Man würde uns für verrückt erklären.

Peter hatte mir viel von dieser »open minded«-Szene, wie er sie nannte, berichtet. Er hatte von Swinger-Clubs in den deutschsprachigen Ländern und Frankreich erzählt. Wobei es wohl die meisten davon in Deutschland gab, nicht in England. Er hatte berichtet, dass organisierte Partys stattfanden, auf privaten oder gemieteten Anwesen. Deutschland und ein paar andere Länder boten solche Etablissements an, und zwar in luxuriöser Ausstattung mit gutem Essen, DJ, Tanzfläche, Pool und Spielräumen.

Ich stellte mir das so wie in dem Hotel, das wir vor ein paar Tagen besucht hatten, vor. Diese speziellen Räume waren schon toll ...

Peter und Stephanie hatten bereits einige dieser Clubs in Europa besucht. Er hatte von einem Schloss in Holland berichtet, einem Hotel in Deutschland und von Kreuzfahrten in der Karibik. Auch von Internetseiten, speziell für »open minded«-Leute, auf denen man Gleichgesinnte kennenlernen, sich austauschen und verabreden konnte. Er hatte einige Namen von Clubs und Internetseiten genannt. Ich konnte mir keinen davon merken. Aber er hatte mein Interesse geweckt.

Er hatte von speziellen Internetseiten berichtet, die Millionen von Mitgliedern hätten. Es erstaunte mich, dass Millionen Menschen ihre Sexualität nach dem Prinzip von »te7« lebten. Aber irgendwie wunderte es mich dann doch nicht, denn nach unseren Erfahrungen damit, war es ein Lifestyle mit sehr angenehmer Lebensqualität. Zumindest für uns.

Peter hatte gemeint, schon die antiken Kulturen hätten Gruppensex praktiziert – von Griechenland bis nach Indien.

Die Vorbilder dieser Swinger-Clubs reichten also tausende Jahre zurück. Die 68er-Bewegung der freien Liebe praktizierte Orgien auf den Wiesen zwischen VW Käfern und Bullys. Heute fand es organisiert auf Privatpartys und in Clubs statt. Kennenlernen konnte man sich grenzüberschreitend im Internet. Nie zuvor in der Geschichte war die Auswahl für aufgeschlossene Menschen dieser Spielarten größer als heute.

Ich dachte über diese Art Lifestyle nach und erkannte für mich, dass es für eine Beziehung nur gut sein konnte, wenn man sich dem »open minded«-Lifestyle zuwandte – also sich mit anderen Paaren traf, um gemeinsam Sex zu haben. Wie ich darauf kam? Indem ich mich selbst betrachtete und ehrlich zu mir war.

Ich war ein ständiger »Jäger«, schaute jedem Rock hinterher, in dem ein knackiger Po steckte. Jedem Paar schlanker, langer Beine, das High Heels trug. Diese ständige Neugier trieb mich an. Sie trieb mich soweit, dass ich das gewohnte – also den Sex mit meiner Frau – verlassen und etwas Neues ausprobieren wollte. Die Neugier auf einen fremden Körper. Auf andere Reaktionen, andere Gerüche.

Sex ist nicht gleich Sex. Mit jedem Menschen ist Sex anders. Er ist nie gleich. Guter Sex beginnt im Kopf. Und genau dort sitzt meine Neugier und malte sich aus, wie wohl diese oder jene Frau im Bett wäre. Ich gierte also nach Neuem. Sehr viel in meinem Kopf drehte sich um Sex. Das konnte ich Sarah natürlich nicht mitteilen, denn es war unmoralisch, einen anderen zu begehren, als seinen Partner.

Die Realität – zumindest meine – war aber, dass ich es trotzdem tat. Ich liebte meine Frau, aber körperlich begehrte ich auch andere Frauen. Nur für Sex. Denn nach dem Sex ist die Lust und die Neugier befriedigt.

»Open minded«-Anhänger machten also ganz offenbar etwas richtig, denn sie erlaubten dem Partner, seine Neugier zu befriedigen. Man machte es gemeinsam und war dabei aufgeschlossen. Dies war eine Art von gegenseitigem Respekt, wie er in einer »normalen« Beziehung nicht aufgebracht werden konnte. Welche Frau respektierte schon, dass ihr Mann gern Sex mit einer anderen hätte. Umgekehrt natürlich genauso. Welcher Mann akzeptierte, dass seine Frau gern mit einem anderen Sex haben würde. »Open minded«-Anhänger respektierten die sexuellen Wünsche des Partners vorbehaltlos. Sie erlebten sie gemeinsam. Als Paar. Als Einheit. Wenn man in einer Beziehung lebte, die diesen Lifestyle praktizierte, war es vorbei mit dem Hintergehen und Betrügen. Es gab keinen Grund, seinen Partner zu betrügen. Man erlebte gemeinsam, wonach einem war. Die Frau wollte von einer anderen Frau verwöhnt werden? Auf den Plattformen im Internet konnte man fündig werden. Ob es um einen flotten Dreier ging, Partnertausch mit einem anderen Paar, eine Orgie oder spezielle BDSM-Vorlieben, die man mit anderen Menschen gemeinsam teilen wollte. In einer aufgeschlossenen Beziehung war dies möglich. Die Partner in diesen Beziehungen hatten keine Angst, ihre sexuellen Wünsche zu äußern. Sie stießen nicht auf Ablehnung oder Unverständnis. Diese Art von Partnerschaftskonzept schien mir revolutionär. Es schien so einfach zu sein.

Aber es fehlte das Geheimnis, das Peter mir mitgeteilt hatte. Denn woran sollte man erkennen, dass sein Partner aufgeschlossen war? Bei einer sich anbahnenden Beziehung konnte man ja durchaus offen das Thema »open minded« ansprechen. Aber in langjährigen Beziehungen, in denen der Alltagstrott die Leidenschaft zerstört hatte und die Partner sich gegenseitig betrogen – ja, auch Frauen betrogen! Aber sie waren nicht so dumm wie wir Männer und ließen sich erwischen.

Der Schlüssel war das Geheimnis, das Peter mir anvertraut hatte: »te7«. Der Code. Nur so konnten Partnerschaften versuchen, in eine neue Richtung zu gehen, ohne dass man – vielleicht peinliche – Diskussionen über »Würde dir dies oder das gefallen?« führen musste.

Ich fühlte mich gut. Es war, als fiele mir eine Last von den Schultern. Alles war neu und ungewohnt. Natürlich wusste ich bei einigen Ereignissen nicht, wie ich mich verhalten sollte. Erstmal musste ich den Umstand realisieren, dass wir ein »open minded«-Pärchen geworden waren. Quasi über Nacht. Und ich wollte alles darüber herausfinden, sobald wir nach England zurückkehrten. Aber uns blieben noch ein paar Tage und ich war gespannt, ob noch etwas passieren würde.

»Auf uns!«, sagte Sarah und hob ihr Cocktailglas.

»Auf uns!«, erwiderte ich.

Nachdem ich einen Schluck getrunken hatte, beugte ich mich ganz nahe an ihr Ohr und flüsterte: »Man sieht deine steifen Nippel durch das Bikinioberteil.« Ich grinste sie an.

»Das ist, weil ich so geil auf dich bin!«, flüsterte sie zurück, fuhr mit ihrer Hand zwischen meine Beine und rieb über meine Badehose. Dann stand sie auf und ging über die Treppen neben der Poolbar hinaus aus dem Wasser.

»Komm!«, winkte sie mich grinsend hinter sich her. Ich blieb auf dem Betonpfosten im Wasser sitzen und hielt meine Hände vor den Schritt, um meine Erregung zu verstecken, die sie mir mit ihrer kurzen Bewegung verpasst hatte.

»Du Miststück!«, zischte ich.

Sie lachte Tränen und hielt sich am Treppengeländer fest. Den anderen Gästen war es nicht entgangen. Einige unterdrückten ihr Lachen und versuchten – sichtlich bemüht – ernst zu bleiben.

So lernte ich, dass steife Nippel einer Frau nicht so peinlich sind, wie ein erregter Mann.

Nach ein paar Minuten konnte ich aus dem Pool. Wenn ich an Sex nur dachte, erregte es mich sofort. Also dachte ich an meinen Arbeitskollegen aus der IT-Abteilung. Typ Nerd. Unrasiert, fettige Haare und ein Arbeitsplatz, an dem man sich für Wochen ernähren konnte, wenn man alle Essensreste zusammensammelte. Er hatte erzählt, dass er mal einen Dreier gehabt hatte. Seine Partnerin hätte eine Freundin mit nach Hause gebracht und dann hätten sie es zu Dritt getrieben. Zwar hatten wir ihm daraufhin erklärt, dass eine Sammelsendung Gummipuppen von Beate Uhse nicht bedeutete, dass die

Partnerin eine Freundin mit nach Hause brächte, aber er blieb dabei und schwor, dass sie echt waren. Aus Fleisch und Blut. Mit Puls. Der Typ war total schräg, aber irgendwie knuffig. Und er machte seinen Job perfekt.

Ich stellte mir also vor meinem geistigen Auge die Szene vor, wie er es mit zwei Frauen trieb. Und nach ein paar Minuten war die Erregung eliminiert. Jeder hat sicher so seine Tricks dafür. Den gleichen Trick nutze ich auch, wenn ich beim Sex nicht kommen wollte. Aber in den letzten Tagen hätte das nicht funktioniert. Der Sex war einfach zu gut gewesen!

Ich ging aus dem Wasser und legte mich auf die Sonnenliege neben Sarah. Sie lachte noch immer. Dann blickte sie mir in die Augen und wir beide wussten, dass wir zurück in die Suite wollten.

***

»Setzt dich aufs Sofa und warte da auf mich«, sagte Sarah, als wir in die Suite kamen. Sie schloss die Schiebetür zum Schlafzimmer hinter sich.

Nach ein paar Minuten schob sich die Tür wieder auf. Sarah trug High Heels, halterlose dunkle Strümpfe mit breiter Spitze und ein weißes, bauchfreies Hemd, das vorn mit einem Knoten zugebunden war. Einen Glasdildo in der Hand, ging sie in die Hocke. Sie nahm den Dildo in den Mund und lutschte daran. Dabei blickte sie mir in die Augen, schob ihn ganz tief in den Rachen. Würgte einen kurzen Augenblick. Nahm ihn und führte ihn zwischen die Beine. Massierte mit der Spitze ihren Schritt. Kreiste über ihren Kitzler.

In dem Moment öffnete sich die Tür zur Suite erneut. Der Butler. Da wir bis kurz vor Mittag geschlafen hatten, war das Zimmer noch nicht gemacht. Wir hatten das Schild »Bitte nicht stören« vergessen, an die Tür zu hängen. Der Butler wollte offenbar nach dem Rechten sehen und machte also nur seinen

Job. Er stand wie erstarrt in der Tür und blickte auf meine Frau. Während ich ein Kissen auf meinen Schoß legte, bewegte sich Sarah nicht. Sie schaute ihn an. Dann, als er ein »Bitte vielmals um Verzeihung!« stammelte, sagte Sarah: »Kein Problem. Bitte kommen Sie rein und schieben Sie den Tisch etwas zur Seite.« Sie deutete auf den kleinen Tisch vor dem Sofa, auf dem ich saß.

Er wusste im ersten Moment nicht, was er tun sollte und starrte auf den Boden. Schließlich kam er herein, schloss die Tür hinter sich und schob den Tisch zur Seite.

»Bitte setzten Sie sich neben meinen Mann und prüfen Sie, ob der Blick von dort gut ist«, sagte Sarah.

Dem Butler war es unangenehm. Aber er tat, was sie verlangte. Er setzte sich neben mich, hob langsam den Kopf und sah kurz zu meiner Frau. »Der Blick ist okay«, sagte er und senkte sofort wieder den Kopf.

»Was soll das heißen, der Blick ist okay? Kann man mich von dort aus gut sehen und erkennen, was ich tue, oder nicht?«, herrschte Sarah ihn an.

Er hob wieder den Kopf. »Die Aussicht ist wirklich sehr gut«, sagte er nun und war schon etwas weniger verunsichert.

»Vielen Dank!«, trällerte Sarah, noch immer in der Hocke, den Glasdildo in der Hand. »Wären Sie bitte so freundlich, von dort aus zu überwachen, dass die Aussicht auch sehr gut bleibt?«

»Natürlich Ma'am.«

Sie nahm den Dildo wieder in den Mund. Abwechselnd blickte sie uns dabei an. Ich traute mich nicht, das Kissen von meinem Schoß zu nehmen.

Sie führte den Dildo wieder zwischen ihre Beine.

»Ist die Aussicht gut?«, fragte sie und hob leicht schräg den Kopf. Der Butler und ich schauten uns an. Gleichzeitig sagten wir: »Ja!« und »Hervorragend!«

»Dann zeigt mir, dass es euch gefällt«, sagte sie in verführerischem Ton.

Wir wussten beide, was das bedeutete.

Ich legte das Kissen weg, und jeder im Raum konnte nun meinen steifen Schwanz sehen.

»Sehr schön«, lobte Sarah. »Die Show gefällt dir also. Was ist mit Ihnen?« Sie blickte den Butler an.

Dieser schluckte und holte tief Luft. Dann stand er auf und zog sich die Hose aus.

»Oh! Ich sehe, ich muss mich wohl etwas mehr anstrengen!«, sagte Sarah, als sie erkannte, dass sich bei ihm noch keine sichtbare Erregung eingestellt hatte. Sie rieb sich weiter mit dem Dildo, führte ihn sich dann ein.

Langsam bewegte sie ihn rein und raus und blickte uns dabei an. Die Erregung des Butlers nahm zu. Ihre Bewegungen wurden schneller. Abwechselnd führte sie den Dildo ein und strich über ihren Kitzler. Nach einer Weile beugte sie sich nach hinten und stützte sich mit einer Hand auf dem Boden ab. Ihre Bewegungen wurden schneller. Sie führte ihn aber nur ein kleines Stück ein, um damit ihren G-Punkt zu treffen. Als ihr Nektar aus ihr herausspritzte, erschrak der Butler. Offenbar hatte er sowas noch nie gesehen. Vor ein paar Sekunden noch hatte er begonnen, sich selbst zu berühren, jetzt saß er wie eingefroren auf dem Sofa, seine Hand unbewegt im Schritt. Der Nektar meiner Frau war auf dem Boden verteilt. Ein paar Tropfen kurz vor unseren Füßen.

Sie kniete sich zwischen uns vor das Sofa und verwöhnte uns abwechselnd mit Hand und Mund. Dann hockte sie sich zwischen die Beine des Butlers. Während sie langsam an seinem Schwanz saugte und ihn massierte, blickte sie mich an.

Ich schloss die Augen, konzentrierte mich auf das Geräusch, wenn sie an ihm saugte. Dieses Schmatzgeräusch, das die Adern in meiner Lende pochen ließ.

»Vielleicht ist es besser, wenn mein Mann uns allein lässt«, hörte ich sie sagen und öffnete die Augen. Sie lächelte mich an.

Ich sah, dass der Schwanz des Butlers nur ein bisschen erigiert war. Offensichtlich störte meine Anwesenheit seine Erregung. Also stand ich auf und schloss die Schiebetür zum Schlafzimmer hinter mir. Ich setzte mich direkt an die Tür und lauschte.

Sarah sprach mit ihm, ich konnte es aber nicht richtig verstehen. Irgendwas mit »Entspannen Sie sich«. Ich musste mich anstrengen, um durch die geschlossene Tür das Schmatzgeräusch wahrzunehmen. Es klang immer noch in meinem Kopf. Wieder sagte sie etwas. Zu leise. Ich verstand nichts. Mein Kopfkino schaltete sich ein. Ich stellte mir vor, wie seine Erektion zunahm. Wie Sarah ihn saugte, ihn mit der Zunge umspielte, ihn mit den Händen massierte. Wie es sie erregte, wenn seine Erektion zunahm. Wie sie sich zwischen den Beinen berührte, an sich herumspielte.

Meine Fantasie wurde extremer. Der Pornokanal in meinem Kopfkino schrie nach Hardcore. Er stellte sich vor, wie ich am Stuhl gefesselt war, gezwungen war, zuzusehen. Wie sie zu ihm sagte, er durfte alles mit ihr machen, was er wollte. Er präsentierte mir seinen riesigen Penis. Lang, wie mein Unterarm, dick. Er lachte mich aus. Packte Sarah an den Haaren und fickte sie vor meinen Augen.

Sie stöhnte auf, wollte mehr, schrie vor Lust: »Zeig meinem Ehemann, wie man mich richtig durchfickt!«

Das Klackern ihrer High Heels riss mich aus meinen Gedanken. Stimmen. Sie bedankten sich gegenseitig. Schritte. Ich hörte, wie sich die Tür schloss.

Sarah öffnete die Schiebetür, sah mich, wie ich direkt davor auf dem Stuhl saß. Sie biss sich auf die Unterlippe und fuhr mit ihrem Finger vom Hals über ihre Brüste. Ich erkannte das Sperma auf ihr. Etwas im Gesicht. Am Hals. Den Brüsten.

Auf dem Bauch ein paar Tropfen.

»Er hat mich vollgewichst.«

Es zuckte in mir. Erregte mich.

»Hast du mich belauscht?«

»Ja.«

»Was hast du dir vorgestellt?«

Ich überlegte, ob ich ihr die Wahrheit sagen sollte. Es war mir peinlich. Aber dann erzählte ich ihr, was auf dem Pornokanal in meinem Kopfkino gelaufen war. Sie hörte interessiert zu. Lächelte. Zog die Augenbrauen dabei hoch. Ich hatte eher Unverständnis erwartet. Irgendetwas wie: »Du bist voll pervers!« Aber nichts dergleichen kam von ihr. Sie hörte zu. Unterbrach mich nicht.

Als ich fertig war, beugte sie sich vor und hob mit dem Finger mein Kinn nach oben, fragte: »Hast du es dir besorgt, während du zuschauen musstest?«

»Nein. Ich wartete auf deine Erlaubnis, mich berühren zu dürfen.«

Sie legte sich aufs Bett. »Komm her.«

Ich kroch hin, kniete mich neben sie. Ihr Finger zeigte an ihren Hals.

Ich zögerte kurz. Konnte ich wirklich das Sperma eines anderen Mannes auflecken? In jedem zweiten Porno nahmen Frauen das Sperma fremder Männer in den Mund. Aber ein Porno ist nun mal ein Film. Nicht die Realität. Allerdings war meine Realität weit extremer als ein Porno. Als wäre »Jurrasic Park« ein Streichelzoo um die Ecke!

Ich wollte tun, was meine Herrin verlangte und beugte mich vor. Fuhr mit der Zunge über die Stelle, auf die sie zeigte. Ihr Finger deutete dann auf die Brüste, den Bauch. Ich leckte alles auf. Sie griff in meinen Nacken, zog mein Gesicht vor ihres. Sie sagte kein Wort. Blickte mich nur an.

Ich schluckte.

KAPITEL 10

Am Tag vor unserem Rückflug, fuhren wir mit der Hotel-Limousine zu dem Restaurant, das ich mit Stephanie entdeckt hatte. Ich hatte meiner Frau davon erzählt und sie wollte unbedingt diese »Cliffdiver« sehen – die Männer, die sich gut zwanzig Meter von einer Klippe in die Tiefe stürzten.

Wir wurden an unseren Tisch geführt. Sarah meinte, was wir doch für ein Glück hätten, diesen Platz zu bekommen. Den, mit der besten Aussicht, obwohl alle anderen besetzt waren. Von dort aus konnten wir direkt auf das Meer schauen und den Cliffdivern zusehen. Wie Pfeile rasten ihre ausgestreckten Körper an den Felsen entlang. Es sah aus, als würden sie nur Zentimeter von der Felswand trennen. Spektakulär. Ein dumpfer Knall hallte bis zum Restaurant hoch, wenn sie kopfüber auf das Wasser aufschlugen. An der Stelle, an der sie eintauchten, war das Meer dunkelblau. Fast schwarz.

Der Kellner erklärte uns, dass dort eine Art Trichter war, der ungefähr zwanzig Meter tief sei. Zum Strand runter führte eine in den Fels geschlagene, schmale Treppe – die wir gut erkennen konnten. Von dort aus gäbe es verschiedene Absprungplätze. Vor allem Jugendliche, die unerschrocken von den Stufen sprangen, deren Höchstes acht Meter freier Fall bedeutete, bewiesen so immer wieder ihren Mut. Der Kellner zeigte uns die Rückseite der Speisekarte, wo eine ausführliche Haftungsausschlusserklärung des Restaurants und der Hinweis, auf keinen Fall einen Sprung zu wagen, draufstanden – wie witzig, genau neben dem Bild, das die Höhe in Meter der einzelnen Absprungstellen darstellte. Es war beeindruckend. Eindeutige Verbotsschilder säumten die Felstreppe. Und etliche passierten sie, um sie zu ignorieren. War es nicht immer so? War es nicht viel aufregender, etwas Verbotenes zu tun?

Vielleicht war das ja ein Marketingtrick des Restaurants:

Die Idee, es zu verbieten, um es damit erst recht interessant zu machen ...

Was hatte das mit mir zu tun? Warum dachte ich so ausführlich darüber nach? Tat ich etwas Verbotenes? Eindeutig. Ich verstieß gegen die Moral. Ignorierte sie, gemeinsam mit meiner Ehefrau. Und es fühlte sich fantastisch an!

Das Restaurantpersonal kümmerte sich nicht gerade darum, das Verbot zu überwachen. Im Gegenteil. Am Anfang der Felstreppe bot es Getränke an.

Bei den »Arschbomben«-Sprüngen platzte bei dem ein oder anderen die Hose. Der laute Schlag, wenn sie mit dem Hintern voran aufschlugen, ließ Sarah und mich zusammenzucken. Die Schadenfreude brachte uns zum Lachen, wenn ein Springer sich mit schmerzverzogenem Gesicht an den Hintern fasste, als er die kleine Treppe aus dem Wasser wieder hinaufstieg.

Wir bestellten Hummer. Dazu Champagner. Während das Essen serviert wurde, erlebten wir einen spektakulären Sonnenuntergang. Das Meer verwandelte sich in ein wehendes Tuch aus Gelb und Rot. Es glitzerte wie ein Diamant, den man ins Sonnenlicht hält. Ehrfürchtig blickten die Gäste auf dieses Schauspiel. Für einen Moment spielte keine Musik. Es herrschte Stille.

»Das ist so romantisch«, meinte Sarah, als die Sonne am Horizont verschwand.

Die Gäste unterhielten sich wieder. Die Musik ging weiter.

Sarah fiel auf, dass ein Song von »Linkin Park« spielte. Wir hatten zwar kein eigenes Lied, wie das andere Pärchen vielleicht hatten, aber wir mochten beide die Band »Linkin Park«.

»Hörst du? Sie spielen ›Linkin Park‹!«, sagte sie.

In diesem Moment kam ein Blumenstrauß auf uns zu. So groß, dass er von vier Mitarbeitern des Restaurants getragen werden musste. Als Sarah verstand, dass er für sie war, brach sie in Tränen aus. Freudentränen. Um ehrlich zu sein, habe ich keine Ahnung von Blumen, und Sarah ist auch nicht so der Blumenfan, aber ich wusste, dass sie große, bunte Sträuße mochte. Und dieser Strauß war groß und bunt! Wobei ... Er war riesig! Ich neige zur Übertreibung.

»Du bist so ein Idiot!«, sagte sie und schluchzte. Die Tränen flossen noch immer.

»Das ist, weil ich dich so sehr liebe!«

Ich ging um den Tisch und nahm sie in den Arm. »Danke, dass du meine Frau bist«, flüsterte ich in ihr Ohr.

Sie weinte und drückte sich fest an mich. Es dauerte ein paar Minuten, bis sie sich fasste. Sie trocknete sich die Tränen und wollte wissen, ob das mit dem Tisch Zufall war oder ob ich das auch geplant hatte.

»Lässt du jetzt den Detektiv raushängen?«, fragte ich.

»Blöder Ochse!«, zischte sie.

Wir mussten lachen. Nicht nur, dass unsere Eheprobleme sich in Luft aufgelöst hatten, wir waren sogar beste Freunde geworden.

Ich erklärte ihr, dass ich mit Hilfe des Concierges des Hotels das alles organisiert hatte. Den Tisch. Den Song. Den riesengroßen, bunten Blumenstrauß ... Es war mir ein Anliegen gewesen, meiner Frau die Aufmerksamkeit zu zeigen, die ich ihr solange vorenthalten hatte. Ich wollte damit auf der einen Seite meine Dankbarkeit ausdrücken, auf der anderen, mich entschuldigen. Und ich glaube, meine Botschaft kam an.

Was ich in meinem Plan nicht berücksichtigte, war der Transport des riesigen Blumenstraußes. Der Fahrer der Limousine winkte ab. Wir hätten ihn vielleicht durch die Tür bekommen, aber dann wäre er ruiniert gewesen – zusammen mit der Inneneinrichtung der Limousine.

»Du bist so ein Genie!«, lachte meine Frau.

»Wieso? Es lief alles nach Plan!«

»Schatz, aber der Plan war Scheiße!«

»Wieso? Hat doch alles funktioniert! Romantik, Überraschung, Freudentränen!«

»Aber dein Plan hört offenbar mit der Übergabe des Blumenstraußes auf.«

»Stimmt. Ab da ist der Plan beendet.«

»Ich will diese Blumen in unserer Suite haben, im Wohnzimmer. Denk daran: Happy Wife, happy Life!«

Dann stieg sie in die Limousine und der Fahrer war sichtlich erleichtert, nichts mit diesem Blumenstrauß zu tun haben zu müssen.

Ich tat, was Männer in so einer Situation nun mal tun: Ich bestellte ein Bier. Dann fiel mir ein, dass der Strauß ja irgendwie zum Restaurant gekommen sein musste. Ich rief den Concierge unseres Hotels an, erklärte ihm mein Dilemma. Nach ein paar Minuten rief er zurück. Die Botschaft war einfach. Meine Frau hatte ihm verboten, mir zu helfen.

Dieses Miststück!

Nach ein paar Bier war es – wie immer – der Barkeeper, der mir half, mein Problem zu lösen. Vier Rastafari und ein Pick-Up-Truck. Zwei von ihnen waren völlig stoned, die anderen beiden zogen an Joints. Wir schafften es, den Blumenstrauß – es war eher ein Blumengesteck – auf die Ladefläche des Pick-Up zu hieven. Er war nicht besonders schwer, aber unhandlich.

Zu dritt saßen wir dann auf der Ladefläche und hielten den Strauß, während der Duft vom Joint, den der Fahrer rauchte, durch mein Gesicht wehte. Er fuhr langsam. Entweder, weil er mitdachte und wusste, dass Fahrtwind den Strauß beschädigen würde, oder weil er völlig stoned war. Ich glaubte Letzteres.

Das Bild, wie wir den Blumenstrauß in die Lobby getragen hatten, muss beeindruckend gewesen sein. Es eilten sofort einige vom Hotelpersonal herbei und halfen. Dahingehend, dass die ganze Aktion aus der Lobby zu einem Seiteneingang, fern der Gäste, verlegt wurde. Mit einem Elektrofahrzeug der Hotel-Gärtnerei, eine Art Mini-LKW mit Ladefläche, kamen wir schließlich bei der Suite an. Durch die Terrassentür gelangte der Strauß dann endlich an den gewünschten Platz: Mitten ins Wohnzimmer.

Sarah schaute interessiert zu, als wir ihn ins Wohnzimmer trugen.

»So! Wer ist der Größte?«, fragte ich sie und erwartete ihre Anerkennung.

Sie ging um den Blumenstrauß. Griff hinein. Machte eine Handbewegung, als würde sie etwas aufdrehen. Dann nahm sie ein Stück heraus. Die Blumen waren in eine Art Styropor gesteckt. Ich erkannte, dass er aus mehreren Einzelteilen bestand, die mit Draht miteinander befestigt waren und den riesigen Blumenstrauß ergaben.

»Du und deine bekifften Freunde auf jeden Fall nicht!«

KAPITEL 11

Es waren erst ein paar Tage vergangen, seit wir aus dem Urlaub zurückgekehrt waren, da musste ich für die Firma nach Paris auf eine Messe, die über das Wochenende ging.

Sarah beschloss, das Wochenende in Paris zu verbringen und während ich auf dem Messestand meiner Firma war, nutzte sie die Gelegenheit für Shopping und das Wellnessangebot im Hotel.

Es war schon etwas später, als ich gerade von einem Essen mit Kunden zurück ins Hotel kam. Wir beschlossen, noch einen Drink an der Hotelbar zu nehmen.

An einer Ecke fanden wir einen freien Platz. Mir fiel auf, dass ich mein Smartphone im Hotelzimmer vergessen hatte. Als ich zurückkam, sah ich Sarah umringt von ein paar Chinesen. Sie unterhielt sich mit ihnen.

Ich lehnte an einem Pfeiler, etwas abseits, von dem ich sie beobachten konnte. Sie saß seitlich zur Bar und wirkte bemüht, die betrunkenen Chinesen zu verstehen. Im Augenwinkel entdeckte sie mich, blickte mich kurz an und lächelte. Ihre Haare trug sie wellig. Sie hatte roten Lippenstift mit Glanzeffekt aufgetragen. Unter ihrem langen, schwarzen, rückenfreien Kleid trug sie keinen BH. Seitlich konnte man einen leichten Blick auf die nackte Haut ihres Busens werfen, wenn sie sich bewegte. Mit übereinandergeschlagen Beinen saß sie auf dem Barhocker, während die Chinesen um sie herumstanden. Die Nylonstrumpfhose glänzte im dämmrigen Licht der Bar. Genauso wie ihre neuen, schwarzen Pumps mit einer auffällig roten Sohle.

Ich beobachtete die Männer um sie herum. Schnell hatte ich ausgemacht, dass einer der Chef sein musste. Vielleicht waren sie auch wegen der Messe in der Stadt. Der, den ich als Chef identifiziert hatte, flüsterte den anderen etwas zu und die flüsterten das ins Ohr meiner Frau. Manchmal lachte sie. Mal lächelte sie, mal biss sie sich auf die Unterlippe. Sie flirteten mit ihr. Auf dem Tresen stand eine Flasche Champagner, und nach jedem Schluck wurde ihr nachgeschenkt. Das ließ nur einen Schluss zu: Sie wollten sie abfüllen.

Immer wieder warf Sarah mir einen kurzen Blick zu, unauffällig, sodass die Chinesen es nicht bemerkten.

Irgendwann fingen die Männer an, sie zu betatschen, ein bisschen ... berührten kurz ihre Oberschenkel, die Schultern ... Die vier wirkten angetrunken und waren auf dem besten Weg zu volltrunken. Sie bestellten ständig Shots nach. Die Champagnerflasche war offensichtlich nur für meine Frau gedacht.

Plötzlich stand Sarah auf, zwinkerte mir grinsend zu und ging an der Bar vorbei in Richtung Toilette.

In meiner Sakkotasche vibrierte es. Eine Nachricht von ihr: »Sie haben mir 200 € für meinen Slip geboten :-)«

»Und? Hast Du ihn verkauft?«

»Ich habe ihnen gesagt, ich denke darüber nach :-)«

»500«, tippte ich in mein Handy und drückte auf Senden.

Ich beobachtete, wie Sarah zu ihrem Platz zurückkehrte. Sie sprach mit den Chinesen. Lachte, schüttelte den Kopf.

Alle diskutierten. Dann nickte der Chef und reichte ihr seine Hand. Deal. Meine Frau stand auf und fing an, auf Hüfthöhe an ihrem Kleid zu zupfen. Sie war tatsächlich dabei, ihren Slip auszuziehen. An der Bar. So unauffällig wie möglich. Sie lächelte die Chinesen an, die im Kreis um sie standen und aufmerksam beobachteten, wie ihr Slip zwischen ihren Füßen auf den Boden fiel. Sie setzte sich wieder auf den Barhocker.

Der Slip lag auf dem Boden. Die Chinesen beeilten sich, ihn aufzuheben. Sie gaben ihn dem Chef und der steckte ihn in die Innentasche seines Sakkos. Er holte ein Geldbündel aus der Hose und blätterte einen Fünfhundert-Euro-Schein heraus. Mit einer leichten Verbeugung reichte er den Schein meiner Frau. Ich erkannte, wie sie »Vielen Dank« sagte.

Sie zog ihr Kleid ein Stück nach oben. Ganz langsam. So weit, dass man die Spitze der halterlosen Strümpfe sehen konnte, die sie trug. Sie steckte den Schein in das Strumpfband und ließ das Kleid wieder fallen.

Die Chinesen standen einen Moment lang starr da. Dann fingen sie an zu lachten. Gröhlten.

Sarah grinste unauffällig in meine Richtung.

Die vier diskutierten, als wären sie ein Sportlerteam, das gleich in den Wettkampf zog. Dann flüsterte wieder einer von ihnen meiner Frau etwas ins Ohr. Sie lachte, stand auf und lief wieder in Richtung Toilette.

Diesmal folgte ich ihr.

Sie bog um die Ecke in einen Flur. Dort konnte uns niemand sehen.

»Zweihundert Euro für die Strümpfe«, raunte sie mir zu. »Aber sie möchten, dass ich sie vor ihren Augen in ihrem Hotelzimmer ausziehe.«

»Und was hast du gesagt?«

»Nichts. Nur gelacht.«

»Auf keinen Fall in *deren* Zimmer! Nur in unserem.«

»Okay.«

»Ich verstecke mich im Schrank.«

»Gut. Ich habe das Gefühl, sie wollen mich ficken. Alle zusammen.«

»Wir können jetzt auf unser Zimmer gehen. Du musst ja nicht zurück zu ihnen.«

»Das meine ich nicht. Ich habe kein schlechtes Gefühl. Mich macht der Gedanke an, dass sie mich wie ein Nutte behandeln.«

»Dann solltest du jetzt zurück an die Bar«, sagte ich, lächelte und gab ihr einen Kuss.

Sarah trug sich noch etwas Lippenstift auf und ging zurück zur Bar. Ich begab mich auf unser Zimmer und versteckte mich im Wandschrank, schräg gegenüber dem Bett. Auf dem Sockel darin konnte ich gut sitzen. Die beiden Schranktüren hatten schräg nach unten abfallende Lamellen. Wenn ich hindurchsah, konnte ich einen Teil des Bettes sehen. Dazu musste ich aber stehen. Also zog ich meine Schuhe aus, um keinen Lärm zu machen, wenn ich mich aufstellte, um durch die Lamellen zu schauen.

Es dauerte eine gefühlte Ewigkeit, bis ich den Piepton hörte, der das Schloss der Tür öffnete. Ich nahm das klackernde Geräusch von Stöckelschuhe auf dem Marmorfußboden wahr. Sarah. Dazu dumpfes Klackern – die Schritte der Chinesen.

Ich konnte nicht zuordnen, wie viele Chinesen mit ihr im Zimmer waren. Ich hörte keine Stimmen. Niemand sprach. Ich stand auf, blickte durch die Lamellen. Nur die Bettlampen brannten. Der Teil vom Bett, den ich durch die Lamellen sehen konnte, war leer. Ich setzte mich wieder und versuchte, zu hören, was sich abspielte. Die Geräusche der Stöckelschuhe meiner Frau. Es klackte nur zweimal.

Dazwischen ein Abstand. Ich stellte mir vor, wie sie ihr Kleid geöffnet hatte, es von ihrem Körper glitt und auf den Boden fiel. Wie sie daraus ausgestiegen war. Wieder die Geräusche ihrer Absätze. Ein leises Klicken, kaum zu hören. Ein Knall, als wäre etwas aus Metall auf den Boden gefallen. Ich stellte mir vor, wie sie die Hosen der Männer öffnete, sie herunterzog und die Metallschnalle des Gürtels das Geräusch verursachte.

Schweres Atmen. Lange Abstände. Ich strengte mich an, mehr zu hören. Schmatzgeräusche.

Verwöhnte sie jemanden mit dem Mund? Stöhnen. Leichtes Knirschen der Federn der Matratze. Ein Körper, der auf Stoff rieb. Knirschen und Stöhnen im Takt zu Bewegungen. Die ersten Stöhngeräusche von Sarah. Ich blickte durch die Lamellen, sah ihren Kopf. Sie lag mit dem Rücken auf dem Bett. Der Kopf im Nacken, die Augen geschlossen. Ihr Körper rutsche auf dem Bett hin und her. Ich hatte schon eine Erektion, als ich sie ins Zimmer kommen hörte. Nun nahm sie zu. Ich setzte mich, lauschte weiter. Stöhnen.

Sarahs Stöckelschuhe auf dem Boden. Einer der Männer sagte etwas. Ich konnte es nicht verstehen. Schritte. Jemand ging am Schrank vorbei, hinaus aus dem Zimmer und schloss die Tür hinter sich. Den Geräuschen nach war es nur einer. War nur ein Chinese mitgekommen? Während ich überlegte, hörte ich die Stöckelschuhe von Sarah. Dann ein quietschendes Geräusch: Ein Stuhl wurde im Raum geschoben. Wieder das

Klackern ihrer Stöckelschuhe. Geräusche von Reißverschlüssen. Herunterstreifende Kleidung.

Zog Sarah sich vor ihnen aus? Zog sie die Männer aus? Wie viele waren bei ihr? Drei? Zwei? Nur einer? Was geschah? Ich stand auf. Versuchte, etwas durch die Lamellen zu erkennen. Nichts.

Jemand atmete schnell. Vielleicht auch mehrere. Es hörte sich irgendwie zittrig an. Mein Verstand war nicht in der Lage, mir ein Bild zu diesen Geräuschen zu liefern. Das schnelle Atmen ging in Aufstöhnen über. Geräusche von über die Haut streifender Kleidung. Schritte. Wieder lief jemand am Schrank vorbei und ging aus dem Zimmer. War noch jemand bei ihr? Wieder Stöhnen. Etwas lauter. Stimmen. Chinesisch. Hastige Geräusche. Sie zogen sich an. Es waren demnach noch zwei bei ihr. Dann hörte ich, wie sie sich bedankten und mit schnellen Schritten zur Tür hinausliefen. Ich blieb einen Moment still im Schrank sitzen.

»Du darfst jetzt rauskommen«, hörte ich Sarah sagen.

Ich tat es und sah sie auf einem Stuhl sitzen. Nackt. Sperma im Gesicht, in den Haaren, auf der Brust ...

Sie blickte mich an. Lächelte.

»Zieh dich aus und bring mir die Kabelbinder aus meiner Tasche«, sagte sie.

Zwar war ich von dem Anblick und der Situation fast noch unter Schockstarre, aber tat, was sie mir sagte.

Lächelnd nahm sie die Kabelbinder aus meiner Hand und band mir die Hände auf dem Rücken zusammen.

Mir schwante, was ich zu tun hatte.

»Leck mich ab!«, befahl sie.

Ich fing an.

Und Sarah begann zu erzählen: »Ihr Boss war zuerst dran. Ich habe mich vor ihn gekniet, ihm die Hose runtergezogen und seinen kleinen Schwanz geblasen. Er war sofort steif. Dann hat er mich aufs Bett gelegt, meine Beine gespreizt und seinen kleinen Schwanz reingeschoben. Er hat es sich an mir besorgt. Kam schnell. Dann habe ich meine Strümpfe ausgezogen und ihm gegeben. Er hat daran gerochen, sie in sein Sakko gesteckt und ist gegangen.«

Sie griff an meinen Hals. Ich stoppte mein Lecken, öffnete den Mund. Sie blickte hinein, nickte, und ich schluckte das Sperma. Sie deutete mir, weiterzumachen. Ich tat es. Es war viel.

»Dann habe ich mich auf den Stuhl gesetzt«, fuhr Sarah fort. »Die Männer haben sich um mich herumgestellt. Ich präsentierte meine Titten. Habe zugeschaut, wie sie sich ihre Schwänze wichsten. Einer nach dem anderen hat dann auf mir abgespritzt. Diese Schweine waren notgeil. Sie kamen schnell. Ich war ihre Nutte. Sie haben den Preis verhandelt: Den Service, den ich ihnen bot. Tausend Euro dafür, dass der Boss mich fickt und die anderen auf mir abspritzen durften. Ich war eine gute Nutte!«

Sie kontrollierte meinen Mund, indem sie ihre Finger in meine Wangen presste, um das Sperma darin zu sehen. Ich schluckte es. Jede Stelle ihres Körpers hatte ich nun vom Sperma der Männer befreit.

Sie stieß mich von sich. Als ich auf den Rücken fiel, bohrten sich meine Hände in mein Kreuz. Es schmerzte und ich rollte mich seitlich ab.

»Bleib auf dem Rücken!«, befahl sie.

Unter Schmerzen drehte ich mich zurück. Der Kabelbinder an meinen Händen schnitt mir ins Fleisch. Sie hatte ihn sehr eng zugezogen. Über meinem Gesicht ging Sarah in die Hocke, presste ihren Schritt auf meine Lippen. Griff meine Ohren und drückte meinen Kopf enger in ihren Schritt. Rieb sich mit meinem Kopf. Sie stöhnte. Ließ dann ab und massierte ihren Kitzler vor meinen Augen, führte sich ihre Finger ein. Drückte ihre Finger in meine Wangen, bis mein Mund weit geöffnet war. Sie setzte sich direkt darauf, als sie kam. Ich schluckte so viel ich konnte. Es lief an meinen Wangen und meinem Hals hinab.

Dann stand auf und schlug mir ins Gesicht. »Du Dreckschwein! Hast zugehört, wie deine Ehefrau als Nutte benutzt wurde!«

»Ja, Herrin!« Es war das erste Mal, dass ich sie so nannte.

»Und das hat dich geil gemacht?«

»Ja, Herrin.«

»Willst du meine vorgefickte Muschi ficken?«

»Ja, Herrin.«

»Und dann abspritzen?«

»Ja, Herrin.«

Sie lief um mich herum. Musterte mich. »Auf die Knie!«

Ich rollte mich zur Seite. Unterdrückte die Schmerzen, die es mir bereitete, richtete mich auf. Der Schmerz an meinen Händen und in meinem Kreuz ließ nach.

Sie stellte sich neben mich, reckte ihr Bein vor. Ihr Fuß stand direkt in meinem Schritt.

»Du darfst dich an meinem Bein rubbeln.«

Wie ein räudiger Köter rammelte ich ihr Bein. Meine Knie schmerzten. Meine Muskeln verspannten. Je mehr Schmerz ich verspürte, desto erregter wurde ich. Es dauerte nur wenige Minuten und ich kam auf ihr Bein. Es tropfte daran herunter. Etwas ging auf den Boden.

Sie packte mich im Nacken, presste meinen Kopf auf ihre Wade, dann auf den Boden. Sie ließ mich alles auflecken und vor ihren Augen schlucken.

Ich war ein braver Ehemann.

KAPITEL 12

Endlich Freitag. Die zweite Arbeitswoche nach dem Urlaub war vorüber und nach vier Tagen Messe in der Woche davor, inklusive dem Wochenende, freute ich mich auf die zwei bevorstehenden freien Tage. Allerdings hatte sich kurzfristig ein Kunde gemeldet und zum Abendessen eingeladen. Das konnte ich nicht ablehnen. Ich schrieb meiner Frau eine kurze Nachricht. Sie antwortete, dass sie auf mich warten würde. Dahinter setzte sie einen dieser zwinkernden Smilies.

***

Beim Abendessen konnte ich mich kaum auf das Geschäftsgespräch konzentrieren. Ich stellte mir die ganze Zeit vor, wie meine Frau zu Hause auf mich wartete. Vielleicht trug sie heiße Dessous und würde auf dem Bett liegen. Oder sie stand nur mit Pumps bekleidet nackt im Eingang, mit Kabelbindern in der Hand. Alles war möglich. Das Spektrum unserer Sexspiele kannte keine Grenzen mehr.

Es war etwa zweiundzwanzig Uhr, als ich endlich zu Hause ankam. Unsere Wohnung war auf zwei Etagen aufgeteilt. Aus dem Eingangsbereich gelangte man über eine Treppe in das Wohnzimmer, in dem, durch eine Theke getrennt, auch die Küche war.

Ich hörte Stimmen, als ich die Treppe hochlief. Sarah unterhielt sich mit jemandem. Dann sah ich, wie sie mit Melanie auf der Couch saß. Sie schienen sich prächtig zu amüsieren.

»Hallo, Schatz!«, sagte Sarah, als sie mich hereinkommen sah.

Ich war geschockt und wusste im ersten Moment nicht, wie ich reagieren sollte. Denn da saß die Frau, mit der ich ein Verhältnis gehabt hatte, neben meiner Ehefrau auf der Couch in unserem Wohnzimmer!

Direkt nachdem wir aus unserem Urlaub zurückgekehrt waren, hatte ich mit Melanie gesprochen und das Verhältnis beendet. Schließlich hatte das den Streit zwischen meiner Frau und mir verursacht. Wegen diesem Verhältnis hatte der Urlaub auf der Kippe gestanden. Und ich wollte nicht darüber nachdenken, was passiert wäre, wenn wir diesen alles verändernden Urlaub nicht angetreten hätten.

Jetzt gab keinen Grund mehr, die Sexbeziehung mit Melanie fortzuführen, da mir diese neue Art der Beziehung mit meiner Frau viel mehr gab, als es ein Verhältnis je könnte.

Es lief fast ein Jahr zwischen Melanie und mir. Begonnen hatte es, kurz nachdem sie in meiner Firma angefangen hatte. Sie war als Assistentin unseres Marketingleiters eingestellt worden. Damals war sie vierundzwanzig Jahre alt gewesen und mir sofort aufgefallen. Ihr süßes, rundliches Gesicht, die schmalen Lippen, die braune Augen und die dunklen, halblangen Haare ... Sie sah einfach süß aus.

Ich versuchte jetzt, souverän zu wirken. Obwohl ich nicht genau wusste, was meine Frau vorhatte. Sie kannte Melanie. Sie waren sich auf Messen begegnet, zu denen Sarah oft an den Wochenenden angereist war, um das Shopping-Angebot der fremden Stadt in Anspruch zu nehmen. Aber dass sie einen so guten Kontakt hatten, der dazu führte, dass Melanie mit ihr an unserem Wohnzimmertisch gemeinsam Champagner trank und wie beste Freundinnen wirkten, machte mich sehr nervös. Zumal es doch eher ungewöhnlich war, dass die, wenn auch Ex, Geliebte mit der Ehefrau des Liebhabers gemeinsam Zeit verbrachte.

Melanie trug ein schwarzes Kostüm mit weißer Bluse. Der Rock war knielang. Sie hatte ihre kastanienbraunen Haare zu einem Zopf zusammengebunden. Sie musste direkt vom Büro aus zu uns gekommen sein.

Sarah trug eine hautenge Jeans und ein rotes, enges Oberteil, das ihre Oberweite betonte.

»Guten Abend, die Damen!«, sagte ich endlich und die Überraschung in meiner Stimme war bestimmt nicht zu überhören. Ich beugte mich von hinten über die Couch und gab Sarah einen Kuss – so wie immer, wenn ich nach Hause kam.

Melanie schenkte ich dabei ein freundliches Lächeln. Da ich nicht genau wusste, wie ich mich verhalten sollte, machte ich einfach auf cool. Aber wenn man es schlecht machte, wirkte es unauthentisch und driftete eher ins Gegenteil, konnte einen wie einen Idioten aussehen lassen. Trotz dieser schlauen Erkenntnis, dachte ich in diesem Moment nicht darüber nach. Also konnte ich tatsächlich wie ein Idiot gewirkt haben, als ich mich auf die gegenüberliegende Couch fallen ließ.

»Ich habe Melanie gerade von unserem Urlaub erzählt!«, sagte Sarah und nahm ein Champagnerglas aus der Glasvitrine.

»Oh! Wirklich?« Ich überlegte einen Moment, was sie ihr erzählt haben könnte.

Sarah stellte das Glas auf den Wohnzimmertisch und zog die Champagnerflasche aus dem Sektkühler. »Ich hatte Melanie heute Morgen zufällig bei Facebook gefunden! Sie war unter den Freundesempfehlungen. Und dann dachte ich mir, ich schicke ihr eine Anfrage. Ich weiß, was du denkst: Komisch, dass die Frau, mit der du ein Verhältnis hattest, auf meine Kontaktanfrage reagiert hat.«

»Für eine Sekunde habe ich mich das tatsächlich gefragt!«, gab ich zu, stützte meine Ellbogen auf die Oberschenkel und verschlang meine Hände ineinander.

»Das habe ich mich auch gefragt!«, sagte nun Melanie. »Aber ich fand Sarah schon immer sympathisch. Und nachdem das Verhältnis beendet war, dachte ich, warum sollte ich ihre Kontaktanfrage nicht beantworten!« Sie lächelte Sarah dabei an.

Es kam mir vor, als wären die beiden zu besten Freundinnen geworden.

Sarah übernahm wieder das Wort. »Auf jeden Fall habe ich Melanie dann geschrieben, dass ich von eurem Verhältnis wusste und es mir egal war, weil ich sie als Menschen einfach gern habe.«

»Erst dachte ich, sie möchte mich in eine Falle locken«, sagte Melanie. »Aber ich hatte kein schlechtes Gefühl. Wir haben dann den ganzen Tag hin und her geschrieben und schließlich hat Sarah mich zu euch eingeladen.«

»Vielen Dank, dass du gekommen bist!«, meinte Sarah.

»Vielen Dank für die Einladung!«

Ich kam mir vor wie ein Zuschauer bei einer dieser bescheuerten Vormittagstalkshows, so gespielt wirkte die Szene. Ich stellte mir vor, dass eine von beiden jeden Moment ein Messer zückte und die andere vor meinen Augen in kleine Stücke hackte. Anders gesagt: Ich traute dem Frieden nicht!

Auf der anderen Seite kannte ich beide. Wusste, dass sie vernünftige Frauen waren. Keine Theatralikerinnen. Keine, die sich unbedingt in den Mittelpunkt stellen mussten. Keine Spinnerinnen auf Egotrip, von denen Justin Bieber singt: »Oh, baby, you should go and love yourself.« Ist mir egal, was der ein oder andere darüber denkt. Ich mag den Song!

Keine der beiden machte einen eifersüchtigen Eindruck.

Fingen aber nicht die Horrorfilme genauso an? Alles wirkte normal, und auf einmal ging dann das Nightmare los: Menschen wurden zu Tode erschreckt, abgeschlachtet, Geister und Dämonen freigelassen, und schließlich brannte ganz London!

Okay. Ich war etwas in Panik ...

Doch ich versuchte, meine Gedanken ordnen. Ich hatte das Verhältnis zu Melanie beendet. Punkt für mich. Und ich hatte meiner Frau davon berichtet, dass ich es beendet hatte. Noch ein Punkt für mich.

Ich beruhigte mich. Versuchte, mir nichts anmerken zu lassen. Als ich die beiden so beobachtete, verschwand mein schlechtes Gefühl. Sarah mochte Melanie offenbar wirklich. Tatsächlich war Melanie ein total liebes Mädchen. Schwer, sie nicht gern zu haben.

Ich nippte an meinem Champagnerglas und fragte: »Und jetzt habt ihr euch über unseren Urlaub unterhalten?«

Melanie nickte. »Genau. Es ist ja wirklich interessant, was ihr da erlebt habt! Ich beneide euch so!« Sie zog die Schultern nach oben und legte den Kopf zur Seite.

Ich wurde wieder nervös. Was meinte Melanie bloß mit »interessant«? Was hatte Sarah ihr erzählt?

»Also am besten finde ich ja die Geschichte mit dem Abendessen und dem Blick aufs Meer. Dazu den riesigen Blumenstrauß. Und du hast wirklich auch eure Musik ganz zufällig spielen lassen?«

Ich musste etwas lachen. Offensichtlich hatte meine Frau ihr doch nichts Intimes erzählt. Nur das Romantische. War ja eigentlich auch ganz klar. Frauen standen auf romantische Sachen.

»Ja, das war wirklich schön. Ohne die Hilfe vom Concierge unseres Hotels hätte ich das aber nicht geschafft.« Ich fühlte mich erleichtert und lehnte mich zurück.

»Und wie du den riesigen Strauß ins Wohnzimmer geschafft hast!« Melanie schien wirklich begeistert.

Ich hoffte, dass Sarah ihr nicht erzählt hatte, dass ich zu blöd gewesen war, um herauszufinden, dass man den Strauß auch in Stücke hätte zerlegen können.

»Was tut man nicht alles für seine geliebte Frau!«, sagte ich gönnerhaft und gab Sarah zwinkernd einen Luftkuss.

»Und dann der Strandspaziergang bei Sonnenuntergang ... So wunderschön!«, schwärmte Melanie weiter.

»Ja, das war es«, bestätigte ich und lächelte meine Frau an.

»Aber die krasseste Story, das hätte ich ja nie von euch gedacht ...«

Als sie das sagte, setzte ich mich wieder aufrecht hin. Hatte Sarah doch etwas erzählt? Ich war erschrocken und konnte ihre nächsten Worte kaum erwarten.

»Also ich war ja echt schockiert! Oder besser gesagt, total angeekelt!«

Mein Herz schlug schneller. Was hatte Sarah sich bloß dabei gedacht? Wie konnte sie ihr davon erzählen? Es musste ihr klar gewesen sein, dass das dann die ganze Firma wüsste! Ich würde mich blamieren! Vielleicht sogar meinen Job loswerden! Ich bekam Panik.

»Also ehrlich. Bitte versteht das nicht falsch. Aber das ist ja wirklich widerlich. Sowas geht gar nicht! Wie konntet ihr nur!«

Meine Augen waren weit aufgerissen. Meine Frau merkte, dass ich kurz vor einem Nervenzusammenbruch stand.

»Es tut mir so leid, Schatz. Ich hatte Melanie davon erzählt, wie wir an dem einen Abend Joints geraucht hatten und dann diese ekligen, frittierten Käfer gegessen hatten.«

Ich fiel zurück ins Sofa. Fast hätte ich mein Glas ausgeschüttet. Das war es also! Ich hatte es ganz vergessen. Nach all den Erlebnissen in diesem Urlaub erschien mir dieses als das Unspektakulärste. Tatsächlich hatten wir Joints geraucht. Ich hatte das als Teenager zuletzt gemacht. Sarah noch nie. Wir waren total übermütig geworden und hatten dann etwas gegessen, von dem wir glaubten, dass es Käfer gewesen waren. Zumindest hatte es wie Käfer ausgesehen. Ich konnte mich nicht erinnern. Wir waren stoned gewesen!

Ich war super erleichtert. Noch vor ein paar Sekunden war meine Welt kurz vor dem Zusammenbruch gewesen, aber jetzt war alles wieder im grünen Bereich.

»Wirklich widerlich. Ihr seid echt pervers!«, lachte Melanie.

Völlig erleichtert und tiefenentspannt lachte ich mit. Wurde übermütig. »Naja, manchmal muss man etwas pervers sein!«, sagte ich und lümmelte auf dem Sofa. In der einen Hand das Champagnerglas, das Sarah mir gereicht hatte, die andere hinter dem Kopf verschränkt.

»Offensichtlich«, bekräftigte Melanie und wurde ernst. »Sonst hättest du wohl kaum dabei zugeschaut, wie Sarah mit drei Typen gefickt hat!«

Mir fiel fast das Glas aus der Hand. Hatte sie das gerade wirklich gesagt? Oder träumte ich? Ich traute meinen Ohren kaum. Mein Mund öffnete sich. »Ja, also. Wie soll ich sagen ...« Mir fielen keine Worte ein.

Sarah übernahm ganz gelassen das Sprechen. »Ich hatte extra den Vorhang einen Spalt offengelassen, damit Michael und Peter, Stephanies Mann, reinschauen konnten. Ich hatte auch immer wieder kurz ihre Gesichter am Fenster auftauchen sehen.«

»Das ist so aufregend! Dass ihr beiden euch so auslebt ... Dazu gehört echt viel Vertrauen. Ich beneide euch total!«, sagte Melanie und ich konnte spüren, dass sie es ernst meinte.

»Als du hereingekommen bist, wollte ich Stephanie gerade das Geheimnis erzählen.«

Ich lehnte mich wieder zurück. Die Situation war irgendwie völlig surreal.

Sarah erzählte Melanie von »te7«. Von gespreizten, winkenden Fingern als Codewortersatz. Davon, warum es falsch war, zu tun, was man dachte, dass der Partner es vielleicht gern mochte. Dass es falsch war, beim Sex dem anderen gefallen zu wollen, ohne dabei Rücksicht auf seine eigenen Bedürfnisse zu nehmen.

Melanie hörte interessiert zu.

Als Sarah fertig war, meinte Melanie, dass dies das Genialste sei, was sie je gehört hatte. Dass damit jede Beziehung auf einmal ein ganz neues Niveau erreichen konnte. Nichts wäre mehr langweilig. Sie war total aus dem Häuschen. Das lag vielleicht auch am Champagner. Sarah hatte zwischenzeitlich die zweite Flasche aufgemacht und die war auch schon fast leer. Wobei ich es war, der das Meiste getrunken hatte.

Melanie erzählte, dass sie schon immer davon geträumt hatte, mit zwei Männern ins Bett zu gehen. Gruppensex würde sie auch gern mal versuchen. Aber ihre bisherigen Beziehungen gaben das nicht her. Sie meinte, wenn sie vorher von »te7« gewusst hätte, wäre das vielleicht alles anders gewesen. Im Raum herrschte eine völlig offene und verständnisvolle Stimmung.

Melanie stellte viele Fragen. Zuletzt wollte sie von Sarah wissen, wie es sich angefühlt hatte, eine andere Frau zu küssen, vor allem zwischen den Beinen.

Der Übergang hätte besser nicht sein können. Wie aus dem Drehbuch eines Pornos: Neugierige junge Frau fragt erfahrene ältere Frau.

Sarah stand auf und reichte Melanie die Hand. Diese war etwas überrascht. Aber sie kannte ja nun das Geheimnis. Sie konnte tun, was sie wollte, konnte es jederzeit abbrechen. Melanie nahm Sarahs Hand und folgte ihr die Treppe hinunter zum Schlafzimmer.

Ich blieb im Wohnzimmer auf dem Sofa sitzen. Ich fühlte mich gut. Ich erkannte, dass es nichts gab, was falsch daran war, nach dem »te7« Prinzip zu leben. Im Gegenteil. Mir wurde immer mehr bewusst, dass es das einzig Richtige war, fortan seine Beziehung genau auf dieser Basis zu führen. Jeder war frei, zu tun, was er wollte. Dabei war aber das Codewort zu respektieren. Einfach genial. Ich erinnerte mich auf einmal daran, dass ich diese Unterhaltung jederzeit hätte abbrechen können. Ich hätte einfach nur »te7« sagen müssen und es wäre vorbei gewesen. Aber ich vertraute meiner Frau – seit unserem Urlaub öfter als zuvor. Vielleicht auch anders. Intensiver. Wenn sie das Gefühl hatte, Melanie das alles zu erzählen, war es richtig.

Immer, wenn Sarah sagte: »Ich habe das Gefühl, dass ...«, dann hatte sie fast immer recht. Und sie handelte stets nach Gefühl.

Etwas, was wir Männer noch lernen müssen. Denn unsere Art, mit dem Kopf zu entscheiden, ist nichts weiter als Willkür. Wir erreichen unsere Ziele, weil wir es wollen. Auf dem Weg dahin hören wir aber nicht auf unsere Gefühle. Und wenn es dann schief läuft, suchen wir die Schuld ohnehin bei anderen. Da stellt sich dann die Frage, wer tatsächlich erfolgreicher ist. Männer oder Frauen. Und es stellt sich die noch wichtigere Frage: Was *ist* eigentlich Erfolg?

Mein Kopf spielte wieder verrückt. Während in unserem Schlafzimmer meine Frau mit meiner Ex-Geliebten Sex hatte, fiel mir nichts Besseres ein, als in Gedanken über das Leben zu philosophieren. Ich stellte mir vor, wie sie sich gegenseitig auszogen. Sich küssten. Zärtlich streichelten. Sich gegenseitig die Brüste massierten. Melanie hatte kleine, handliche Brüste. Ich stellte mir vor, wie Sarah ihre Nippel leckte. Wie Melanie die Brüste meiner Frau massierte und an ihren Nippeln saugte. Wie sie sich gegenseitig am Kitzler berührten und sich die Finger einführten. In der 69er-Position übereinanderlagen. Vielleicht würden sie ein paar der Spielzeuge aus Sarahs Nachttisch benutzen ...

Ob Sarah ihren Nektar ausstoßen würde? Sie konnte es kontrollieren. Melanie hatte ich nie zum »Squirten« gebracht – das Verspritzen von Flüssigkeit, wenn eine Frau einen Orgasmus bekommt.

Bevor Sarah mir beibrachte, wie ich sie zum Squirten bringen konnte, hatte sie erklärt, dass jede Frau squirten konnte. Es wäre ein Gefühl, als würde man pinkeln.

Mich machte es extrem an, wenn meine Frau squirtete und ihr Nektar aus ihr herausfloss. Ich würde es später auf dem Bettlaken sehen und spüren. Der Pornokanal in meinem Kopfkino spielte mir die Szene vor, wie ich es mit den beiden treiben würde. Ein Dreier zwischen Ehefrau und Ex-Geliebten. Erst machten sie es miteinander, danach riefen sie mich, denn sie gieren nach Männlichkeit.

Das Geräusch von klackernden Absätzen unterbrach das Programm in meinem Kopfkino.

Melanie lief auf mich zu. Nackt. Sie trug schwarze Lack-Pumps, um den Hals ein schwarzes Lederband mit Metallring. Das Gleiche hatte Stephanie sich angelegt, nachdem Peter sie als »böses Mädchen« bezeichnet hatte.

Melanie stellte sich vor mich. Die Arme eng am Körper. Den Kopf gebeugt. Sie verzog keine Miene. Dann sagte sie: »Meine Herrin hat mir befohlen, ihr Sperma zu bringen.«

Meine Herrin? Einen Moment war ich verwirrt. Dann verstand ich es. Sarah spielte mit Melanie. Und Melanie ließ sich darauf ein.

Noch bevor ich etwas sagen konnte, kniete sich Melanie vor mich und öffnete meine Hose. Sie führte ihren Auftrag aus, den ihre Herrin ihr gegeben hatte. Ich hatte mit allem gerechnet, aber nicht damit, dass Melanie mich mit dem Mund verwöhnen würde, mein Sperma aufnahm, um es meiner Frau zu bringen.

Ich hatte mit Melanie schon oft Oralsex gehabt, aber dieses Mal fühlte es sich anders an. Intensiver. Sie war konzentriert darauf, ihren Auftrag zu erfüllen. Ich spürte, dass sie es nicht tat, um mich zu befriedigen. Sie tat es, weil ihre Herrin danach verlangte. Der Gedanke daran, dass sie auf Befehl meiner Frau handelte, reichte, um mich innerhalb kürzester Zeit zum Orgasmus zu bringen.

Während ich kam, unterdrückte sie einen Schluckreflex, stellte sicher, dass sie auch alles mit dem Mund aufnahm.

Dann erhob sie sich, den Mund geschlossen, die Wangen leicht gewölbt. Mit einer Handbewegung forderte sie mich auf, ihr zu folgen.

Ich zog meine Hose hoch und lief hinter ihr her. Im Schlafzimmer saß Sarah auf dem Bett. Nackt. Sie deutete mir, mich auf den Stuhl an der Wand zu setzten. Melanie winkte sie zu sich aufs Bett, nahm sie am Zopf und führte ihren Kopf über ihre Brüste.

»Mund auf«, befahl Sarah.

Melanie ließ das Sperma aus ihrem Mund tropfen und achtete darauf, dass die gleiche Menge Sperma auf jeder Brust landete. Es war mit Speichel vermischt und rann die Brüste meiner Frau entlang, an ihrem Körper herunter.

»Ablecken.«

Melanie leckte alle Stellen. Nahm das Sperma wieder auf.

Sarah erhob sich vom Bett und kniete sich vor mich. Dann legte sie ihren Kopf in den Nacken und öffnete ihren Mund.

Melanie verstand sofort und kroch vom Bett. Sie stellte sich vor Sarah, beugte sich leicht vor und ließ direkt vor meinen Augen mein Sperma in Fäden aus ihrem Mund in den Mund meiner Frau fließen. Melanie wackelte auf den extrem hohen Pfennigabsätzen der Pumps. Dabei tropfte etwas am Mund von Sarah vorbei auf den Boden.

Meine Frau drehte sich mit offenem Mund zu mir. Ich sah das Sperma darin. Sie schloss und öffnete ihn erneut, um mir zu zeigen, dass sie alles geschluckt hatte. Währenddessen stand Melanie, die Arme eng am Körper, mit gesenktem Kopf neben ihr.

Sarah stand auf und sagte: »Auf die Knie.«

Melanie gehorchte.

»Beug dich vor.«

Melanie stützte sich auf die Ellenbogen und senkte den Kopf.

»Hast du deinen Fehler erkannt?«

»Ja, Herrin.«

»Deine Aufgabe war, alles in meinen Mund tropfen zu lassen. Du hast diese Aufgabe nicht erfüllt. Auf dem Boden ist nun Sperma.«

Melanie wollte hinkriechen, um es vom Boden zu lecken, als Sarah sie am Zopf ergriff und ein Stück nach oben zog.

»Habe ich dir befohlen, das Sperma vom Boden zu lecken?«

»Nein, Herrin.«

»Wem gehört das Sperma?«

»Ihnen, Herrin.«

»Wie kommst du darauf, dass du ohne meinen Befehl mein Sperma aufnehmen darfst?«

»Es tut mir leid, Herrin.«

»Ich werde dich bestrafen.«

»Ja, Herrin.«

Sarah ging zum Schrank, holte ihre schwarzen Lackstiefel mit Plateau-Sohle und Pfennigabsatz, die ihr bis über die Knie reichten, heraus und nahm einen meiner schwarzen Ledergürtel aus der Schublade.

Melanie kniete direkt vor mir. Ich saß stumm da und beobachtete.

Sarah stellte sich hinter sie, drückte mit dem Pfennigabsatz ihrer Stiefel auf Melanies Hintern. Sie zuckte, winselte leicht. Die Stelle rötete sich.

Sarah legte die Enden des Gürtels zusammen, zog daran und ließ ihn klatschen. Melanie atmete schneller. Sie rutschte ein Stück nach vorn, als der erste Schlag ihren Hintern traf. Sofort wurde die Stelle rot. Ein langer, breiter Striemen. Meine Frau hielt inne. Schien auf etwas zu warten.

»Danke, Herrin«, sagte Melanie mit schmerzverzogener Stimme.

Sarah blickte zufrieden auf sie hinab und schlug ein zweites Mal zu.

Melanie bäumte sich auf. »Danke, Herrin«, keuchte sie.

Sarah ging zum Nachttischchen neben dem Bett, holte eine Leine aus der Schublade und befestigte sie an dem Metallring von Melanies Halsband. Diese verharrte noch immer in der gebückten Position.

Sarah zog am Halsband und Melanie hob den Kopf. Auf allen vieren kroch sie hinter ihr her – aus dem Schlafzimmer raus, durch den Eingangsbereich, in unser Bad. Ich folgte. Sie führte Melanie an der Leine in die Mitte der Dusche, wo sie mit gesenktem Kopf knien sollte.

Sarah drehte den Duschhahn auf. Das Wasser floss über Melanies Rücken und sie wurde an der Leine nach oben gezogen, sodass sie aufrecht inmitten in der Dusche stand. Sarah schaltete die Wasser-Düsen ein. Es spritze von den Seiten und der Decke. Melanie rührte sich nicht. Mit zusammengekniffenen Augen rann ihr das Make-up übers Gesicht.

»Du findest ein Paar Schuhe in dem Schrank, aus dem ich dir die gegeben hatte, die du gerade trägst«, sagte Sarah. »Das Halsband bleibt an. Du hast zehn Minuten. Dann kommst du nach oben. Auf allen vieren. Ich bin noch nicht fertig mit dir.«

Dabei löste Sarah die Leine vom Metallring und schloss hinter sich die Tür. Sie lächelte mich an, reichte mir ihre Hand und wir gingen die Treppe hoch ins Wohnzimmer.

»Nettes Mädchen. Ich mag sie«, sagte meine Frau.

Ich traute mich nicht, etwas zu sagen, war von ihrer dominierenden Art eingeschüchtert und gleichzeitig erregt.

Sarah saß nackt vor mir auf der Couch. Die Beine übereinandergeschlagen. Sie trug nur diese hohen, schwarzen Stiefel. Ich starrte sie an. Es schien ihr zu gefallen. Sie blickte mich verführerisch an und nippte am Champagnerglas.

Wir hörten Geräusche auf der Treppe.

Melanie schien die Anweisung von Sarah zu befolgen und kroch die Treppe wohl auf allen vieren hoch. Ein schleifendes, dumpfes Geräusch. Dann öffnete sich die Wohnzimmertür und Melanie kroch herein, auf meine Frau zu, den Kopf gesenkt.

Ich sah, dass sie eine Leine zwischen den Zähnen hielt.

Melanie ließ die Leine aus ihrem Mund in die Hand von Sarah fallen. Diese befestigte sie am Metallring, stand auf und zog Melanie hinter sich her zu mir.

»Du wirst nochmal mein Sperma holen. Und dieses Mal wirst du keinen Fehler machen«, befahl Sarah.

»Ja, Herrin.« Melanie öffnete mir die Hose, befolgte den Befehl ihrer Herrin.

Sarah beobachtete sie und fragte: »Bläst sie gut?«

Es war Sarahs Frage, ihre Anwesenheit und diese dominante Ausstrahlung, die mich erregte. Ich war ihr genauso ausgeliefert wie Melanie. Wir taten, was sie verlangte. Waren ihre Spielzeuge.

»Ja«, brachte ich hervor.

Meine Frau lächelte mich an. »Entspann dich. Genieß es«, flüsterte sie mir ins Ohr. Sie stellte sich hinter mich. Knöpfte mein Hemd auf, kniff in meine Brustwarzen. Ich spürte ihren Busen auf meinem Hinterkopf.

»Ich will mein Sperma«, flüsterte sie mir ins Ohr.

Ich stöhnte. Ihre Stimme und diese Energie im Raum ließen mich die Kontrolle über meinen Orgasmus verlieren. Ich konnte es weder entschleunigen noch zurückhalten. Ich kam, wie von unsichtbaren Kräften gesteuert.

»Sehr gut machst du das. Pump schön mein Sperma raus.«

Sie kniete sich vor mich. Legte den Kopf in den Nacken und öffnete ihren Mund. Melanie beugte sich über sie, spitzte die Lippen, um sicherzustellen, dass kein Tropfen daneben ging.

Langsam bildete sich ein Faden. Tropfen rannen daran herab. Nichts ging daneben. Alles traf in den Mund meiner Frau. Sie nahm Melanies Champagnerglas vom Tisch, ließ das Sperma aus ihrem Mund ins Glas hineinlaufen und gab es Melanie.

Diese leerte das Glas mit einem Schluck.

»Danke, Herrin.«

Es war ihre Belohnung.

»Du darfst jetzt nach unten gehen und dich anziehen.«

»Ja, Herrin.«

Auf allen vieren kroch Melanie durchs Wohnzimmer zur Treppe.

***

Als sie ins Wohnzimmer zurückkam, trug sie ihren Hosenanzug und lächelte. Sarah klopfte neben sich auf das Sofa und reichte ihr ein Champagnerglas. Melanie setzte sich. Auf einmal war sie wieder die Melanie, die ich kannte. Vor ein paar Minuten noch war sie ein willenloses Wesen gewesen. Devot. Ich war fasziniert. Es erinnerte mich an die Szene mit Lydia und Ben.

»Auf Melanie«, sagte Sarah und wir stießen an.

»Vielen Dank.«

***

Als Melanie gegangen war, trug Sarah noch immer die hohen Stiefel.

»Du siehst fantastisch aus! Diese Stiefel sind so sexy!«, sagte ich.

»Vielen Dank! Es freut mich, dass ich dir gefalle.«

»Seit wann haben wir eigentlich so ein Halsband und eine Leine?«

»Seitdem UPS das heute Mittag geliefert hat. Wir haben aber noch mehr als Halsband und Leine«, sagte Sarah zwinkernd. »Soll ich es dir zeigen?«

Ich schluckte. Hatte ich eine Wahl?

Kapitel 13

Am Freitag darauf saß ich kurz vor Feierabend in meinem Büro und schaltete den Computer aus, als mein Telefon klingelte. Meine Sekretärin – Anfang sechzig, unverheiratet, zu viel Make-up und Modell »Drache«.

»Melanie vom Marketing möchte zu Ihnen.«

»Oh! Okay. Soll reinkommen.«

Ich hatte Melanie seit dem Erlebnis vor einer Woche nicht mehr gesehen. Wir arbeiteten zwar im gleichen Unternehmen, aber ihre Abteilung lag ein paar Stockwerke unter meinem Büro. Solange ich nicht dorthin ging, liefen wir uns nicht über den Weg. Ich fragte mich, was sie wollte. Hatte es ihr vielleicht doch nicht gefallen? Würde sie mich zur Rede stellen wollen?

»Hallo Melanie! Schön dich zu sehen«, begrüßte ich sie, als sie die Tür meines Büros hinter sich geschlossen hatte und auf mich zukam.

Sie sagte kein Wort. Ging um meinen Schreibtisch herum, drehte meinen Stuhl zur Seite, kniete sich vor mich und ergriff meine Gürtelschnalle, um sie zu öffnen.

»Wow! Halt! Was soll das?« Ich hielt ihre Hände fest.

Sie blickte zu mir auf. »Meine Herrin hat mir befohlen, das Sperma zu ihr nach Hause zu bringen.«

»Was? Wie?« Ich war geschockt.

Sie befreite ihre Hände aus meinem Griff, öffnete unbeirrt meine Hose und zog sie herunter.

»Melanie! In meinem Büro? Im Ernst?«, flüsterte ich, während sie mit Mund und Händen begann, den Auftrag meiner Frau auszuführen. Ich ließ es geschehen. Das Gefühl, dass meine Sekretärin jeden Moment hereinkommen könnte, um den obligatorischen Kaffee anzubieten, heizte mich zusätzlich an. Ich schloss die Augen und ließ mich in den Stuhl fallen. Dieses Schmatzgeräusch ... Der Gedanke, dass meine Frau ihr befohlen hatte, mein Sperma zu ihr zu bringen ... Wartete sie zu Hause in den Overkneestiefeln auf sie? Ließ sie es sich wieder vor meinen Augen in den Mund tropfen? Die Bilder vom letzten Wochenende mit Melanie stiegen vor meinem geistigen Auge auf. Ich unterdrückte jegliches Geräusch als ich kam, biss die Zähne zusammen.

Melanie stand auf und ging aus meinem Büro. Keine Geste der Verabschiedung. Sie war die Gespielin meiner Frau. Sie hatte einen Auftrag zu erfüllen. Ich war nur Mittel zum Zweck. Ich hatte gerade meinen Gürtel geschlossen, als sich die Tür öffnete.

Meine Sekretärin stand in der Tür.

»Nicht nur, dass ich schon vor zehn Minuten Feierabend hatte, die Ziege hat sich nicht mal verabschiedet. Kein Wort!«, giftete sie.

Ich grinste in mich hinein. »Vielleicht hat sie Sie nicht gehört.«

»Ja, genau! Meine kratzige, tiefe Stimme ist ja auch so leicht zu überhören.«

Tatsächlich hatte sie eine tiefe und kratzige Stimme. Wenn man sie zum ersten Mal hörte, musste man unwillkürlich an eine dieser Frauen auf dem Sportsender denken. Die, die ein Stirnband trugen und dann Trucks zogen oder Traktorreifen stemmten. Tatsächlich war sie aber die beste Sekretärin, die man sich wünschen konnte.

»Was wollte die Kleine überhaupt? Als ich sie fragte, worum es geht, sagte sie, dass es was Persönliches sei.« Dabei malte sie ein Ausrufezeichen mit den Fingern in die Luft.

»Korrekt. Es war etwas Persönliches. Ich sage Ihnen Bescheid, wenn ich Sie brauche. Danke.«

Mit zusammengekniffenen Lippen zog sie die Tür hinter sich zu.

Ich ging zum Fenster, um zu sehen, ob Melanie aus dem Gebäude kam. Vom Büro bis zu uns nach Hause dauerte es in der Rush-Hour bis zu einer Stunde. Es war egal, ob man mit dem Auto fuhr oder den öffentlichen Verkehrsmitteln. Alles war überfüllt. Tausende Banker aus dem Viertel hatten Feierabend. Genauso wie wir. Ich fragte mich, ob Melanie mit meinem Sperma im Mund mit dem Auto fahren würde oder ob sie die öffentlichen Verkehrsmittel nahm. Wenn sie nicht aus dem Haupteingang rauskam, würde das bedeuten, dass sie in die Tiefgarage gegangen war und mit dem Auto fuhr.

Da sah ich sie. Sie lief in Richtung Tube-Eingang. Sie würde also mit meinem Sperma im Mund zwischen fremden Menschen stehen, die sich in die Tube pressten. Dann musste sie noch ein kurzes Stück zu unserer Wohnung laufen. Ich stellte mir vor, dass die Menschen um sie herum nicht den blassesten Schimmer davon hatten, dass diese junge Frau Sperma im Mund trug, das sie ihrer Herrin bringen musste. Der Gedanke daran erregte mich.

Von meinem Büro aus führte ein Aufzug direkt in die Tiefgarage. Als ich an meiner Sekretärin vorbeilief, atmete sie hörbar tief aus und rief: »Endlich! Ich wollte schon mein Feldbett aufschlagen und meinem Liebhaber absagen!«

Der Gedanke daran, dass sie mit jemandem Sex haben könnte, war fast so schlimm, wie der Gedanke an den Dreier unseres IT-Typen.

»Nur *ein* Liebhaber? Sie werden alt!«, rief ich und stieg in den Aufzug. Ich tippte die kurze Nachricht »Fahre jetzt los« an Sarah.

Nach ein paar Sekunden antwortete sie mit einem zwinkernden Smiley.

In London zur Rush-Hour mit dem Auto zu fahren, ist so, als würde man sich zur Urlaubszeit freiwillig in den Stau stellen. Dabei haben wir Londoner ein Faible für Sportwagen oder protzige Limousinen. Alles hochmotorisierte Boliden, die wir dann in Schrittgeschwindigkeit durch die Stadt lenken. Ich habe einen Freund in Deutschland, der mir regelmäßig Fotos sendet, in denen sein Tacho zu sehen ist und die Nadel jenseits von 240 Stundenkilometern pendelt. Darunter schreibt er dann jedes Mal: »Und du so?«

Seine Anspielung darauf, dass ich einen Aston Martin DBS fahre, den ich noch nie über 140 Stundenkilometer bringen konnte. Das schaffte ich nur einmal, als wir aufs Land gefahren waren und der Highway frei war. Zumindest ein kurzes Stück.

In den Autos neben mir spielten junge Burschen an ihren Smartphones rum. Banker. Man erkannte sie sofort. Nach Feierabend gingen sie entweder in die schicken Pubs der City oder sie fuhren in ihre Penthäuser, um sich für die dekadenten Partys am Abend fertig zu machen.

Normalerweise spielte auch ich an meinem Handy rum. Aber nicht an diesem Tag. Ich beobachtete die Menschen und fragte mich, ob eine der Frauen, die am Straßenrand liefen oder in den Autos saßen, vielleicht gerade auch auf dem Weg zu ihrer Herrin war, es kaum erwarten konnte, gedemütigt zu werden und Befehle zu befolgen. Ob eine vielleicht auch Sperma im Mund trug?

Ich betrachtete die Männer. Würde einer von ihnen von seiner Ehefrau in Lack und Leder erwartet und dann das Wochenende über ihr Sklave sein? Zuschauen, wie sie vor seinen Augen Sex mit Fremden hatte? Dabei gefesselt und geknebelt?

Wenn ich ein Pärchen sah, überlegte ich, ob die beiden vielleicht auf dem Weg zu einem anderen Pärchen waren, um ihre Partner zu tauschen, es nebeneinander trieben. Oder waren es keine Pärchen? Hatten sie die Partner bereits getauscht und täuschten mich als Beobachter, so wie meine Frau und ich das im

Urlaub mit Peter und Stephanie getan hatten, als wir die Frauen im Restaurant getauscht hatten? Oder waren sie auf dem Weg zu einer Swingerparty? Wenn ich Gruppen von Pärchen sah, stellte ich mir sofort die Frage, ob ihre Freundschaft vielleicht auch intim war. Tagsüber Sightseeing, nachts der flotte Vierer?

Mein Verstand assoziierte meine neuen Erfahrungen mit meiner Umwelt. Ergebnis: Alles wurde mit Sex in Verbindung gebracht. Aber diese neuen Erfahrungen hatten nicht nur eine neue Sexsichtweise hervorgebracht, meine Weltanschauung war liberaler geworden und meine Vorurteile gegenüber anderen Menschen nahmen ab. Was war schon »normal«! Für mich war mittlerweile normal, was Partner in einer Beziehung glücklich machte. Egal, wie sie es auslebten – solange sie sich dabei an das Codewort hielten.

Ich hatte mir seit unserem Urlaub schon so oft die Frage gestellt, wie viele Leute das Geheimnis wohl kannten. Mittlerweile war ich der Meinung, dass dieses Geheimnis eigentlich keins sein durfte. Jeder sollte es wissen. Jede Beziehung würde sich dadurch auf ein ganz neues Niveau begeben, würde glücklicher und erfüllter sein. Je mehr ich mir vorstellte, dass all die Frauen, Männer und Paare, die ich um mich herum sah, »open minded« sein könnten, desto erregter wurde ich.

Ich stellte mir vor, wie meine Frau und Melanie zu Hause auf mich warteten, und überlegte mir, was sie wohl dieses Mal anstellten. Würden wir es heute zu dritt machen? Würde sich eine der Frauen auf mein Gesicht setzen, während die andere mich ritt? Und dann abwechseln?

Ich war so sehr in Gedanken versunken, dass ich die Zeit vergaß. Es war über eine Stunde vergangen, als ich in unsere Straße einbog und in die Tiefgarage fuhr. Ich hatte den Eindruck, dass der Concierge mich eine Nuance freundlicher begrüßte, als dass er es ohnehin schon tat.

Als ich die Wohnungstür öffnete, hörte ich Stimmen. Sie kamen mir bekannt vor, konnte sie aber nicht zuordnen.

Kaum kam ich ins Wohnzimmer, rief Sarah mir zu: »Hallo, Schatz! Schau mal, wer hier ist!«

Ich sah zu meiner Verblüffung Stephanie neben ihr auf der Couch sitzen und hinter der Theke in der Küche Peter den Kühlschrank inspizieren. Was für eine Überraschung!

Ich begrüßte Peter mit einer Umarmung und Stephanie mit Küsschen.

Ich hatte an diesem Abend mit allem gerechnet, aber nicht damit, dass die beiden bei uns sein würden. Ich hatte mit Peter immer mal wieder hin und her geschrieben. Wir wollten was ausmachen, um uns wiederzusehen. Aber dass er und Stephanie uns an diesem Tage besuchen würden, hatte er mir nicht mitgeteilt.

Ich schaute mich um. Melanie kniete in der Ecke hinter dem Esstisch auf einer Decke. Nackt. Sie trug ein Halsband. Ich fragte mich, ob sie noch immer mein Sperma im Mund hatte.

»Wir sind gerade erst gekommen!«, sagte Peter und öffnete die Champagnerflasche, die er dem Kühlschrank entnommen hatte.

Meine Frau holte Gläser aus der Vitrine und stellte sie auf den Wohnzimmertisch. Da fiel mir auf, dass sie einen langen, schwarzen Mantel trug. Ebenso Stephanie. Ich wollte gerade fragen, warum sie im Mantel im Wohnzimmer saßen, als meine Frau ein Handzeichen gab. Sie winkte Melanie zu sich. Auf allen vieren kroch diese zu ihr. Sarah hielt ihr das Champagnerglas vor den Mund und Melanie ließ mein Sperma heraustropfen. Sie hatte es bis jetzt im Mund gehabt!

Peter kam mit der Flasche und schenkte den Champagner ein.

»Sie hat mir das Sperma von Michael warm gehalten«, sagte Sarah, als wäre es das Normalste der Welt. Dabei tätschelte sie Melanies Kopf.

»Gut erzogen«, meinte Peter, während er weiter einschenkte.

»Eine gute Zofe hast du da!«, sagte Stephanie.

Zofe. Ich schluckte.

Peter erhob sein Glas. »Auf unser Widersehen!«

Sarah trank ihren Champagner-Sperma-Mix und blickte mir dabei in die Augen.

Melanie war auf ihren Platz zurückgekrochen und kniete aufrecht, die Hände auf den Oberschenkeln, den Kopf nach unten gebeugt.

»Wir sollten los«, sagte Peter und leerte sein Glas.

»Los? Wohin?«, fragte ich.

»Oh, du weißt es nicht? Sarah! Du bist die Beste!«, lachte Stephanie.

»Überraschung, Schatz! Wir fliegen nach Deutschland. Nach Frankfurt.«

»Nach Frankfurt? Was machen wir denn in Frankfurt?«, fragte ich total überrascht.

»Wir besuchen einen Club!«, erklärte Peter und stellte sein Glas auf den Tisch.

***

Der City-Flughafen war nicht weit von uns entfernt. Mit dem Taxi dauerte es zwanzig Minuten.

Melanie trug ihren Hosenanzug, den sie auch im Büro angehabt hatte, dazu immer noch das Halsband mit dem Metallring, das aus ihrer Bluse hervorschaute. Sarah und Stephanie trugen schwarze Stilettos und ihre Mäntel. Sie hatten sich nicht umgezogen als wir losgingen.

Ich auch nicht, daher war ich noch in meinem Büro-Outfit: Dunkler Anzug mit weißem Hemd.

Sarah und Peter hatten Handkoffer bei sich.

Vom Frankfurter Flughafen mussten wir mit zwei Taxis zum Hotel fahren. Die Standard-Taxis in Deutschland konnten maximal vier Personen befördern. Nicht wie die Cabs bei uns in England, mit Platz für fünf Fahrgäste. Ich fuhr mit Peter und versuchte, ihn über den Club auszufragen. Aber außer, dass es ein »spezieller« Club wäre, wollte er nichts weiter verraten.

Er hatte im Vorwege schon Zimmer gebucht, denn er nannte an der Rezeption nur seinen Namen. Melanie lief hinter uns her, als wir einem Mitarbeiter des Hotels folgten, der uns zu unserem Zimmer brachte.

»Benötigen Sie ein Zustellbett?«, fragte der Mitarbeiter des Hotels, als er die Zimmertür für uns öffnete und den Koffer ablegte.

»Nein. Eine Decke ist ausreichend«, sagte Sarah.

Der Kofferträger schloss leise die Tür hinter sich. Keine Ahnung, was er sich dachte.

Sarah öffnete den Koffer. Sie hatte ihre hohen Stiefel eingepackt und legte sie samt einem Mantel und Pumps mit Pfennigabsatz auf den Wohnzimmertisch.

»Das ziehst du an«, befahl sie Melanie.

Diese nahm die Sachen vom Tisch und verschwand im Bad.

»In was für einen Club gehen wir?«, fragte ich Sarah, als ich zum Fenster lief, um den fantastischen Ausblick auf die Stadt zu genießen.

»Ich weiß es nicht genau. Stephanie und Peter waren schon dort und meinten, es sei absolut sehenswert. Also haben wir entschieden, hinzugehen.«

Dem war nichts hinzuzufügen. Ich mochte es, dass Sarah selbstständig für uns beide entschied. Vor ein paar Stunden noch dachte ich, wir würden es zu dritt im Bett treiben. Und nun stand ich in einer Suite in einem Hotel in Frankfurt, mit meiner Frau und ihrer »Zofe« und blickte auf die Lichter dieser Stadt. Zufrieden lächelte ich in mich hinein.

Die Badezimmertür öffnete sich.

»Pumps, Halsband, Mantel, Zopf. Komm her und lass mich dein Make-up ansehen.« Sarah musterte Melanies Gesicht. »Sehr schön! Dann können wir jetzt gehen!«

***

Wir trafen Stephanie und Peter an der Bar. Es war kurz vor Zehn.

»Es gibt hier keine Cocktails wie in Jamaika, deswegen habe ich Champagner bestellt«, sagte Peter und zeigte auf die Flasche im Sektkübel.

Er trug eine Lederhose und ein schwarzes Hemd. Über seinem Schoß lag ein olivgrünes Sakko. Es war bestimmt ein komisches Bild für die anderen Gäste. Drei Frauen in Mänteln, ich im Anzug und Peter mit Lederhose und schwarzem Hemd. Dazu das sichtbare Lederhalsband von Melanie. Da fiel mir auf, dass auch Stephanie ein Lederhalsband trug, das Gleiche, das sie in Jamaika angehabt hatte.

***

Wir wurden wir von einem Taxi abgeholt, in dem wir alle Platz fanden.

Nach einer Viertelstunde erreichten wir über eine Seitenstraße einen Hof, dessen Einfahrt mit einer Schranke verschlossen war. Der Taxifahrer stoppte.

Es sah aus wie ein Industriegebäude. Wir liefen über einen Hof. Eine Treppe führte hinunter zu einer Tür. Dort saß hinter Glas ein grimmig dreinschauender Mann, der uns kritisch von oben bis unten musterte. Wir durften passieren.

Durch eine breite Tür ging es über einen kurzen Gang, vorbei an riesigen, schwarzen Vorhängen, zu einem an einen Nightclub erinnernden Raum. Sofas. Musik. Eine Tanzfläche, auf der sich Leute tummelten. Eine Bar. Unmittelbar davor stand eine Art Käfig. Daneben ein Stockbett mit Leiter.

Ich wusste nicht, wohin ich schauen sollte. Nahezu jeder trug fantastische Outfits. Frauen in Halterlosen. Andere mit

Schulmädchenkostüm. Männer in Lederhose, mit athletischer Figur und einer Fliege um den Hals. Lack und Leder. Von aufwendigen Kostümen zu Masken und Accessoires. Alles war dort versammelt.

Wir liefen hinter Peter her, an der Bar vorbei, über eine Treppe durch einen Hof, bis zu einem Raum, der als Umkleide diente. Es gab ein paar Spints, die alle belegt waren. Ein in Leder gekleideter, überall gepiercter und tätowierter Garderobenmitarbeiter, nahm uns die Jacken ab und hängte sie auf die hinter ihm aufgebauten Garderobenständer.

Sarah hatte im Hotel ihre hohen Stiefel angezogen. Als sie den Mantel auszog, sah ich, dass sie darunter einen String mit BH und Strapse mit Strapshalter trug. Alles in schwarz. Ich fiel fast um. Sie hatte also auf unserer gesamten Reise nur Dessous unter dem Mantel getragen!

Allerdings nicht nur meine Frau ... Offenbar hatte sie sich mit Stephanie abgesprochen, denn diese trug dasselbe.

Ich blickte kurz zu Peter, als die Frauen ihre Mäntel auszogen.

Er grinste, schien gewusst zu haben, dass die Ladys nur mit Dessous bekleidet gewesen waren.

Melanie war nackt unter dem Mantel, nur mit Halsband und Pumps bekleidet. Peter schlüpfte in das Sakko, das er unter dem Arm hielt. Es sah aus wie eine alte Armee-Jacke. Ich kam mir vor wie der Außenseiter. Hätte nie gedacht, dass ein Anzug unpassend sein könnte, wobei man damit ansonsten überall perfekt gekleidet war.

Sarah zog ein Lackoberteil aus ihrer Handtasche.

»Ich war so frei«, sagte sie und reichte es mir.

Vorn geschnürt mit durchsichtigem Stoff. Mein Körper war weit entfernt von einem athletischen. Aber der viele Sport in meiner Jungendzeit, sowie gelegentliche, unregelmäßige Besuche im Fitness Studio, waren mir anzusehen. Mit diesem

Lack-Oberteil passte ich definitiv besser in das Bild, das sich dort bot. Außerdem fühlte ich mich damit gleich zugehöriger.

Wir gingen an die gut gefüllte Bar. Während Peter sich um die Bestellung kümmerte, schaute ich mich um. Auf einem Hochbett fand eine kleine Orgie statt. Ich erkannte vier oder fünf Körper.

Ständig kamen Leute aus einer Tür oder gingen hinein, schräg gegenüber der Bar. Am anderen Ende der Bar erkannte ich einen Durchgang. Gleiches Bild. Viel Verkehr.

Ich war fasziniert von den Outfits. Es war anders als in dem Swinger-Hotel in Jamaika. Hier war mehr Lack und Leder. Andere Stimmung. Aufregend. Jemand in beeindruckendem Outfit lief vorbei. Enges, schwarz-weißes Lackkostüm. Pferdekopf, die Schuhe steil, dass er oder sie darin auf Zehenspitzen laufen musste, gefolgt von einer Frau in Lederkostüm. Die Brüste frei, von einem Lederband umgeben. Knallenge Lederhose. Finsteres Make-up. An einer Leine hielt sie einen Mann, der auf allen vieren hinter ihr her kroch. Er trug eine Ledermaske und Ledertanga. Auf seinem Hintern waren Wachstropfen und rote Striemen.

»Lasst uns eine Runde gehen«, schlug Peter vor.

Er nahm Stephanie an die Leine und ging zur Tür, die ich die ganze Zeit schon beobachtet und mich gefragt hatte, was sich dahinter wohl verbarg.

Sarah hatte Melanie die Leine bereits in der Umkleide angelegt. Sie folgte ihr aufrecht gehend mit gesenktem Kopf.

Dämmriges Licht. Klatschen hallte durch den Flur. Stöhnen. Es roch nach Schweiß.

Von dem Gang aus konnten wir durch Gitterstäbe in einen Raum sehen. Sessel. Eine Bank an der Wand, auf der eine Frau stand. Die Arme über dem Kopf nach rechts und links ausgestreckt. Breitbeinig. Hinter ihr ein Mann, mit einer kleinen

Rolle in der Hand, wie ich sie zu Hause benutze, um meinen Anzug zu entfusseln. Der Mann rollte damit über ihren Körper. Sie stöhnte auf und zuckte an den Stellen zusammen, über die er strich. Über ihren Rücken, ihren Hintern, die Beine entlang ... Es sah schmerzhaft aus. Der Mann erkannte meinen fragenden Blick und rollte mir, völlig unerwartet, mit dem Roller über den Arm. Es fühlte sich wie tausend Nadelstiche an. Es schmerzte und ich zog sofort meinen Arm weg. Dann kontrollierte ich meine Haut. Kein Blut. Der Schmerz ließ nach kurzer Zeit nach. Dieses schmerzhafte Sexspielzeug bereitete dieser Frau scheinbar Lust. Ihre Handgelenke waren zwar an die Wand gefesselt, aber nach jedem Einsatz mit diesem Folter-Roller stöhnte sie erregt auf.

Weiter hinten im Raum erkannte ich durch einen halb geöffneten Vorhang einen Gynäkologenstuhl.

Der Gang mündete in einer Art Vorraum. An der Wand ein Andreaskreuz. Ein Mann war daran gefesselt. Vor ihm kniete eine Frau und wickelte ein Seil um seine Hoden. Durch seine Gummimaske ertönte ein Schrei, als sie das Seil zuzog.

Im Raum stand ein etwa ein Meter hoher und drei Meter langer Käfig, die Oberseite mit Leder bespannt. Darauf lag rücklinks eine nackte Frau. Sie trug eine Augenbinde. Um sie herum waren Männer und Frauen, die ihren Körper mit den Fingerspitzen berührten. Manche strichen nur kurz über ihren Körper und machten den nächsten Platz. Auch wir fuhren mit den Fingerspitzen über ihren Körper, als wir vorbeigingen.

Trotz der vielen Leute sprach niemand. Nur Geräusche von Lust und Schmerz hallten durch die Luft.

Wir standen nahe einem Vorhang. Schmatzgeräusche drangen hindurch. Ich schob ihn ein Stück zur Seite. Zwei Männer standen mit dem Rücken zu mir. Das Schmatzgeräusch kam von den vor ihnen knienden Frauen. Hinter einem anderen

Vorhang sah ich eine Art Stuhl mit gebogener Lehne und einem Loch in der Mitte. Offenbar würde das Loch seinen Zweck erfüllen, wenn sich ein erregter Mann darüberlehnte.

Melanie stand hinter Sarah, ohne sie zu berühren. Während wir uns neugierig umschauten, hielt sie ihren Kopf zum Boden gesenkt, achtete nur darauf, im richtigen Moment zu folgen und stehenzubleiben.

Peter führte uns zu einem weiteren Zimmer, das nur durch Vorhänge von dem Flur getrennt war. Dahinter befanden sich Liebesschaukeln, ein Bett und eine Couch.

Wir erkundeten immer mehr Spielzimmer. Eines davon besaß ein Stockbett, bot Platz für sechs bis acht Personen. Und dort tummelten sich auch entsprechend viele, die sich auf dem unteren Bett miteinander vergnügten. An der Wand davor war eine Sitzbank für Zuschauer.

Ich war von allem fasziniert.

Wir gingen zurück an die Bar. An unserem Platz, mit der Champagnerflasche im Sektkühler auf dem Tresen, standen zwei junge Männer, die in Lackhosen und Lackoberteilen gekleidet waren. Als sie uns sahen, nahmen sie hastig ihre Gläser und gingen ein Stück zur Seite, um uns Platz zu machen.

Sarah lächelte die beiden an. »Nicht doch! Es ist genug Platz für alle da«, sagte sie zu ihnen.

Es waren Deutsche, sprachen aber Englisch. Wir stellten uns zwar vor, aber ich konnte ihre Namen nicht verstehen, da die Musik zu laut war und ich zu weit weg stand.

Sarah stellte sich neben die beiden und zog Melanie an der Leine neben sich auf den Boden. Diese kniete sich hin, die Hände auf den Oberschenkeln, den Kopf gesenkt.

Peter unterhielt sich mit einem Pärchen. Die Frau trug ein Kettenhemd als Oberteil, durch das ihre Nippel herausschauten, dazu Pumps und einen Tanga. Er trug eine schwarze

Lederhose und ein Satin-Hemd im Barock-Stil mit Rüschen und silbernen Knöpfen. Ohnehin war mir aufgefallen, dass einige Gäste des Clubs eine Vorliebe für Outfits der viktorianischen Zeit hatten.

Ich stand mit dem Rücken zur Bar zwischen Sarah und Peter und beobachtete die jungen Frauen in den Schulmädchenkostümen. Sie waren vielleicht Anfang zwanzig. Eine Frau lief an mir vorbei und blickte mir in die Augen. Sie trug eine Hotpant aus Lack. Dazu Stiefel mit Pfennigabsätzen. Den Oberkörper frei. Sie hatte schöne, runde kleine Brüste. Blondes Haar, Pagenschnitt. Auch sie trug ein Halsband mit einem Metallring in der Mitte. Nach ein paar Sekunden ging sie erneut an mir vorbei, blieb kurz stehen, drehte sich langsam um die eigene Achse und lief weiter.

Sarah und Peter waren in ihre Gespräche vertieft. Offenbar hatten sie das nicht mitbekommen. Wieder lief die Frau an mir vorbei, drehte sie sich um und stellte sich vor mich. Sie präsentierte sich erneut. Ich folgte ihr mit meinem Blick, als sie weiterging, verlor sie aber schließlich in der Menge.

Nach ein paar Sekunden kam ein Mann auf mich zu. Groß. Glatze. Ledermantel in Dunkelrot und Schwarz, mit Ketten an den Schultern. Schwere Stiefel. Grimmiger Blick.

Ich erschrak, als er sich direkt vor mich stellte.

»Hat sie es gut gemacht?«, fragte er.

»Wie bitte?«

Er merkte, dass ich kein Deutsch sprach und wechselte sofort zu Englisch. »Hat sie sich gut präsentiert?«

Da verstand ich, dass es seine Frau gewesen war, die gerade vor mir posiert hatte.

»Sehr gut.«

»Nicht zu billig?«

»Ganz und gar nicht. Sehr elegant.«

»Vielen Dank.« Er drehte sich um und ging.

Sarah tippte mir auf die Schulter. »Kommst du bitte mit, Schatz?«

Wir gingen in den Raum hinter den Gitterstäben. Der mit dem Gynäkologenstuhl. Die beiden jungen Männer von der Bar folgten uns.

Meine Frau setze Melanie auf den Stuhl, fesselte ihre Beine an die Fußhalterung und die Arme an die Lehnen. Dazu gab es Lederschlaufen an dem Stuhl, der wohl extra für diesen Club präpariert wurde. Mit der Leine fesselte sie Melanies Kopf an die Kopflehne. Sarah deutete den beiden jungen Männern, sich vor den Stuhl zu knien, zwischen Melanies gespreizte Beine.

»Lass ihren Nektar fließen«, flüsterte sie mir zu.

Ich wusste, jede Frau konnte squirten. Aber es gab ein paar Regeln, die man beachten sollte, wenn man einer Frau zu einem Squirting-Orgasmus verhelfen wollte:

Das Wichtigste ist, ihr das Gefühl zu geben, das es okay ist. Denn für eine Frau ist es ein Gefühl, als würde sie urinieren. Das ist der Grund, warum es viele Frauen unterdrücken. Sie fürchten eine negative Reaktion von ihrem Partner.

Sobald sie entspannt auf dem Rücken liegt, die Beine leicht gespreizt, beginnt man damit, ihren Kitzler zu stimulieren. Sachte. Sobald man spürt, dass sie feucht wird, führt man langsam Mittel- und Ringfinger ein. Ist sie sehr eng, nur den Mittelfinger. An ihrer Rektion sieht man, ob es ihr angenehm mit einem oder zwei Fingern ist. Es geht hierbei ausschließlich um die Frau, also sollte man auf ihre Reaktionen achten. Hat man das Gefühl, dass sie sich unwohl fühlt, bricht man am besten sofort ab.

Nachdem man die Finger eingeführt hat, ist es wichtig, eine »Komm her«-Bewegung zu machen; also die Finger austrecken und zusammenziehen. Nicht »rein und raus«.

Es ist ein Gefühl, als würde man mit den Fingerspitzen auf einem nassen Schwamm reiben. Man spürt, dass es feuchter wird. Schmatzgeräusche. Dann winkelt man die Finger an, als würde man einen Haken mit den Fingern bilden. Nun bewegt man die Hand rauf und runter. Kein »rein und raus«!

Hierbei wird der G-Punkt stimuliert. Man kann die Geschwindigkeit erhöhen, wenn es für sie angenehm ist. Man muss achtsam sein, um festzustellen, welche Geschwindigkeit ihr angenehm ist. Man spürt es. Wichtig ist, eine konstante Geschwindigkeit einzuhalten. Es wird nicht lange dauern. Man spürt, sobald Flüssigkeit aus ihr spritzt. Dann die Finger herausnehmen.

Ist es das erste Mal, dass sie squirtet, wird es für sie zu einem extrem aufregenden Erlebnis. Ein Orgasmus, wie sie ihn nie zuvor erlebt hat.

Sarah wusste, dass ich diese Methode perfekt beherrschte. Allerdings hatte ich sie bei Melanie noch nie angewendet.

Während Sarah sich hinter den Stuhl stellte und Melanies Kopf zwischen den Händen hielt, begann ich damit, ihren Kitzler zu streicheln. Diese Position, in der sie vor mir lag, gefesselt auf einem Gynäkologenstuhl, erregte mich. Und offensichtlich auch Melanie selbst, denn ich spürte, dass etwas Flüssigkeit aus ihr herauslief. Ich führte vorsichtig Mittel- und Ringfinger ein, nahm sofort das Schmatzgeräusch wahr. Sie war schon sehr feucht. Offenbar erregte sie ihre Rolle als Zofe meiner Frau – und das Gefühl, ausgeliefert zu sein. Gefesselt auf dem Stuhl.

Ich stellte mir kurz vor, wie ich auf diesem Stuhl gefesselt wäre ...

Pärchen, Männer und ein paar Frauen standen beim Vorhang zum unserem Raum, den meine Frau nur zur Hälfte zugezogen hatte. Sie schauten zu. Niemand sprach. Ich erkannte im

Augenwinkel, wie eine Frau den Penis ihres Mannes massierte, während beide zuschauten.

Melanie war bereit für ihren ersten Squirting-Orgasmus. Ich stoppte die »Komm her«-Bewegung mit meinen Fingern und bewegte meine Hand von unten nach oben. Langsam. Ihr Körper bäumte sich, sie stöhnte auf. Meine Frau hielt ihr den Mund zu. Ich bewegte meine Hand schneller. Spürte, wie sich die Flüssigkeit in ihr ansammelte. Als würde man auf eine Blase drücken, die sich immer weiter füllte.

Während ich meine Hand wegnahm, nahm Sarah die Hand von Melanies Mund. Ihr Stöhnen verwandelte sich zum Schreien. Ihr Körper bäumte sich auf. Sie zuckte, während ihr Nektar aus ihr herausspritzte.

Er traf die beiden jungen Männer, die vor ihr knieten.

Wenn eine Frau das erste Mal einen Squirting-Orgasmus hat, wird ihr Körper davon erfasst. Und genau das passierte gerade mit Melanie.

Sarah blickte mich lächelnd an und beobachtete dann wieder Melanies zuckenden Körper.

Auf dem Boden bildete sich eine Lache.

Ich sah die lächelnden Gesichter der Zuschauer. Im Gesichtsausdruck von ein paar Frauen war die Erinnerung an ihren ersten Squirting-Orgasmus zu erkennen. Andere blickten, als wollten sie das auch gern mal erleben.

Ein paar Männer standen zwischenzeitlich an der Wand. Sie masturbierten.

Melanie lächelte. Tränen liefen aus ihren Augen. Den Mund geöffnet, atmete sie schwer. Ihr Gesichtsausruck verriet, dass sie von einem unendlichen Glücksgefühl durchströmt wurde. Sie strahlte.

Die beiden jungen Männer, die vor Melanie knieten, wischten sich ihren Nektar aus dem Gesicht. Einer von ihnen stand auf, zog sich die Hose herunter und streifte sich ein Kondom über, das ihm einer der Zuschauer reichte. Er griff an Melanies Hüften und schob sich in sie. Sein Becken bewegte sich schneller. Sein Blick wurde angestrengter. Zusammengebissene Zähne bei offenem Mund. Die Augen geschlossen. Den Kopf in den Nacken gelegt, krallte er sich tiefer in ihre Hüften.

»te7!«

Melanie hatte das Codewort gesagt!

Der junge Mann hörte sofort auf, ging einen Schritt zurück.

Die Männer an der Wand zogen sich die Hosen hoch und verließen den Raum. Die Zuschauer wichen vom Vorhang. Einer zog ihn zu.

Sarah und ich waren ein paar Sekunden wie erstarrt. Dann öffneten wir die Lederriemen. Die beiden jungen Männer halfen. Sarah nahm Melanie mütterlich in den Arm und ging mit ihr aus den Raum. Es bildete sich sofort eine kleine Gasse in dem Flur. Jemand legte Melanie ein Sakko um die Schultern. Wir gingen zu den Toiletten. Im Vorraum setzte meine Frau Melanie auf die Bank, ging vor ihr in die Hocke und streichelte ihr Gesicht. Ich setzte mich neben sie und legte meinen Arm um ihre Schultern.

»Alles okay, Schatz?«, fragte Sarah.

Ich erkannte nicht, ob Melanie weinte. Sie hatte ihren Kopf in den Händen vergraben.

»Ich bekomme bald meine Tage. Als er schneller wurde, tat es weh. Das ist aber manchmal so, wenn ich meine Tage bekomme.«

Meine Frau streichelte Melanies Wange.

In dem Moment kamen Stephanie und Peter. Auch das Pärchen, mit denen Peter sich an der Bar unterhalten hatte.

»Ist alles in Ordnung?«, fragte Peter besorgt.

»Es tut mir so leid«, sagte Melanie.

Peter beugte sich vor sie, hob mit einem Finger ihr Kinn

und sah ihr mit strengem Blick in die Augen. »Sag das nie wieder! Es gibt nichts, was dir leidtun müsste. Du hast genau das Richtige getan!«

Der Mann mit dem Rüschen-Hemd kam etwas näher an Melanie heran. »Wir respektieren alle das Codewort. Und wir respektieren jeden, der es benutzt. Es ist nichts Falsches daran. Im Zweifel, sofort das Codewort benutzen! Du hast es absolut richtig gemacht!«, bekräftigte er.

»Melanie, wir respektieren dich. Es ist uns eine Freude und eine Ehre, dass du uns hierher begleitet hast«, sagte Peter.

»Genau. Danke, Melanie, dass du mit uns hier bist und wir deine Freunde sein dürfen«, sagte auch Sarah.

Alle stimmten zu und bedankten sich bei Melanie.

Sie verlor ein paar Tränen und umarmte Sarah. »Ihr seid die besten Freunde, die ich mir vorstellen kann«, schluchzte sie. »Und wir sind schon alle ein bisschen verrückt«, fügte sie lachend hinzu, als sie sich die Tränen aus den Augen wischte.

Alle mussten lachen. Es war ein ganz besonderer Moment.

»Und wisst ihr, was das Schlimmste ist?«, fragte Melanie in die Runde.

Wir schauten sie fragend an.

»Ich bin immer noch total geil!«

Wieder mussten wir lachen.

Ich war so erleichtert, dass alles gut war. Mir gingen tausend Gedanken durch den Kopf, als Melanie das Codewort gesagt hatte.

»Okay, Schatz. Make-up und Alkohol! Genau in der Reihenfolge«, sagte Sarah zu ihr, nahm sie an die Hand und lief mit ihr zur Umkleide.

Wir anderen gingen zurück zur Bar.

Ich war fasziniert, wie sich alle verhalten hatten, als Melanie das Codewort genannt hatte. Und das in fremdem Dialekt, schließlich waren wir in Deutschland. Aber das Codewort ist nicht wirklich schwer zu verstehen, selbst in einer anderen Sprache. Und offensichtlich war das Codewort bekannt. Also mussten zumindest die meisten, die in diesem Club waren, das Codewort kennen. Vielleicht sogar alle.

Mich überkam ein Gefühl von Zugehörigkeit, als ein Teil dieser Gemeinschaft. Noch nie hatte ich gesehen, dass Menschen innerhalb von Sekundenbruchteilen ihren absoluten Respekt zollen. Kein blödes Wort. Kein Getuschel. Im Gegenteil. Verständnis und Anerkennung. Niemand hier verurteilte Melanie.

Die beiden Frauen kamen zurück zur Bar. Melanie hatte frisches Make-up aufgelegt und trug einen Tanga. Aber noch immer das Halsband und die Pumps. Ansonsten war sie nackt. Es war also alles in Ordnung.

Sarah nahm ein Champagnerglas und reichte es Melanie.

Ein Mann stellte sich vor uns und lächelte uns an. Graumeliertes, welliges, kurzes Haar. Elegante Brille. Lederhose. Schwarzes Hemd. Fast zwei Meter groß. Eine Hand in der Hosentasche, in der anderen hielt er ein Champagnerglas. Er zog unsere Aufmerksamkeit auf sich, als er so dastand und nichts äußerte.

»Hallo!«, sagte er schließlich.

Wir grüßten zurück.

»Alles okay?«, fragte er.

Da erkannte ich ihn. Er war es, der Melanie das Sakko um die Schultern gelegt hatte, als wir durch den Gang gelaufen waren.

»Du hattest ihr das Sakko umgelegt ...«, teilte ich ihm meine Erkennen mit.

Er nickte, stellte sein Glas auf die Theke und reichte mir die Hand. »Ich bin Roland.« Er stellte sich dann jedem von uns mit Handschlag vor. Souveräner Typ.

»Das war wirklich sehr nett von dir!«, sagte Sarah.

Da brachte der Kellner einen Sektkübel mit Champagner und stellte ihn vor uns auf den Tresen.

»Na, dann trinken wir doch darauf!«, sagte Roland und nahm die Champagnerflasche.

Ich dachte, Peter hätte sie bestellt, als ich sah, dass eine zweite Flasche auf dem Tresen stand.

Roland lud uns also ein und goss jedem ins Glas nach.

»Willkommen! Schön, dass ihr da seid!« Er hielt sein Glas hoch.

Roland war ein ganz besonderer Typ. Lässig. Sehr angenehm. Er fragte uns, wo wir herkamen und was uns in den Club geführt hätte. Es stellte sich heraus, dass er fast jedes Wochenende dort war. Er kam aus Frankfurt und arbeitete bei einem Investmentfond. Er zückte seine Visitenkarte, etwas, von dem ich dachte, dass es eher unüblich sei in diesem Etablissement. Aber Peter und ich erwiderten die Geste, und Roland steckte unsere Visitenkarten in die hintere Hosentasche.

Er wandte sich Melanie zu, schaute ihr in die Augen und fragte: »Alles in Ordnung?«

»Ja, vielen Dank«, antwortete sie mit gerührtem Gesichtsausdruck.

»Vielen Dank, dass Sie mir Ihr Sakko umgelegt haben. Und danke für den Champagner!« Melanie war immer höflich, und ihre kindliche Art machte sie liebenswert.

»Ich danke dir!«, sagte Roland charmant und verbeugte sich ein Stück.

Die Frauen schmolzen dahin. Er hatte diese Ausstrahlung, die einem das Gefühl vermittelt, ihn schon ewig zu kennen. Eine angenehme Gesellschaft. Unaufdringlich. Ich mochte ihn sofort und ich hatte den Eindruck, dass es den anderen genauso ging. Da klopfte mir jemand auf die Schulter.

Es war der Mann mit dem Rüschenhemd. Er reichte mir seine Visitenkarte. Beat hieß er, aus der Schweiz, Professor für Sprachwissenschaften. Unglaublich, was für Leute man in so einem Club kennenlernte. Er reichte seine Karte auch an Roland und Peter. Nun hatten wir in einem Fetisch-Club, neben unseren leicht gekleideten Frauen, ein bisschen Business gespielt. Es fühlte sich schon speziell an, dort Visitenkarten zu tauschen.

»Beat. Ein toller Name!«, sagte Roland.

»Stammt vom lateinischen Beatus ab«, sagte Beat.

»Der Glückselige«, meinte Peter, der sich offenbar noch an das Latinum in der Universität erinnern konnte.

»Exakt! Gut aufgepasst!«, meinte Beat und lächelte. Dann schaute er in die Runde. »Sind wir nicht alle beatorum?«

Das lateinische Wort für glückselig. Beat hatte recht. Wir alle waren »open minded« und lebten nach dem »te7«-Prinzip. Jeder lebte aus, was ihn erfüllte. Glückselig.

Melanie flüsterte meiner Frau etwas ins Ohr.

Sarahs Lächeln nahm zu und sie wandte sich an Roland: »Melanie möchte sich bei dir bedanken.«

»Oh«, sagte er und machte den Eindruck, als würde er nach einer passenden Antwort suchen. Doch bevor er etwas sagen konnte, legte Sarah Melanie die Leine an und deutete Roland, ihnen zu folgen.

Ich schaute Peter an. Der lächelte.

Beat konnte sich ein Grinsen nicht verkneifen.

»Ein sehr netter Kerl!«, sagte Beat.

Ich stimmte ihm zu. Peter nickte.

Stephanie stand den ganzen Abend dicht bei Peter. Er hielt sie an der Leine.

Beat legte seiner Frau die Hand auf die Schulter und ging mit ihr durch die Tür zu den Spielzimmern. Wir folgten ihnen.

Beat stoppte in dem Raum, in dem das Andreaskreuz an der Wand befestigt war. Er schob eine mit Leder bezogene Bank in die Mitte des Raumes. Seine Frau stand derweil bewegungslos da. Er deutete ihr, sich auf die Bank zu knien. Sie legte den Kopf in die Ellenbogen, bildete ein Hohlkreuz, streckte ihren Hintern hoch. Er nahm die Rute, die an der Seite seiner Hose befestigt war. Sie durchschnitt die Luft und hinterließ ein Pfeifen, als sie auf ihren Hintern zuraste. Mit einem Knall traf die Rute auf den Po. Das Geräusch hallte durch den Raum. Seine Frau zuckte und quiekte.

Beat lief um sie herum. Dabei führte er die Rute ihren Rücken entlang, den Hals, streifte ihre Brüste. Er blieb vor ihr stehen und holte etwas aus der Hosentasche. Dann beugte er sich vor und befestigte eine Klammer an ihrer Brustwarze. Als er sie zuschnappen ließ, schrie sie auf. Beat schreckte hoch, ging hinter sie und versetzte ihr einen Schlag auf den Hintern. Sie zuckte, gab aber keinen Ton von sich. Er ging vor sie und ließ eine Klammer auf der anderen Brustwarze zuschnappen. Der Schmerz beugte ihren Körper ruckartig ein Stück zur Seite. Sie unterdrückte ihren Drang, vor Schmerz aufzuschreien.

Beat lief um sie herum, streifte mit der Rute ihren Körper. Er blickte über seine Schulter zur Traube, die sich um die beiden gebildet hatte. Einige Pärchen, viele Männer, von denen einige masturbierten.

Beat blickte die Männer einzeln an. Blieb stehen, streckte den Arm und winkte mit dem Zeigefinger einen der Männer her. Er deutete ihm, sich vor seine Frau zu stellen.

Sie öffnete ihm die Hose, griff zu und verwöhnte seinen Schwanz mit dem Mund. Beat schaute prüfend zu, ging dann hinter sie und zog ihr den Tanga herunter.

Wieder blickte Beat in die Menge. Dabei lief er langsam um seine Frau herum, die noch immer den Mann mit dem Mund verwöhnte. Beat ließ sich Zeit. Schließlich wählte er einen jungen Mann in Lackhose und freiem Oberkörper, um den Hals eine Fliege. Während der Auserwählte hinter sie ging und seine Hose auszog, hielt Beat ihm ein Kondom hin. Er streifte es sich über. Beats Frau stöhnte, als der junge Fremde in sie eindrang, widmete sich dann aber sofort wieder dem Mann vor ihr.

Beat beobachtete es genau, lief um die drei herum.

Immer mehr Männer rückten vor, in der Hoffnung, von Beat auserwählt zu werden. Der Mann vor ihr stöhnte auf. Sie nahm seinen Schwanz aus dem Mund und brachte ihn mit der Hand zum Orgasmus. Er spritzte ihr ins Gesicht.

Beat schaute sich um. Winkte einen Weiteren der Umherstehenden heran und deutete ihm, sich vor seine Frau zu stellen. Dieser zog seine Hose herunter. Sein Penis schwang steif vor ihr. Sie nahm ihn in den Mund.

Der junge Mann hinter ihr kam geräuschlos nur mit heftigerem Atmen. Danach streifte er sich das Kondom ab, zog sich die Hose hoch und ging an uns vorbei. Alles vollzog sich mit Blicken und kurzen Gesten. Auch hatte Beat stumm, nur durch Gesten, die Spielregeln suggeriert. Sie waren allen klar.

Er wählte einen weiteren Herrn aus, reichte ihm ein Kondom und deutete ihm, hinter seine Frau zu gehen.

Beat schaute weiter in die Menge. Sein Blick blieb bei einem Mann stehen, der mit seiner Hand kurz vor dem Ergebnis seiner Anstrengungen war. Er winkte ihn heraus. Wählte weitere, die mit runtergezogener Hose dastanden und masturbierten. Er platzierte drei auf jeder Seite seiner Frau. Er deutete ihnen, auf ihrem Rücken zu kommen. Der Erste kam. Schnell zog er sich die Hose hoch und ging. Kein Wort. Kein Blick. Beat winkte einem Weiteren. Dieser nahm den Platz seines Vorgängers ein und masturbierte.

Der Mann vor seiner Frau kam in ihr Gesicht.

Beat winkte Ersatz heran.

Der Mann hinter ihr stöhnte auf, zog sich an und ging.

Beat hielt einem Mann aus der umherstehenden Menge ein Kondom hin.

Es wirkte total surreal. Kein Porno wäre in der Lage, darzustellen, was dort in Wirklichkeit passierte.

Der Geruch von Schweiß, knisternde Spannung und Testosteron lagen in der Luft – lautes und leises Stöhnen. Atemgeräusche. Bei einem Blick in die Menge, in der auch Peter, Stephanie und ich standen, erkannte ich, wie Männer ihren Frauen von hinten den Schritt massierten. Eine Frau kniete vor ihrem Mann und verwöhnte ihn mit dem Mund, während sie mit einer Hand den Schritt der neben ihr stehenden Frau massierte und mit der anderen einen anderen Mann.

Männer standen mittlerweile in Reihen, als würden sie am Postschalter warten. War einer der Männer links oder rechts von Beats Frau auf ihrem Rücken gekommen, kam sofort ein anderer und nahm den Platz ein, um dort zu masturbieren.

Ein junger Mann stellte sich in die Reihe, die darauf wartete, von Beat ein Kondom zu erhalten, um seine Frau von hinten zu nehmen. Beat sah ihn mit scharfem Blick an. Er hatte ihn nicht hergewunken. Der junge Mann senkte den Kopf und wich ein paar Schritte zurück.

Die Männer, die Beat herangewunken hatte, hielten sich exakt an das, was er ihnen durch Gesten aufzeigte. Inzwischen gab es eine Reihe Männer, die vor Beats Frau stand, um von ihr mit dem Mund verwöhnt zu werden und eine zweite, um sie von hinten zu nehmen. Und nun gab es eine dritte Reihe, um neben ihr zu masturbieren und auf ihrem Rücken zu kommen.

Peter ging, mit Stephanie an der Leine, unauffällig zur Wand, an der das Andreaskreuz befestigt war. Es befand sich direkt hinter der Bank, auf der Beats Frau kniete.

Er zog Stephanie den Slip und den BH aus. Dann holte er etwas metallisch Glitzerndes aus der Hosentasche und steckte es Stephanie in den Mund, ließ sie daran lutschen. Er nahm es wieder in die Hand, drehte Stephanie um und drückte sie nach vorn. Dann führte er das Metallische in ihren After ein. Es war ein Analplug. So einer, den er ihr in Jamaika eingeführt hatte. Allerdings besaß dieser keine Lederriemen. Ich erkannte, dass die kleine Platte, die aus ihrem After herausschaute, glitzerte. Es sah aus wie Strasssteine. Er stellte Stephanie vor das Andreaskreuz und fesselte sie mit den daran angebrachten Schlaufen an Armen und Beinen. Dann kam er zurück und stellte sich neben mich.

In der Mitte des Raumes war Beats Frau, die auf einer Bank kniend von einer Heerschar von Männern umgeben war und bearbeitet wurde und an der Wand dahinter Stephanie, am Andreaskreuz gefesselt … Ich konnte es kaum realisieren.

Peter verschränkte die Arme und beobachtete die Menge um uns herum. Einige schauten zu Stephanie. Keiner traute sich, zu ihr zu gehen. Sie blickten zu Peter. Der verzog keine Miene. Stephanie blickte in den gesamten Raum, in erster Linie auf die Männer in den Reihen, die auf ihren Einsatz an Beats Frau warteten. Diese sahen zu Stephanie rüber, blieben aber in der Reihe stehen und warteten, bis sie dran waren.

»Lass uns an die Bar gehen«, flüsterte mir Peter ins Ohr.

Ich war einen Moment überrascht, als ich erkannte, dass er Stephanie zurücklassen wollte. Gefesselt am Andreaskreuz. Ich fragte nicht nach, obwohl es mir auf der Zunge brannte. Aber sie konnte jederzeit das Codewort benutzen, das hier jeder zu kennen schien. Außerdem war Beat da. Er würde ein Auge auf sie haben. Aber was genau erwartete Peter? Was für ein Spiel hatte er vor?

Als wird zurück zur Bar kamen, sah ich Sarah mit Melanie

und Roland. Sie standen an unserem Platz und unterhielten sich. Melanie kniete mit gesenktem Kopf neben ihr. Sie war wieder die Zofe, und meine Frau wusste anscheinend, worauf sie achten musste.

»Wir haben euch nicht gesehen. Dort war es zu voll«, sagte Sarah und zeigte mit dem Kopf zur Tür, aus der wir herausgekommen waren.

»Tolle Show!«, meinte ich.

»Wo ist Stephanie?«, fragte Sarah und blickte suchend an uns vorbei.

»Peter hat sie ans Andreaskreuz gebunden.«

»Ach so. Okay.« Sarah sagte das, als wäre es völlig normal, dass man seine Ehefrau an ein Andreaskreuz fesselt und dann an die Bar geht, um einen Drink zu nehmen.

Vielleicht war es auch normal. Wir waren schließlich in einem Fetisch-Club. Hier schien vieles, was ich staunend betrachtete, völlig normal zu sein. Peitschen. Schreie. Fremdvögeln. Stöhnen. Und Sexspielzeuge, zu denen mir die Worte fehlten, um sie zu beschreiben. Ein Hochbett neben der Bar, auf dem ununterbrochen Sex stattfand ...

Ich entschied für mich, an die Normalität zu glauben. Ich musste mich lediglich daran gewöhnen.

»Melanie durfte Rolands Schwanz blasen. Sie hat das sehr gut gemacht! Er hat sie gelobt! Ich bin ganz stolz auf meine Kleine«, sagte Sarah.

Doch als Melanie ein Lächeln hervorbrachte, blickte Sarah sie mit strengem Blick an. »Nicht übermütig werden, Fräulein!«

Melanie senkte den Kopf.

Sarah blickte suchend an mir vorbei. »Siehst du die jungen Frauen da hinten? Die in den Schulmädchen-Kostümen?«

Aber sicher sah ich sie. Sie waren mir schon beim Hereinkommen aufgefallen.

»Eine von ihnen kam vorhin zu mir. Sie hatten zugeschaut, wie du Melanie zum Squirten gebracht hast, und gefragt, ob du das mit ihnen vielleicht auch machen könntest.«

Ich hatte keine Antwort dazu. Sarah erkannte sicher an meinem Gesichtsausdruck, dass mich allein der Gedanke daran schon erregte.

Sie sah zu ihnen rüber und winkte. Sie kicherten, als sie zu uns kamen. Fünf junge Frauen. Vielleicht Anfang zwanzig. Eine mollig, die anderen schlank. Ganz verschüchtert – schließlich waren sie in Schuldmädchen-Kostümen in einem Fetisch-Club. Sie waren aufgeregt. Mit leicht übertriebenen Gesten beim Kichern wollten sie ihre Nervosität überspielen.

Sarah sprach mit ihnen. Sie blickten mich dabei kurz an und kicherten. Ich lächelte. Der Pornokanal in meinem Kopfkino war wieder eingeschaltet und spielte mir verschiedene Szenen von squirtenden jungen Frauen vor.

Wir gingen zu einem der abschließbaren Zimmer. Neben einem großen Metallbett, mit ein paar Kissen darauf, stand ein Stuhl. Bett und Kissen waren mit Gummi bezogen.

Sarah winkte uns hinein. Die jungen Frauen standen nervös an der Wand vor dem Bett. Sarah blickte sie an, dann zeigte sie mit dem Finger auf die Mollige. »Zieh dich aus und leg dich aufs Bett«, befahl sie.

Die anderen kicherten.

»Kommt, Mädchen, wir werden vor der Tür warten«, sagte Sarah. Sie ging, mit Melanie hinter sich, zuletzt aus dem Zimmer und schloss die Tür von außen.

Die junge Dame bei mir war nervös.

Ich auch.

Wie Sarah gefordert hatte, hatte das Mädchen sich ausgezogen und lag nackt auf dem Bett, die Beine angewinkelt und leicht gespreizt. Ich legte ein Kissen unter ihren Kopf.

»Entspann dich. Alles ist okay. Es wird sich anfühlen, als müsstest du pinkeln.«

Sie kicherte.

»Versuch, dich zu entspannen. Du kennst das Codewort?«

»Klar!«, sagte sie, als hätte ich ihr eine total blöde Frage gestellt.

Ich musste in mich hineinlachen. Sie war wirklich knuffig. Ich nahm ein Handtuch vom Stapel auf der Fensterbank und legte es über ihren Oberkörper. Ihren Schritt ließ ich frei. Ich begann, ihren Kitzler zu streicheln. Entspannte sie. Sie schloss die Augen, fing an, es zu genießen. Ich ließ meine Finger ganz langsam in sie hineingleiten. Sie stöhnte auf, als ich die »Komm her«-Bewegung machte.

»Noch einen«, stöhnte sie und ich führte meinen Zeigefinger in ihre Muschi. Sie bäumte sich, wurde nass.

Ich hatte das Gefühl, dass sie gern noch einen weiteren Finger in sich gehabt hätte. Vielleicht stand sie auf »Fisting«, bei dem die Faust eingeführt wurde. Ich hatte das mit meiner Frau ausprobiert. Aber meine Hand ist zu breit, und so hatte sie sich ihre eigene Faust eingeführt. Es war ein sehr geiles Bild gewesen.

Diese junge Frau stand vielleicht darauf. Aber ich konzentrierte mich, ihr zu einem Squirting-Orgasmus zu verhelfen. Ich krümmte die Finger in ihr, bewegte meine Hand rauf und runter. Konnte ihren G-Punkt spüren. Da bäumte sie sich auf und stöhnte. Schnell zog ich die Hand heraus. Sie war so feucht, ich hatte nicht gespürt, dass sie bereits squirtete. Meine Finger wirkten wie ein Stöpsel. Als ich sie herauszog, kam ein breiter Strahl. Dann floss es plätschernd aus ihr heraus. Bei jeder Zuckung stöhnte sie auf. Ich beobachtete sie, ihren Körper, der in Wellen von multiplen Orgasmen durchflutet wurde und ihren Nektar fließen ließ. Es hielt ein paar Minuten an. Dann kam ihr Körper zu Ruhe.

Sie öffnete ihre Augen, die sie die ganze Zeit zusammengekniffen hatte und sah mich an.

»Der Wahnsinn! Echt der Wahnsinn!«, sagte sie.

Ich lächelte.

Sie stand vom Bett auf und zog sich an. Dann öffnete sie die Tür und ging aus dem Zimmer. In dem Moment musste ich an Stephanie denken. Was mit ihr wohl passierte, festgebunden am Andreaskreuz ... War Peter bei ihr?

Da kam das nächste Mädchen herein. Es ging neben das Bett, zog sich aus und legte sich hin, sagte kein Wort. Sie zog ihre Beine an und spreizte sie.

Genau wie bei ihrer Freundin, erklärte ich ihr, was gleich mit ihrem Körper passieren würde. Ich legte auch ihr ein Kissen unter den Kopf und ein Handtuch über den Oberkörper. Und, wie erwartet, war auch sie schon feucht. Entweder die Vorfreude oder das Ambiente. Vielleicht der Mix aus beidem. Sie war zierlich. Mindestens einen Kopf kleiner als meine Frau, einen Irokesenschnitt im Intimbereich. Ich führte nur den Mittelfinger ein, nachdem ich ihren Kitzler stimuliert hatte. Ihr zierlicher Körper bäumte sich nach oben, verharrte ein paar Sekunden. Dann ließ sie es zu, atmete schwer, unterdrückte ein Stöhnen. Sie quiekte, als es aus ihr herausspritzte. Ich hatte dieser zierlichen Frau gar nicht zugemutet, so viel squirten zu können. Sie sagte kein Wort, als sie vom Bett aufstand und sich anzog. Schenkte mir aber ein Lächeln, als sie zur Tür ging.

Als die Nächste ihr Handtuch aufs Bett legte, war es sofort feucht. Die Flüssigkeit ihrer Freundinnen rann in einer Lache im Bett zusammen. Es störte sie nicht. Auch ihre folgenden Freundinnen nicht. Eine nach der anderen erlebte ihren ersten Squirting-Orgasmus. Sie kamen einzeln herein, zogen sich aus, legten sich hin und spreizten ihre Beine.

Ich hatte eine Dauererektion.

Die hatte allerdings schon begonnen, als meine Frau den Mantel in der Umkleide abgelegt hatte und mir klar geworden war, dass sie die ganze Zeit lediglich Dessous darunter getragen hatte. Erregt war ich auch, seit Melanie in meinem Büro aufgetaucht und gesagt hatte, dass ihre Herrin ihr befohlen hatte, mein Sperma zu bringen.

Im Geiste sah ich Sarah, die neben Melanie stand und zuschaute, wie sie Roland mit dem Mund zum Orgasmus brachte. Stephanie am Andreaskreuz, umgeben von masturbierenden Männern, die auf ihren Oberschenkeln kamen. Frauenhände, die sie berührten. Ich glaube, die einfachste Erklärung für meinen Gefühlszustand war: Notgeilheit.

Nachdem das letzte Mädchen mit schreiendem Stöhnen squirtete, kam Sarah herein – gefolgt von den jungen Damen, die draußen im Flur auf ihre Freundin gewartet hatten, die gerade vom Bett kroch und sich anzog.

Sarah blickte aufs Bett. Es war nass. Fünf Frauen hatten hier nacheinander ihren Nektar fließen lassen. Eine Lache hatte sich auf dem Gummibezug gebildet. Da halfen auch die Handtücher nichts, die sie sich untergelegt hatten.

Sarah schaute mich an und befahl: »Zieh dich aus und leg dich aufs Bett.«

Ich tat, was sie verlangte und legte mich nackt, mit dem Rücken in die Lache aus Nektar. Es fühlte sich warm an. Nass.

Sarah stellte sich über mich.

»Streck die Arme nach oben«, befahl sie.

Ich folgte gehorsam.

Dann ging sie über meinem Gesicht in die Hocke. Ihr Schritt war direkt vor meinem Mund, berührte ihn aber nicht. Ich spürte, wie sie mir ein Kondom überstreifte.

»Du!«, hörte ich sie sagen.

Ich konnte nicht sehen, was vor mir passierte. Sarah hatte mir den Blick mit ihrem Schritt versperrt. Ich spürte, dass jemand aufs Bett kam. Dann eine Hand an meinem Penis. Und sogleich, wie er umschlossen wurde. Es war kein Mund. Eine der jungen Frauen setzte sich auf mich. Führte ihn sich tief ein. Ich spürte ihr Gesäß auf meinen Oberschenkeln. Ich war nun ganz in ihr. Sie bewegte sich nicht. Saß auf mir. Still. Bewegungslos.

»Du hast sie alle mit deinen Fingern gespürt. Jetzt wirst *du* sie mit deinem Schwanz spüren«, sagte meine Frau.

»Du da, komm her!«, hörte ich sie sagen und merkte, wie die andere von mir aufstand. Die Nächste hatte Mühe, ihn sich einzuführen, musste pressen. Ich stellte mir vor, dass es die Zierliche war, bei der ich nur einen Finger benutzt hatte. Schließlich hatte ich ihr schmales Gesäß auf den Schenkeln. Ich war ganz in ihr. Sie hielt inne.

»Spür die Muschi um deinen Schwanz. Stell dir vor, welche es war. Wie es sich mit deinen Fingern angefühlt hat.«

»Ich glaube ...« In dem Moment, als ich das sagte, presste Sarah ihren Schritt fest auf meinen Mund.

»Habe ich dir erlaubt zu reden?«, fuhr sie mich an.

Sie ging wieder etwas hoch.

Ließ mich atmen. Ich schwieg.

Die Nächste fühlte sich noch enger an. Ihr Gesäß etwas breiter, aber knochiger auf meinen Schenkeln. Ich war verwirrt. Versuchte, mich zu erinnern, wie es sich mit den Fingern angefühlt hatte. Spielte alle Frauen in meinem Kopf durch. Versuchte, dieses Gefühl auf meinen Unterleib zu übertragen. Das erregte mich noch mehr.

Hätte sich nur eine von ihnen auf mir bewegt, wäre ich sofort gekommen. Sie führten sich meinen Schwanz aber nur ein, hielten dann auf mir inne, und standen wieder auf. Ich stellte mir vor, wie meine Frau ihnen durch Blicken deutete, wann sie von mir aufstehen sollten. Keine sagte ein Wort. Sarah hatte offenbar die Regeln vorher festgelegt. Für einen Moment hatte sie fünf weitere Zofen neben Melanie. Alle in diesem Zimmer taten, was Sarah verlangte. Inklusive mir.

Die Nächste verschlang mich mit einem Ruck. Ich spürte mich sofort in ihr und gleichzeitig ihr breites, weiches Gesäß auf meinen Schenkeln. War es die Mollige? Oder ihre Freundin mit den festen Oberschenkeln?

Meine Frau ließ sechs Frauen auf mir sitzen. Fünf hatte ich im Zimmer zum Squirten gebracht. Sarah hatte offenbar Melanie auch auf mich draufsetzen lassen. Ich konnte nicht fragen, hatte keine Erlaubnis zu reden.

Ich sah, wie meine Frau anfing, sich zu streicheln, wie sie ihre Finger einführte. Ich öffnete meinen Mund. Streckte die Zunge heraus. War bereit, ihren Nektar aufzunehmen. So erwartete es meine Herrin von mir. Sie belohnte mich mit einem Strahl ihres Nektars in meinen Mund. Ich schluckte so viel ich konnte. Sie verharrte über mir. Ließ es aus sich heraustropfen.

»Ihr dürft jetzt gehen«, keuchte sie.

Die Mädchen sagten kein Wort.

Ich hörte, wie sie sich anzogen, das Klackern der Absätze, das Schließen der Tür.

Sarah stellte sich aufrecht hin. Es tropfte noch immer aus ihr. Traf meine Stirn. Sie stieg vom Bett. Melanie kniete neben dem Stuhl an der Wand. War es doch nicht sie, die sich auf mich gesetzt hatte? Wer war dann die sechste gewesen?

»Zieh dich an«, sagte Sarah.

Einen Moment dachte ich daran, zu widersprechen. Ich war notgeil. Wollte kommen. Es würde nur eine kleine Bewegung brauchen. Im Pornokanal meines Kopfkinos spielte ein hemmungsloser Dreier mit ihr und Melanie. Ich würde sie heftig ficken, es mir dreckig an ihnen besorgen und dann in ihren gierenden, offenen Mündern kommen.

Ich schwieg, nahm meine Sachen und ging zur Dusche. Als das warme Wasser meinen Kopf traf, überlegte ich, mich zu berühren. Ich kämpfte mit diesem inneren Drang, der unbedingt zum Orgasmus kommen wollte. Das erregte mich noch mehr. Der Gehorsam gegenüber meiner Herrin war größer, als der gegenüber meinem inneren Schweinehund. Ich hatte keine Erlaubnis, mich zu berühren. Also tat ich es nicht.

Als ich zurück zur Bar ging, musste ich an Stephanie denken. Wie sie am Andreaskreuz gefesselt war ...

Wir waren über eine Stunde in dem Zimmer gewesen. Ich ging davon aus, sie und Peter an der Bar zu sehen, aber niemand war an unserem Platz. Die Gläser standen auf dem Tresen. Die Flasche im Sektkühler.

Ich ging zum Raum mit dem Andreaskreuz. Darum hatte sich eine Traube gebildet. Nur langsam kam ich durch die Menge nach vorn. Ich ahnte es schon ... Und tatsächlich sah ich Sarah mit Melanie in der vorderen Reihe, neben ihnen stand Peter. Da erkannte ich Stephanie, noch immer an das Kreuz gefesselt – vor ihr ein Mann. Er hielt sich an zwei Ringen, die an der Wand beim Kreuz befestigt waren, fest, Stephanies Kopf hing zur Seite und ruckte im Takt mit seinen heftigen Beckenbewegungen mit. Er stöhnte plötzlich laut auf, seine tiefe Stimme hallte durch den Raum. Dann zog er sich die Hose hoch und ging.

Stephanies Haut glänzte. Sie schwitzte, wirkte erschöpft. Ihr Kopf hing zur Seite. Da stellte sich ein anderer Mann vor sie. Er zog sich ein Kondom über und manövrierte sich in sie. Er bewegte den Kopf hin und her und kugelte seine Schultern, als wäre er ein Boxer, kurz vor dem Kampf. Dann ergriff er die Ringe an der Wand und stieß sein Becken so stark an sie, dass ihr Kopf an das Kreuz prallte. Ein dumpfes Geräusch.

Das Kreuz war mit Leder überzogen. Wie ein Bulle besorgte er es sich. Er brüllte und stöhnte.

Ich blickte um mich.

Keine Reaktion von den Zuschauern.

Ich sah zu Peter hinüber. Auch er verzog keine Miene. Es wurde einfach toleriert. Es war die Art dieses Mannes, seine Art, sich beim Sex auszuleben, und Stephanie war sein Objekt, an dem er das tat. Nur wenige Sekunden nach seinen Aufwärmübungen brüllte er seinen Orgasmus in den Club.

Erst jetzt erkannte ich, dass sich eine Reihe von Männern gebildet hatte. Sie hielten Kondome in der Hand. Hatte Peter sie ausgewählt? Hatte er ihnen die Kondome als Zeichen der Auserwählung überreicht? Als Eintrittskarte, seine Frau zu ficken? Als Garantie für einen Orgasmus?

Ich fragte mich, wie viele es sich schon an Stephanie besorgt hatten. Sie war seit fast zwei Stunden an dem Kreuz angebunden.

Der nächste Mann stellte sich vor sie.

Peter ging langsam auf seine Frau zu, stellte sich neben sie und ließ den Mann gewähren. Als der Nächste kam, sich gerade das Kondom überzog, stellte sich Peter vor seine Frau. Er hob ihr Kinn, blickte sie an. Sie konnte den Kopf kaum halten. War völlig erschöpft. Atmete schwer. Ihre Haare klebten an ihrem Körper. Peter gab ihr einen Kuss auf die Stirn. Streichelte über ihren Kopf. Dann trat er zur Seite und nickte dem Mann zu.

Dieser stellte sich vor sie, ergriff die Metallringe. Ihm folgten noch vier weitere Männer ... Die Reihe war aufgelöst. Keine Auserwählten mehr. Wie viele Kondome hatte Peter verteilt, wie vielen Männern erlaubt, seine gefesselte Ehefrau vor seinen Augen zu benutzen?

Als er die erste Schnalle an ihrem Handgelenk löste, fiel ihr Arm schlaff herunter. Dann der andere Arm. Peter stützte sie.

Melanie kam aus der Menge und löste die Fußfesseln. Dann kroch sie zu meiner Frau zurück. Sie handelte offensichtlich auf ihren Befehl hin.

Stephanie umarmte Peter. Er setzte sie auf die Bank, die noch immer in der Mitte des Raumes stand, und nahm sie in den Arm.

Ich erkannte, wie sie lächelte. Sie sah zufrieden aus. Befriedigt.

Die Traube der Gaffer löste sich langsam auf.

Peter ging mit ihr zum Duschraum.

Sarah entdeckte die beiden jungen Männer, die vor Melanie im Gynäkologenstuhl gekniet hatten, und deutete ihnen, ihr zu folgen. Im Vorbeigehen sagte sie zu mir: »Ich möchte spielen.«

Sie schob einen Vorhang zur Seite. Dahinter befand sich eine Liegewiese. Zwei Pärchen vergnügten sich dort. Ein weiteres in der Ecke. Der Mann war an Händen und Füßen gefesselt. Die in Lack gekleidete blonde Frau schnürte ein Seil um seinen Hoden. Das andere Ende führte sie durch einen Metallring an der Wand. Dann zog sie am Seil, stark, und hob ihn ein Stück hoch – an seinem Hoden. Sein Schreien war nur als dumpfer Ton zu vernehmen. Sie hatte ihm den Mund mit Panzerband zugeklebt, das um seinen Kopf gewickelt war.

Sarah band Melanie mit der Leine an einen Metallring der Wand. Sie kniete sich vor die Stufen, die zur Spielwiese hinaufführten. Das erinnerte mich an das Bild vor einem Supermarkt, wo Hunde an Metallringen angebunden werden, während Frauchen oder Herrchen einkaufen gehen. In diesem Fall aber würde Frauchen Sex haben, während ihre Zofe angebunden warten musste, bis sie fertig war.

Sarah blickte mich an und gab mir zu verstehen, dass ich von den Stufen aus zuschauen sollte. Sie zog ihren Slip und den BH aus, reichte mir beides und kroch, nur mit ihren

Overkneestiefeln bekleidet, über die Matratzen und kniete sich in die linke Ecke, sodass ich sie von der Seite sehen konnte. Die beiden jungen Männer hatten sich ausgezogen, krochen ihr hinterher und knieten sich vor sie.

Während die Hände meiner Frau in ihren Schritten verschwanden, ergriffen die beiden Männer ihre Brüste, pressten sie sanft und spielten an ihren Nippeln herum. Einer beugte sich vor und leckte ihren Nippel. Ihr Kopf senkte sich in den Schritt des anderen, bewegte sich langsam auf und ab. Sie verschlang ihn ganz mit ihrem Mund, grinste mich dabei an. Dann saugte sie den anderen. Abwechselnd. Die Männer legten ihren Kopf in den Nacken und stöhnten, wenn meine Frau sie mit dem Mund verwöhnte. Einer der beiden kroch hinter sie. Er zog sich ein Kondom über, umfasste ihre Hüften. Meine Frau stöhnte leicht auf, verwöhnte den anderen aber dann weiter mit dem Mund. Der stütze sich mit dem Armen hinten ab, atmete schnell. Es sah aus, als würde er kommen, während meine Frau ihn im Mund hatte. Ich sah, wie sie dazu mit der Hand presste. Es stimulierte mich extrem, wenn sie mich mit dem Mund verwöhnte und dabei mit der Hand immer wieder zudrückte. Sie tat das, wenn sie wollte, dass ich kam.

Und nun war ich mir sicher, dass sie ihn zum Orgasmus bringen wollte, denn sie nahm ihn im Mund auf, ließ aber plötzlich von ihm ab. Sie stützte sich mit den Ellbogen auf. Stöhnte. Ihr Körper wurde immer wieder leicht nach vorn gedrückt. Der junge Mann hinter ihr stieß sie sanft.

Sarah ließ ihn aus sich rausgleiten, legte sich auf den Rücken, stellte die Beine auf. Der andere Mann ergriff ihre Knöchel und spreizte ihre Beine. Dann rammelte er drauflos. Schnelle, kurze Bewegungen. Sie stieß ihn weg, verlangte nach dem anderen.

Der war unsicher, bewegte sich nur langsam auf ihr. Sie stöhnte leicht. Die Männer gaben sich alle Mühe. Aber es schien, als wäre Sarah das nicht genug. Sie legte einen der beiden auf den Rücken, setzte sich auf ihn und ritt. Ich erkannte, wie sie sich in seine Brust krallte. Er ließ es geschehen. Sie stöhnte auf. Hielt inne. Ich erkannte, dass sie ihren Orgasmus hinauszögerte.

Dann setzte sie sich auf den anderen Mann, ritt ihn. Streckte die Hand nach dem Kopf des anderen aus und führte ihn nach unten vor ihren Schritt. Dann schnellte sie hoch. Ihr Nektar traf den einen auf dem Bauch, dem anderen ins Gesicht. Sie hatte es sich regelrecht an beiden besorgt. Das Ganze dauerte keine fünfzehn Minuten.

»Das war mal ein Dreier-Quicky!«, staunte ich, als Sarah von der Liegewiese kam.

Sie lachte. »Das war nötig. Ich war so geil«, meinte sie.

Ich überlegte, zu antworten, dass ich das genauso war, verkniff es mir aber, denn sie bestimmte die Regeln.

Die beiden Männer saßen verwirrt da. Sie waren nicht zum Orgasmus gekommen. Meine Frau schien das nicht zu kümmern. Sie hatte sich genommen, was sie wollte und gebraucht hatte.

Ich musste an Ben denken, der nur durch einen kurzen Zungenschlag gekommen war. Genau das wäre in diesem Moment auch mir passiert, wenn eine Zunge meine Eichel berührt hätte.

»Setzt euch hierhin«, sagte Sarah zu den beiden Männern und zeigte auf die Stufe.

Sie krochen über die Matratzen und setzten sich nebeneinander auf die gedeutete Stelle.

Sarah löste die Leine vom Metallring und zog Melanie vor die beiden. Sie verstand sofort und fing an, einen nach dem anderen mit dem Mund zu verwöhnen. Einer von ihnen griff an Melanies Brust.

»Nicht anfassen!« Sarah warf ihm einen strengen Blick zu.

Seine Hand zuckte zurück und legte sich auf seine Schenkel.

Melanie unterbrach nicht. Sie hatte einen Auftrag und sie gab sich alle Mühe. Verwöhnte die beiden. Ließ sich Zeit. War konzentriert. Der Erste stöhnte auf. Sie nahm ihren Mund weg. Mit der Hand brachte sie ihn zum Orgasmus. Es spritze weit aus ihm heraus. In ihr Gesicht. Auf ihren Rücken ...

Er wollte aufstehen.

»Sitzenbleiben!«, befahl meine Frau.

Er erstarrte, bewegte sich nicht, schaute zu, wie Melanie seinen Freund verwöhnte. Nach ein paar Minuten hatte sie ihn soweit. Er stöhnte. Melanie zog schnell ihren Mund weg. Eine Hand massierte seinen Hoden. Mit der anderen stellte sie sicher, alles aus ihm herauszuholen.

Melanie hatte ihren Auftrag erledigt, wollte zurück zu ihrer Herrin kriechen.

»Stopp!«, rief Sarah.

Und Melanie hielt abrupt inne, hob aber nicht den Kopf. Sie tat, ohne jegliche Mimik oder Fragen, was ihre Herrin verlangte. Die beiden jungen Männer schauten Sarah an.

»Du!« Sie zeigte auf den, der zuerst gekommen war. »Ablecken!«

Er sah sie unverständlich an, blickte auf Melanie, dann verstand er. Sarah wollte, dass er sein Sperma von Melanie ableckte.

Ich sah ihm an, dass er »Nein« sagen wollte, aber er erkannte wohl am Blick meiner Frau, dass sie ein »Nein« nicht akzeptieren würde. Nur das Codewort würde sie akzeptieren. Er überlegte einen Moment. Dann beugte er sich über Melanie und leckte sein Sperma von ihrem Rücken. Sarah zeigte ihm die Stelle im Gesicht, etwas unterhalb des Auges. Er leckte es ab. Sarah inspizierte Melanies Körper weiter und fand noch eine Stelle an der Hand und am Oberarm. Er leckte alles ab, sagte kein Wort.

»Gut gemacht. Vielen Dank.« Ihr Ton war freundlich, aber bestimmend.

Dann taten die beiden etwas völlig Überraschendes. Sie verbeugten sich vor meiner Frau und gaben ihr einen Handkuss. Das Gleiche mit Melanie. Als sie ihr einen Handkuss geben wollten, blickte sie zu Sarah, die ihr mit einem Nicken erlaubte, ihn anzunehmen.

Ich war schwer beeindruckt von den beiden jungen Männern, die mir keinen Blick schenkten und sich auch nicht bei mir verabschiedeten.

An der Bar stand Peter zwischen Beat und Roland. Vor ihnen knieten Anna und Stephanie. Sie verwöhnten die Männer mit dem Mund, während die drei sich mit ihren Drinks in der Hand unterhielten. Stephanie hatte sich also von den Strapazen am Andreaskreuz erholt. Oder war es für sie womöglich ein Aphrodisiakum gewesen? War sie dadurch geil geworden? War sie gekommen, während sie völlig ausgeliefert am Kreuz genommen worden war, von Männern, die ihr Ehemann für sie ausgesucht hatte? Ich erkannte, dass sie noch immer den Analplug trug.

Ich schaute mich im Club um und überlegte, wer von den Männern, die ich sah, mit Anna oder Stephanie Sex gehabt hatte. Vielleicht sogar mit beiden. Wie viele Männer hatten die beiden Frauen, die dort auf dem Boden knieten, an diesem Abend befriedigt? Wie oft waren sie selbst dadurch befriedigt worden? Kamen sie, während sie in der Rolle des Opfers waren, bei ihrem Peiniger zum Orgasmus? War das ihr Fetisch?

Während Anna gerade Peter verwöhnte, meinte er, dass wir so langsam zum Hotel zurückfahren sollten. Es war spät geworden und der Club würde bald schließen.

In dem Moment stöhnte Beat auf und kam.

Ich sah, wie Stephanie es mit der Hand aus ihm herausholte und auf ihre Brüste spritzen ließ. Dann kniete sie sich vor Roland und machte weiter, wo sie bei Beat aufgehört hatte.

Peter erweckte nicht den Anschein, dass er bald kommen würde. Er lehnte entspannt an der Bar. Hätte man Anna nicht vor ihm knien gesehen, wäre man nicht auf die Idee gekommen, dass er gerade oral befriedigt wurde.

Stephanie war in Hochform. Roland zuckte. Dann wurde sein Körper ganz steif. Ihr Kopf bewegte sich schnell. Die Hand noch schneller. Ein Stück kam in ihrem Mund. Sie spuckte es aus, während sie mit der Hand den Rest herausholte. Es traf ihr Gesicht. Sie schreckte etwas zurück. Hatte offenbar nicht erwartet, dass Roland so weit spritzte.

Sie zog ihm die Hose hoch und schloss seinen Gürtel. Da kamen Sarah und Melanie von der Umkleide. Sie trugen ihre Mäntel. Melanie noch immer ihr Halsband. Keine Leine.

Als Peter die beiden sah, meinte er, dass es nun Zeit wäre, zu gehen.

Beat blickte zu Anna, die noch immer vor Peter kniete und es nicht geschafft hatte, ihn zum Orgasmus zu bringen. Sie senkte ihren Kopf und beugte sich vor. Streckte ihren Hintern hoch. Beat ließ die Rute durch die Luft pfeifen. Das stechende Geräusch, als sie aufschlug, fuhr mir durch den Körper. Ich konnte fast mitfühlen.

»Entschuldige dich«, sagte Beat streng.

Anna blickte Peter an. »Es tut mir leid, dass ich Sie nicht zu einem Orgasmus bringen konnte.«

Peter schwieg. Beat wartete ein paar Sekunden. Keine Reaktion von Peter. Dann holte er erneut mit der Rute aus. Annas Körper zuckte. Sie schnellte ein Stück vor. Schmerzverkrampfter Gesichtsausdruck.

»Bitte akzeptieren Sie meine Entschuldigung!«, flehte Anna.

Beat blickte zu Peter. Wieder keine Antwort. Ein weiterer Schlag. Auf ihrem Hintern bildeten sich rote Striemen. Anna blickte zu Peter auf. Der würdigte sie keines Blickes. Dann beugte sie sich tief nach unten, streckte die Arme vor und legte ihren Kopf auf den Boden.

»Ich habe mir nicht genug Mühe gegeben. Es ist meine Schuld. Bitte akzeptieren Sie meine Entschuldigung!«, rief sie so laut, dass es einige der Umherstehenden hören konnten.

Peter blickte zu Beat. Nickte ihm zu.

»Er hat deine Entschuldigung akzeptiert. Bedank dich«, befahl Beat.

Anna setzte sich auf und legte die Hände auf die Oberschenkel. Den Kopf gesenkt, sagte sie: »Danke, dass Sie meine Entschuldigung akzeptiert haben.«

Beat blickte Peter erwartungsvoll an.

»Du hast es gut gemacht«, sagte Peter zu Anna.

Beat nickte zufrieden.

»Du darfst dich jetzt anziehen gehen«, sagte er zu seiner Frau.

Anna stand auf und ging zu den Umkleiden.

***

Als wir aus dem Club gingen, blickte ich mich um. Diese aufwendigen Kostüme, die Ernsthaftigkeit, mit der die verschiedensten Spielarten ausgeführt wurden, faszinierten mich. Es mag sich komisch anhören, aber ich kam mir vor, als würde ich mich in einem seriösen Ambiente befinden.

Als ich zurück zur Bar blickte, sah ich eine Frau, die mit ihren High Heels auf einem Mann stand, der eine Gummimaske und Windeln trug. Er lag auf dem Boden und diente ihr als Fußboden. Die Frau – vielleicht Ende zwanzig – unterhielt sich dabei ganz entspannt mit Roland, der mir zuzwinkerte und freundlich zum Abschied sein Glas hob.

Ich hob die Hand, drehte mich um und ging zum Ausgang.

***

Peter und Stephanie waren in ihre Suite gegangen. Stephanie hatte einen nachhaltigen Eindruck bei mir hinterlassen. Ich dachte darüber nach, was die beiden jetzt wohl noch machen würden. Aber ich war auch gespannt darauf, ob ich noch etwas mit meiner Frau und Melanie erleben würde.

Als Sarah die Tür unserer Suite von innen zuschloss, schaute sie mich lächelnd an und sagte: »Wasch meinen Mann.« Die Worte waren aber nicht an mich gerichtet.

»Ja, Herrin«, hörte ich Melanie sagen.

Wortlos folgte ich ihr durch das Schlafzimmer in das große Bad, direkt vor die Dusche, die durch eine Glasscheibe vom Raum getrennt war.

Sie entkleidete mich. Danach ließ sie ihren Mantel heruntergleiten, zog ihren Tanga und die Pumps aus. Ihr Halsband ließ sie an. Dann verrieb sie Duschgeld zwischen den Händen und seifte mich damit ein. Sorgfältig reinigte sie jede Stelle meines Körpers, außer meinem Penis. Sie berührte ihn nicht. Er war steif. Es war mir etwas peinlich. Sie beachtete es nicht. Vielleicht wollte sie ihn nicht berühren, um zu vermeiden, dass ich abspritzte. Vielleicht durfte sie es aber auch nicht, weil ihre Herrin es ihr verboten hatte.

Ich wusste es nicht, sehnte mich aber danach, dass sie ihn berühren würde. Sie tat es nicht, sprach kein Wort. Sie spritzte mich mit der Duschbrause ab und achtete darauf, dass kein Duschgel mehr an meinem Körper war. Dann trocknete sie mich mit einem Handtuch ab. Dabei achtete sie wieder darauf, meinen Penis nicht zu berühren. Nicht einmal mit dem Handtuch. Sie faltete es schließlich zusammen und legte es über den Halter neben der Dusche. Dann ging sie aus dem Bad.

Ich schloss daraus, dass ich nackt bleiben sollte und folgte ihr.

Sarah saß im Wohnzimmer auf der Couch. Den Tisch hatte sie beiseitegeschoben. Sie hatte sich umgezogen. Zu den Overkneestiefeln trug sie nun eine Hotpants und ein Oberteil mit breitem Reißverschluss, der bis zum Hals geschlossen war. Beides aus glänzendem, schwarzem Gummimaterial.

»Geh auf deinen Platz«, befahl Sarah.

Melanie kniete sich auf die Decke, die meine Frau zusammengefaltet auf den Boden, neben das Sofa, gelegt hatte. Sie winkte mich zu sich und legte mir einen Maulkorb um – mit einem Ball in der Mitte. Der Ball hatte Löcher, durch die ich atmen konnte. Sie schnürte die Lederschnalle stramm in meinem Nacken zu. Bog meine Arme hinter meinen Rücken und legte Handfesseln an.

»Leg dich auf den Rücken«, lautete ihre Anweisung.

Ich setzte mich auf den Teppich, auf dem zuvor der Wohnzimmertisch gestanden hatte, beugte mich nach hinten und ließ mich auf den Rücken fallen – auf meine gefesselten Hände. Mein Gesichtsausdruck ließ sie meinen Schmerz erahnen, als sich die Metallschnalle und die Metallkette der Handfesseln in meinen Rücken bohrten. Sie sagte kein Wort, winkte lediglich Melanie zu sich. Sie drückte meine Beine gegen meinen Oberkörper, sodass meine Knie neben meiner Brust den Boden berührten. Melanie hielt ein Bein, meine Frau das andere, als sie mich zur Seite kippten und das Seil um meine Oberarme legten, um es unter meinem Kniegelenk zuzuschnüren.

Ich atmete schwer. Es tat weh. Mein Körper war solch eine Art der Dehnung nicht gewohnt.

Meine Frau blickte mich an. Schenkte meinem schmerzerfüllten schweren Atem ihre Aufmerksamkeit. Sie sagte kein Wort. Holte eine Peitsche vom Sofa. Mit Lederriemen. Strich damit über meinen Körper, während sie ganz langsam um mich herumlief. Ich atmete schneller. Mit jedem »Klack« ihres Pfennigabsatzes rechnete ich damit, dass sie zuschlug.

Auf der einen Seite wünschte ich es mir, damit meine Angst vor dem Schmerz, den es hervorrufen würde, endlich beendet wäre. Auf der anderen Seite hoffte ich, sie würde es nicht tun. Mein Körper wurde durchflutet von den verschiedensten Emotionen: Spannung, Angst, Panik, Lust. Auf einmal verspürte ich keinen Schmerz mehr in meinen Händen, sondern stellte mir den Schmerz vor, den es hervorrufen würde, wenn sie mit der Peitsche zuschlagen würde. Aber sie tat es nicht.

Nach einer gefühlten Ewigkeit stoppte sie die Streicheleinheiten mit der Peitsche und blickte Melanie an.

»Ich möchte Champagner«, befahl sie.

Melanie stand von ihrem Platz auf und ging zur Minibar. Schenkte ein Glas ein, kniete sich vor Sarah und reichte ihr, mit gesenktem Kopf, das Glas, als wäre es eine Art Heiliger Gral, den sie ihr demütig entgegenstreckte.

Schmerzen kehrten in meine Hände zurück.

Sarah saß auf dem Sofa, nippte an ihrem Glas und ließ den Blick nicht von mir. Es kam mir vor, als würde sie es genießen, meinen Schmerz zu sehen. Mich in hilfloser Position zu betrachten.

Ich war ihr ausgeliefert. Hatte sie mich so gefesselt, um es mir unmöglich zu machen, das Codewort zu nutzen? Mit auf dem Rücken gefesselten Händen und dem Ball im Mund, hätte ich es weder sagen noch signalisieren können. Tatsächlich genoss ich den Schmerz und meine hilflose Situation. Suhlte mich in den Gefühlen von Schmerz und Demut und vom Ausgeliefertsein.

Ich hätte durch die kleinen Löcher in dem Ball in meinem Mund das Codewort ausstammeln können. Wenn ich es gewollt hätte.

Sarah reichte Melanie das Glas, nahm etwas vom Sofa und stellte sich vor mich. Ich erkannte einen Kabelbinder in ihrer

Hand. Sie legte ihn um meinen Hoden und schloss ihn über meinem Penis. Sie zog ihn langsam zu. Das Geräusch des schließenden Kabelbinders verband ich mit zunehmendem Schmerz. Sie blickte mir in die Augen. Zog fester. Als ich dachte, es könnte nicht fester gehen, hörte ich wieder das Geräusch des Kabelbinders. Noch enger. Es wurde warm. Fast heiß. Dann kalt. Fühlte sich an, als würde sich ein Messer in mein Fleisch bohren. Ein Messer, das rundherum gleichzeitig schnitt. Dann konnte ich spüren, wie das Blut an dieser Stelle durch die Adern pumpte. Mein Penis versteifte sich. Fühlte sich wie ein Fremdobjekt an meinem Körper an. Hart. Wie Metall. Und kalt.

Meine Frau lächelte mich an. Legte einen weiteren Kabelbinder um meinen Penis. Ungefähr in der Mitte. Ich erwartete das Geräusch des schließenden Kabelbinders. Den Schmerz, der in der Geschwindigkeit zunahm, wie sie ihn zuzog.

Plötzlich verschwand der Schmerz in meinen Hoden. Für den Bruchteil einer Sekunde war ich völlig vom Schmerz befreit. Dann konzentrierte er sich an der Stelle, auf der Sarah soeben mit einem einzigen Ruck den Kabelbinder zugezogen hatte. Panik! Sie hatte meinen Schwanz abgeschnitten! Ich traute mich nicht, hinzuschauen. Dachte, er würde neben mir auf dem Boden liegen ...

Als der Schmerz etwas nachließ, spürte ich meine Eichel. Sie pochte. Spannte sich. Während ich einen Moment Erleichterung verspürte, dass mein Penis nicht abgeschnitten war, überkam mich erneut Panik. Panik, dass meine Eichel jeden Moment platzen würde. Ich versuchte, das Pumpen des Blutes zu unterdrücken. Natürlich gelang es nicht. Es war ein automatischer Prozess meines Körpers. Das wurde mir erst in diesem Moment bewusst. Niemals hatte ich darüber nachgedacht, die in meinem Körper stattfindenden automatisierten

Prozesse zu beeinflussen. In diesem Moment wünschte ich mir, es zu können, meinen Penis dazu zu bringen, schlaff zu werden, um den Schmerz nicht mehr ertragen zu müssen. Ich konnte nicht verstehen, warum das Schmerzgefühl das Erregtheitsgefühl nicht verdrängte. Mit zunehmendem Schmerz und zunehmender Angst und Panik schien die Erregung sich zu steigern und drückte sich in meiner Erektion aus.

Sarah stand bewegungslos vor mir, beobachtete die Reaktionen meines Körpers. Das Zucken. Meinen Kopf, der sich ohne meinen Willen hin und her bewegte. Meine Augen, fest zugekniffen und aufgerissen. Der Schmerz hatte die Steuerung übernommen. Ich war ihm ausgeliefert. Ihm und meiner Ehefrau. Beide wurden zu meinen Peinigern. Meine Frau war die beste Freundin von meinem Schmerz. Er wollte mich erfassen, meine Frau verhalf ihm dazu. Sie arbeiteten Hand in Hand. Als Team. Meine Gedanken spielten verrückt. Der Schmerz wurde zu einem Mann. Ich meinte, ihn erkennen zu können, wie er neben meiner Frau stand, mit dem Finger auf mich zeigte und lachte, sich dann auf mein Gesicht hockte und seinen riesigen Schwanz in meine Frau schob. Mich zwang, zuzuschauen. Sein Sperma in sie pumpte und es dann aus ihr, auf mein Gesicht fließen ließ. Ihr Nektar, vermischt mit seinem Sperma. Sie lachte dabei, füllte die Löcher in meiner Maske mit seinem Sperma ...

Der Schmerz brachte mich zum Halluzinieren.

Für einen Moment hatte ich das Gefühl, dass sich mein Körper vom Boden hob. Ich spürte einen Ruck, der mich ein Stück nach vorn schob. Das Schmerzgefühl verlagerte sich in meinen Unterleib. Ich erkannte Melanie vor mir. Sie bewegte ihr Becken. Krallte sich in meine Unterschenkel. Sie nahm mich mit dem Umschnalldildo, den sie trug. Jede Mal, wenn sie das Becken nach vorn bewegte, war da dieser stechende

Schmerz. Als würde sie einen Speer in mich rammen. Dann wurde es für einen Moment schwarz vor meinen Augen. Alles um mich herum verschwamm. Mir wurde kalt. Dann heiß. Ich bekam keine Luft mehr, hatte das Gefühl, zu ersticken.

Der zweite Schlag brachte mich wieder zurück. Es war offenbar eine höhere Dosis Schmerz nötig, um mich vor einem Koma zu bewahren. Meine Hoden fühlten sich an, als würden sie verbrennen.

Sarah hatte die Peitsche über meinen Schritt geschlagen. Da holte sie erneut aus. Meine Schreie mussten sich wie lautes Atmen anhören, das durch die kleinen Löcher der Kugel in meinem Mund pfiff. Ich schrie unentwegt. Aber in diesem Moment verstummte ich. Das Schmerzlimit war erreicht. Ich hatte den Schmerz gespürt, ihn wahrgenommen. Die Angst vor ihm wich. Ich kannte ihn nun und er war nicht mehr bedrohlich.

Sarah beugte sich zu mir herunter und fragte: »Warst du schön geil, als du die jungen Schlampen zum Abspritzen gebracht hast?«

Ich nickte.

Ein weiterer Schlag traf meine Hoden. Ein Grinsen kam in mein Gesicht.

»Warst du schön geil, als sie sich mit ihren nassen Votzen auf deinen Schwanz gesetzt haben?«

»Ja, Herrin!«, wollte ich laut schreien, stattdessen nickte ich schneller, in der Hoffnung, einen stärkeren Schlag zu bekommen. Dieser verfehlte meine Hoden, sauste über meinen Hintern und erwischte Melanie am Arm. Sie quiekte kurz auf. Ich wollt ihren Schmerz spüren. Wollte ihn haben.

»Hast du dir vorgestellt, sie durchzuficken?«

Ich ließ meinen Kopf vor und zurück rasen. Schrie. Ich wollte den Schmerz. Wollte ihn spüren. Ich schrie nicht mehr *vor* Schmerz. Ich schrie *nach* Schmerz.

Sie holte weit aus. Dieses brennende, schneidende Gefühl zentrierte sich in meinem Unterkörper. Ich konzentrierte mich darauf. Genoss es. Wünschte, es würde zunehmen. Ich wollte meine Halluzinationen zurück. Ich wollte mehr Schmerz. Stärkeren Schmerz. Intensiveren Schmerz.

»Wolltest du sie ficken, wie du gerade gefickt wirst? Es den kleinen Schlampen so richtig besorgen?«

Melanie fickte mich schneller und härter. Krallte sich tiefer in meine Unterschenkel.

Ich nickte wild. *Gebt mir mehr!*

Meine Frau schlug erneut zu. Dann schrie sie: »Und dann auf den Schlampen abwichsen! Sie vollspritzen! In ihre Mäuler, auf ihre Titten! Du Dreckschwein!«

Mein Sperma traf mein Gesicht, meine Frau, meinen Bauch. Es wollte nicht enden. Ich kam und kam und kam. Es schoss aus mir heraus. Noch nie hatte ich so einen Orgasmus erlebt. Multipler Orgasmus. Er schien nicht enden zu wollen ...

Melanie hatte von mir abgelassen.

Mein Orgasmus dauerte an.

Sie hatten mich nicht im Schritt berührt.

Als der Schmerz sich verwandelte, empfand ich pures Glück. Mein ganzer Körper wurde davon erfasst. Durch die Kabelbinder spürte ich, wie das Sperma durch meinen Penis schoss. Wie es pumpte. Nie zuvor hatte ich einen Orgasmus so intensiv wahrgenommen!

Ich war im wie Glücksrausch, als die Frauen die Kabelbinder lösten und mir die Fesseln abnahmen. Sarah richtete mich vorsichtig auf und löste den Maulkorb.

Ich bekam es nur nebenbei mit, schwelgte noch in diesem unglaublichen Gefühl, das meinen Körper durchzog.

Sarah half mir aufzustehen und schleppte mich ins Bad.

Melanie hatte bereits den Hahn aufgedreht und warmes Wasser lief in die Wanne. Der Schaum bäumte sich auf. Sie setzten sich auf den Rand der Badewanne und fingen an, mich zu waschen. Zärtlich verteilten sie den Schaum auf mir. Streichelten mir durchs Gesicht. Keiner sagte ein Wort.

Sie gaben mir all den Raum, meine Gefühle frei zu genießen. Ich musste gewirkt haben, als wäre ich auf einem Drogentrip. Ich nahm ihre sanften Berührungen intensiv wahr. Selbst den Schaum, der meine Haut berührte, konnte ich spüren. Es kribbelte an den Stellen, als würde Energie durch meinen Körper schießen. Das Kribbeln durchzog, von der Stelle, die berührt wurde, meinen ganzen Körper. Wie Wellen. Ich hatte kein Zeitgefühl mehr. Ich nahm nur den Moment wahr. Mein Kopf war leer. Keine Gedanken. Nur dieses Kribbeln.

Sie tupften mich mit den Handtüchern ab. Führten mich zum Bett. Legten mich hin und deckten mich zu.

Ich war wie in einem Rausch.

KAPITEL 14

Ich stand auf unserem Balkon und blickte auf die Tower Bridge. Ich war ganz in Gedanken versunken.

Seit dem Besuch des Fetisch-Clubs vor ein paar Wochen war ich wie ausgewechselt. Dauerglücklich. Nichts konnte mich erschüttern.

»Du wirkst besonnen«, sagte ein Kollege zu mir.

So fühlte ich mich auch. Jedes Mal, wenn ich meinen Blick ins Leere richtete und mich an das Gefühl erinnerte, das ich in jener Nacht gehabt hatte, kam das Kribbeln in meinen Körper zurück.

Zwischenzeitlich hatte sich Sarah mit diversen »open minded«-Plattformen im Internet vertraut gemacht. Es gab für alles eine Internetseite. Für Swinger, also »open minded«-

Menschen, die auf der Suche nach Sexualpartnern waren, egal, ob Pärchen oder Einzelpersonen.

Wir waren mittlerweile auf ein paar dieser Plattformen angemeldet. Ich hatte sämtliche Begriffe gegoogelt, die ich an jenem Abend in dem Fetisch-Club aufgeschnappt hatte: Dominas, Sklaven, Cuckolds und Cuckqueans, Swinger, Voyeure ...

Sarah und ich waren ein Mix aus Swinger und BDSM'ler geworden.

Es faszinierte mich, dass es scheinbar für jegliche Sexualpraktik einen Begriff und eine Erklärung gab. Am meisten aber, dass wir nicht die Einzigen waren, die derartige Sexualpraktiken anwendeten. Im Gegenteil. Millionen von Menschen hatten sich im Internet auf diesen Plattformen angemeldet und tauschten sich aus. Teilten Vorlieben, Fotos und Videos. Gaben Tipps und Tricks.

Es schien auf einmal alles normal zu sein. Ganz natürlich.

Sicher machte ich mir Gedanken, ob das, was wir taten, nicht eine Grenze überschritt, in der wir als »krank« galten.

Allerdings konnten die sämtlichen Internetseiten und die vielen Menschen, die sich darüber austauschten, meine Zweifel ausräumen. Seitdem wir Lydia – die Psychotherapeutin – in Jamaika kennengelernt hatten, hatte ich ohnehin schon weniger Sorge. Aber der Denker in meinem Kopf hatte Zweifel. Vielleicht war Lydia ja »krank«.

Doch je mehr ich mich damit beschäftigte, wurde mir bewusst, dass Millionen von Menschen »open minded« waren – frei, ihre sexuellen Fantasien auszuleben. Sei es privat oder in den Fetisch-, Swinger-, SM-, BDSM-Clubs.

Und das Glücksgefühl, das ich erlebt hatte, fühlte sich alles andere als »krank« an. Es war real. Intensiv.

Ich musste an die Glücksratgeber denken, die meine Frau gern las und mir immer wieder daraus berichtete, und ich fragte mich, ob in einem davon drinstand, dass man Glück finden konnte, wenn man beim Sex gefesselt, geschlagen und gedemütigt wurde. Wenn man seinem Ehepartner zuschaute, wie er Sex mit anderen hatte. Wenn man bei einer Sexorgie teilnahm ...

Als Beispiel könnte dann in so einem Buch stehen:

So machen Sie sich als Paar glücklich und bringen Ihren Ehemann dazu, Sie für immer zu vergöttern:

1. Suchen Sie sich eine Zofe. Geeignet ist eine Ex-Geliebte von ihm. Kann aber auch jede andere Frau sein, die devot ist.

2. Gehen Sie mit Ihrer Zofe und Ihrem Ehemann in einen Fetisch-Club.

3. Lassen Sie Ihren Ehemann die Zofe zu einem Squirting-Orgasmus bringen.

4. Sperren Sie Ihren Ehemann in ein abschließbares Zimmer und schicken abwechselnd junge Frauen hinein, die er nacheinander zu einem Squirting-Orgasmus bringen muss.

5. Lassen Sie die jungen Frauen und Ihre Zofe nacheinander auf seinen Penis setzen. Verdecken Sie seinen Blick, indem Sie über ihm in die Hocke gehen und Ihre Vagina kurz vor seinem Mund platzieren. Verbieten Sie den Zofen, zu sprechen. Auch dürfen sie ihn nicht reiten. Nur seinen Penis einführen, kurz verharren und wieder absteigen. Achten Sie darauf, dass er während dem Clubbesuch NICHT zum Orgasmus kommt!

6. Suchen Sie sich zwei Männer nach Ihrem Geschmack aus. Lassen Sie Ihren Ehemann dabei zuschauen, wie Sie mit den beiden Sex haben.

7. Nach dem Clubbesuch lassen Sie Ihren Mann von Ihrer Zofe waschen. Verbieten Sie ihr, seinen Penis zu berühren.

8. Fesseln Sie jetzt seine Hände auf dem Rücken und legen Sie ihm einen Maulkorb an.

9. Lassen Sie ihn sich auf den Rücken legen. Dann drücken Sie seine Beine in Richtung seines Oberkörpers, so weit, dass seine Knie neben seiner Brust den Boden berühren. Fesseln Sie ihn in dieser Position. Ihre Zofe kann hierbei Hilfe leisten.

10. Streifen Sie mit einer Peitsche langsam über seinen Körper. Schlagen Sie nicht zu. Damit wird seine Panik gesteigert.

11. Befestigen Sie Kabelbinder um seine Hoden und den Penis (etwa in der Mitte). Den ersten Kabelbinder ziehen Sie dabei langsam zu. Sehr fest. Den zweiten, mit einem einzigen Ruck.

12. Lassen Sie nun Ihre Zofe einen Umschnalldildo anlegen. Sie soll Ihren Ehemann damit anal nehmen.

13. Schlagen Sie nun mit der Peitsche auf seinen Hoden.

14. Flüstern Sie ihm als Fragen zu, was Sie gemeinsam im Club erlebt haben. Benutzen Sie vulgäre Ausdrücke. »Dirty Talk« ist hier angebracht. Egal, ob er als Antwort nickt oder mit dem Kopf schüttelt, schlagen Sie nach jeder Frage mit der Peitsche auf seine Hoden. Dabei wird er – ohne dass es physischer Erregung bedarf – zum Orgasmus kommen. Durch das »Vorspiel« im Club, in Verbindung mit Ihren vulgären Fragen und Schlägen, wird er zu einem nie gekannten Orgasmus kommen. Er wird Sie vergöttern.

Sie haben diesen Mann nun für Ihr Leben. Er wird von da an Ihr treu ergebener Diener und Freund sein, ewig dankbar, für den Orgasmus seines Lebens.

Hörte sich doch ganz einfach an.

Ich stand auf unserem kleinen Balkon und blickte auf die Tower Bridge. Dann ging ich zurück ins Wohnzimmer, in dem Sarah mit sechs fremden Männern, die wir über eine Plattform im Internet kennengelernt hatten, Sex hatte.

Ich hatte nur eine kurze Pause gemacht und auf dem Balkon eine geraucht. Ich nahm wieder mein Tablett. Meine Aufgabe war es, unseren Gästen Kaltgetränke und Häppchen anzubieten. Dabei achtete ich darauf, meinen Kopf nicht zu sehr nach vorn zu beugen. Denn an meinem Halsband war im Nacken ein Strick befestigt, der zu einem Haken führte, mit einer Kugel am anderen Ende, die Sarah mir anal eingeführt hatte. Dieses Spielzeug wurde »Analhook« genannt. Den gleichen trugen auch Melanie und ihre Freundin, nur dass meine Frau das Seil mit ihren Zöpfen verknotet hatte.

Die Frauen knieten mit hochgestreckten Köpfen auf ihren Decken und krochen immer dann zu Sarah, wenn einer der Männer auf ihr gekommen war. Ihre Aufgabe war es, das Sperma vom Körper meiner Frau abzulecken. Mit dem Sperma im Mund krabbelten sie zurück auf ihre Plätze und spuckten es dort in eine Schale.

Ich fühlte mich gut. Außerdem freute ich mich auf den Folgetag, an dem wir nach Holland fliegen würden. In ein »ganz spezielles Schloss«, wie Peter meinte.

Da klingelte es an der Tür. Wir erwarteten weitere Gäste.

Weitere erotische Geschichten:

Sara Bellford

LustSchmerz Erotischer SM-Roman

Sir Alan Baxter hat eine Passion:
Er sammelt Frauen!

Er will sie um ihretwillen besitzen

Sie wollen vom ihm gedemütigt und geliebt werden

Gemeinsam zelebrieren sie die schönsten Höhepunkte aus Lust, Schmerz und Qual ...

Alexandra Gehring

Die Abrichtung SM-Roman

»Abrichtung« ist die perfekte Ausbildung in allen SexBereichen, vom normalen Ficken bis zum BDSM mit seinen vielen SpielVarianten.

In einem Elite-Camp wird Sari auf Wunsch ihres Mannes zur perfekten Sub abgerichtet. Sie hat zu tun, was ihre Ausbilder täglich von ihr verlangen.

Über AtemKontrolle bis hin zum SkullFuck hat sie alles über sich ergehen zu lassen ...

Kann Sari sich darauf einlassen? Kann sie das durchhalten? Wird ihr Mann stolz auf sie sein?

Alexandra Gehring

Schläge der Lust SM-Roman

»Schläge der Lust« Das Bestrafen durch die Peitsche wird als Sexpraktik verwendet, um sexuelle Lust zu erzeugen und zu empfinden.

Vanessa sehnt sich nach Unterwerfung und bekommt eine Erziehung zur devoten Sub.
Bei ihrem ersten BlindDate wird sie gleich psychisch und körperlich an ihre Grenzen geführt.

Ihr Aufwachen aus dem Alltagstrott und das Aufbrechen von Tabus verändern ihr Leben.
Doch kann sie all den Forderungen ihres Herrn entsprechen?

Weitere erotische Geschichten:

Amy Walker
Gierig & unersättlich

Lass dich verführen & folge fünf Frauen an den Ort, wo ihre heißesten und hemmungslosesten Fantasien wahr werden ...

... ins Wohnzimmer zum wilden Dreier mit den „besten Freunden",
zum Frauenarzt mit heißen Doktorspielen auf dem Gynäkologen-Stuhl,
in den Hinterhof als Forschungsobjekt eines Lustforschers,
in die Kaffeeküche zu einem Quickie mit dem sexy Bauarbeiter,
in einen Ferienclub als Lust-Opfer des Frauen-Jägers.

Diese Nächte wirst du nicht vergessen!

Joan Hill
Heiße Gute-Nacht-Geschichten

Heiß, heißer, am heißesten!
35 hocherotische Kurzgeschichten,
die garantiert niemanden kalt lassen!

Chantal betreibt ein DominaStudio, in dem ihre Gäste heiße Stunden erleben ...
Natalie bekommt nie genug Sex, daher muss neben ihrem Mann noch ein Liebhaber mit ran ...
Jana und Saskia verbringen einen bi-erotischen Urlaub auf der Sonneninsel Mallorca ...
In Verenas privatem SexClub taucht der Leser in die bizarre Welt der SwingerErotik ...
Und auch die sexy Hausfrauen kümmern sich tagsüber nicht immer nur um den Haushalt, während ihre Männer arbeiten ...

Erotik pur für Männer und Frauen!

Megan Parker Time of Lust 1

Als das junge New Yorker Model Zahira dem geheimnisvollen Santiago begegnet, verfällt sie ihm mit allen Sinnen.
Schwer verliebt folgt sie ihm auf seine Privatinsel »Ivory«.
Doch das vermeintliche »Paradies« offenbart sich ihr anders als erwartet.
Der reiche Santiago verlangt Unterwerfung und absolute Hingabe.
Zahira erlebt Ekstase und Lust, aber auch Angst und Schmerz, denn sie ist seiner Willkür und seinen Männern ausgeliefert ...
Kann sie sich Santiagos Verführungskraft widersetzen?

Weitere erotische Geschichten:

Willa von Rabenstein
Hemmungslos Real

Acht Menschen, die unterschiedlicher nicht sein könnten, treffen sich in einem Luxus-Chalet in der Schweiz, wo sie ohne ihr gewohntes Umfeld ganz sie selbst sein können.
Ungünstige Wetterbedingungen halten die Gäste länger als geplant im Schnee fest. Sie erzählen sich jeden Abend selbst erlebte erotische Geschichten ...
Eva hat im Netz virtuellen Sex, Alexander schläft mit einer Transe, ohne es zu wissen, Anton wird von seiner Lehrerin entjungfert und Maria darf nur mit anderen Sex haben, wenn ihr Mann zusieht.
Die Spannung zwischen den Gästen steigt von Abend zu Abend und es ergeben sich lustvolle ausschweifende Begegnungen ...
Der Leser wird zum Voyeur!

Stella Harris
Die Nacht der Tigerin

Erotik, Exotik & Mystik | Amara - jung, schön, attraktiv - ist vom Sex in ihrer Ehe frustriert und auf der Suche nach der großen Liebe.

Glück ist für sie ein luxuriöses Leben mit Männern, die ihr jeden Wunsch erfüllen. Bisher wurde sie auf ihren Körper reduziert, aber nun spürt sie, dass irgendetwas fehlt.

Als Amara mit ihrem Mann nach Indonesien fliegt, trifft sie auf einen Schamanen, der sie verdammt, das Leben einer Tigerin zu führen.

Verzweifelt streift sie umher, getrieben von einer neuen unbändigen Gier nach Sex.

Gelingt es Amara, den Fluch der Tigerin zu brechen und die wahre Liebe finden?

Eve Passion
Wildes Verlangen

12 wilde Kurzgeschichten,
die all Ihre Sinne auf Reisen schicken.

Vom erotischen Flaschengeist,
über den impulsiven Anführer,
Dem Naturburschen von der Insel
bis hin zum betörenden Blind Date ...

Im Kopf welcher Frau
fühlen Sie sich am wohlsten?
Probieren Sie es aus!